Margarete Bertschik | Zeit der Kornblumen

MARGARETE BERTSCHIK

Zeit der Kornblumen

Roman

Die Bibliografische Information der Deutschen Bibliothek

Die Deutsche Bibliothek verzeichnet diese Publikation in der Deutschen Nationalbibliografie; detaillierte bibliografische Daten sind im Internet über www.d-nb.de abrufbar.

Einbandabbildung: Cornflowers © Es75 | Fotolia
Herstellung und Verlag: Books on Demand GmbH, Norderstedt
© 2015 Margarete Bertschik
ISBN 978-3-7347-9955-6

Prolog

Ein Strahl der milden Herbstsonne fällt durch das halb geöffnete Balkonfenster und vergoldet das Nachmittagslicht. Ein leiser Lufthauch bauscht die leichten Musselingardinen auf und fängt sich in dem schneeweißen dünnen Haar der alten Frau, die tief eingesunken in dem weich gepolsterten Ohrensessel am Fenster sitzt.

Die alte Dame sieht gepflegt und adrett aus. Das gewellte Haar ist ordentlich frisiert und umrahmt weich wie Watte das klein gewordene, mit unendlich vielen Runzeln bedeckte Gesicht. Die feinen, noch dunklen Augenbrauen sind sorgsam nachgezogen, auf den Lippen liegt ein Hauch von rosafarbenem Lippenstift.

Die Kleidungsstücke der Greisin sind sorgfältig aufeinander abgestimmt. Ein weißer Spitzenkragen ziert die taubenblaue Seidenbluse, die burgunderrote Strickjacke passt gut zu dem einfachen grauen Rock, der die knochigen Knie bedeckt. Die dünnen Beine stecken in feinen hautfarbenen Baumwollstrümpfen, die Füße in schwarzen Lederhausschuhen.

Die wachen Augen der alten Frau sind von einem tiefen, klaren Blau, deren Lebendigkeit in einem seltsamen Kontrast zu der Hinfälligkeit des alten Körpers steht. Ihr aufmerksamer Blick ist auf das riesige altmodische Fotoalbum mit dem groben Textileinband gerichtet, das aufgeschlagen auf ihrem Schoß liegt und dessen schwarze Kartonseiten sie behutsam umblättert. Am Ringfinger der rechten Hand trägt sie zwei goldene Eheringe. Der eine ist schmal und schlicht und weist deutliche Altersspuren auf, der andere ist neuer, breiter, und hat einen silbernen Schmuckstreifen. Die Hände der alten Frau zeugen von einem langen Leben. Dicke Adern und Altersflecken bedecken den schmalen Handrücken, knotig und dünn wie dürre Äste sind die langen Finger.

Hin und wieder streichen die Fingerspitzen über eines der vergilbten Fotos. Das brüchig gewordene Seidenpapier zwischen den Seiten knistert leise, wenn sie eine neue Seite aufschlägt und in die Betrachtung der nächsten Bilder versinkt. Sie ist alt, diese Frau, sehr alt. Dennoch scheinen ihre Augen noch sehr gut zu sein, denn sie benutzt keine Brille.

Der Luftzug, der von draußen durch das Fenster in das Zimmer strömt, vermischt sich mit einem leichten Lavendelduft und dem aseptischen Geruch nach Medizin, der im Raum hängt. Auf dem Nachtschrank, der neben dem Bett steht, finden sich verschiedene Arzneifläschchen und Tablettenschachteln. Eine bunte, offenbar selbst gehäkelte Patchworkdecke auf dem Bett belebt die schlichte Farbigkeit des Raumes.

Es ist ein einfach eingerichtetes Wohnschlafzimmer, wie man es in Seniorenheimen häufig findet. Nur wenige Möbel und Gegenstände zeugen von der individuellen Person, die dieses Zimmer bewohnt. So wie der schöne Schreibtisch aus massiven Buchenholz, der einen großen Teil der Längswand einnimmt. Seine weich geschwungene Linienführung mit den abgerundeten Kanten, die gedrechselten Ziersäulen an der Vorderseite und die vielen kleinen Schubladen weisen auf einen weiblichen Geschmack hin. Die Schreibfläche quillt über von Schreibpapier, Stiften und Zetteln. Den Rest der Wandfläche beansprucht ein bis an die Decke reichendes Schrankregal mit zahllosen, unordentlich gestapelten Büchern und Zeitschriften sowie einer Galerie von gerahmten Fotos. Anachronistisch wirkt der Flachbildschirm, der in eine Nische der Schrankwand eingebaut ist, und der Laptop auf dem Schreibtisch.

Der alte Ohrensessel, in dem die Bewohnerin sitzt, nimmt den Platz vor dem Fenster ein. Kleine Risse und Abschabungen zeugen vom Alter des gemütlich aussehenden Sitzmöbels. Die schmale Gestalt der Greisin verschwindet fast in seinen Polstern.

Unversehens erhellt nun ein Lächeln die Züge der alten Frau und lässt einen Abglanz ihrer früheren Schönheit aufscheinen. Sie hat den Blick gehoben und auf das zierliche Sofa gerichtet, das ihr gegenüber auf der anderen Seite des schmalen, niedrigen Couchtisches steht..

»Wie schön, euch zu sehen«, sagt Marie Sophia Hoffstede. Ihre Lippen formen die Worte, aber ihre Stimme ist nur für ihre Gäste hörbar, die es sich auf dem Sofa Marie gegenüber gemütlich gemacht haben.

»Hallo, Mariechen«, sagt ihre Mutter lächelnd, »wir wollten mal sehen, wie es dir geht.«

Marie freut sich über das Lächeln. Wie selten hat ihre Mutter gelacht, als sie noch lebte. Immer nur gearbeitet hatte sie, und dann war sie müde gewesen, so müde.

»Wie geht es dir, Mama«, fragt sie zaghaft. In ihren Ohren klingt ihre Stimme wie die des kleinen Mädchens, das sie einmal war. Wieder lacht ihre Mutter, diesmal laut und fröhlich. Wie jung sie aussieht! Und wie schön! So unbeschwert, denkt Marie.

»Uns geht es gut, nicht wahr, Hermann?«, sagt ihre Mutter. Sie legt den Arm um die Schultern das Mannes, der neben ihr sitzt. Marie hatte ihn noch gar nicht richtig bemerkt. Ihr Vater! Nicht ihr richtiger Vater natürlich, der liegt irgendwo in einem namenlosen Soldatengrab auf dem Schlachtfeld von Verdun, sondern der Vater, mit dem sie aufgewachsen ist. Ihr geliebter Papa! Auch er sieht jung aus, und so glücklich. Er lächelt sie liebevoll an.

»Ja, meine kleine Marie, ich bin's. Uns geht es gut jetzt.

Und du? Bist du denn glücklich geworden in deinem Leben?«

Marie muss überlegen. Ist sie glücklich? Was bedeutet das überhaupt, Glück? Sie kann die Frage nicht beantworten.

»Ich bin alt«, sagt sie bekümmert, »sehr alt. Ich glaube, ich werde bald sterben.«

»Ja, sicher wirst du das«, sagt ihr junger Vater, »jeder muss mal sterben. Aber du brauchst keine Angst davor zu haben. Alles wird gut sein.«

Marie sieht bedauernd, wie die Bilder ihrer Eltern verblassen. Sie hört noch ihr Lachen, wie aus weiter Ferne.

> Von feuchten Wiesen
> steigt früher Nebeldunst auf.
> Hoffen auf Sonne.

1920

Das junge Paar auf dem sepiabraunen Foto sitzt steif nebeneinander. Beide schauen frontal in die Kamera, ohne zu lächeln. Die Frau mag vielleicht dreißig Jahre alt sein. Ihr ebenmäßiges, etwas kantiges Gesicht mit den klaren dunklen Augen und der breiten Stirn erhält durch den herb geschlossenen Mund einen strengen Ausdruck. Sie trägt auf dem üppig gewellten, im Nacken zu einem Knoten zusammengefassten dunklen Haar eine kleine weiße Spitzenhaube. Ihr Kleid ist geschmückt mit einem weißen Kragen und einer Reihe mit Stoff bezogener runder Knöpfe am Vorderteil. Die langen Ärmel sind am Ansatz gerafft und betonen so die geraden Schultern.

Der Mann, um einiges älter als die Frau, trägt einen schlichten schwarzen Anzug mit Schulterpolstern, ein weißes Hemd mit weichem Kragen und eine dünne Krawatte. Sein bis auf einen kleinen Schnurrbart glatt rasiertes, gut geschnittenes Gesicht mit der schmalen Nase und dem runden, kräftigen Kinn zeigt deutliche Falten von den Nasenflügeln bis zu den Mundwinkeln. Die dunklen Augen blicken direkt und offen in die Kamera. Das helle, streng nach hinten gekämmte Haar lässt auf eine beginnende Glatze schließen.

Vor dem Paar sitzen drei kleine Mädchen, alle in identischen karierten Kleidern mit weißem Bubikragen. Sie sind etwa drei, fünf und sieben Jahre alt. Die Größte sitzt in der Mitte. Die rundlichen Kindergesichter zeigen eine geschwisterliche Ähnlichkeit. Alle drei tragen eine große weiße Schleife im Haar, das seitlich gescheitelt und zu Zöpfen geflochten ist, die bei der Jüngsten nur ein paar Zentimeter lang sind. Sie blicken ernst und still in die Kamera.

Das Foto zeigt Anna und Hermann Hoffstede und Annas Töchter aus erster Ehe, Adelheid, Marie und Hedwig. Es wurde am 14. Oktober 1920 im Fotostudio der Fotografen Dirk Jürgens in Zweikirchen bei Oldenburg erstellt.

1. Kapitel

Anna, Maries Mutter, wachte an diesem Sonntag im Oktober 1920 besonders früh auf. Durch das kleine Fenster drang das erste graue Morgenlicht in die Schlafkammer und ließ die Konturen des kargen Mobiliars aus dem Dunkel hervortreten. Um die Kinder nicht zu wecken, die in dem schmalen Bett an der hinteren Wand schliefen, verzichtete Anna darauf, die elektrische Glühbirne anzuknipsen, die in einer blütenförmigen Glasfassung von der Decke hing. Leise schlug sie das Federbett zur Seite und stand auf. Sie wollte vor dem Kirchgang alle Vorbereitungen für die geplante Feier am Mittag fertiggestellt haben. Außerdem mussten die üblichen Arbeiten im Haus und im Stall erledigt werden.

In der Schlafkammer war es kühl. Anna fröstelte. Rasch zog sie ihre Alltagskleidung an, einen knöchellangen braunen Rock und eine baumwollene Bluse, band die Schürze um, schlüpfte in ihre groben Wollsocken und stieg in die mit einer geflochtenen Strohmatte ausgelegten Holzschuhe. Sie warf einen Blick auf die schlafenden Mädchen. Adelheid und Hedwig hatten sich dicht aneinandergekuschelt, Marie lag auf der Seite und hatte ein Bein unter dem dicken Federbett hervorgestreckt. Anna lächelte, schob das rundliche Bein vorsichtig wieder unter die Bettdecke und schloss leise die Tür hinter sich, als sie die Kammer verließ.

In der kalten Wohnküche zog Anna als Erstes den Aschekasten aus dem Herd, ging aus dem Haus und leerte ihn auf dem Komposthaufen in ihrem Gemüsegarten gleich neben der Seitentür des kleinen Bauernhauses. Prüfend warf sie einen Blick zum Himmel. Noch war es dämmrig an diesem Oktobermorgen, aber es versprach ein schöner Herbsttag zu werden. Über den Feldern und Wiesen lag der Morgennebel wie eine durchsichtige graue Wand, aber die ersten wärmenden Sonnenstrahlen würden ihn schnell vertreiben. Gut, dachte Anna, so würde es nicht nötig sein, den Wintermantel über ihr Sonntagskleid anzuziehen; er war schon so alt und abgetragen.

Zurück in der Küche, nahm Anna einige dünne Holzscheite und etwas Zunder aus dem Torfkasten, der neben dem Herd stand, strich ein Streichholz an und entzündete mit geschickten Händen das Feuer im Herd. Mit dem Wasser aus der Pumpe über dem steinernen Spülbecken füllte sie den emaillebeschichteten Kessel und setzte ihn auf das schon prasselnde Feuer. Während sie darauf wartete, dass das Wasser heiß wurde, füllte sie einen Löffel Teeblätter in die bauchige, braun glasierte Kanne und deckte den blank gescheuerten Holztisch für ihr bescheidenes Morgenmahl. Sie bestrich dazu eine Scheibe Schwarzbrot mit etwas Butter und einer sehr dünnen Schicht Marmelade. Dann goss sie den Tee mit dem inzwischen kochenden Wasser an, ließ ihn ein paar Minuten ziehen und füllte die Kanne anschließend mit dem heißen Wasser auf. Sehr sparsam süßte sie den Tee mit etwas Zucker, fügte einen Schuss Milch hinzu und sah zu, wie sich hellbraune Wölkchen in der Flüssigkeit ausbreiteten. Vorsichtig nahm sie einen Schluck. Das heiße

Getränk tat ihr gut. Während sie frühstückte, verbreitete das Feuer im Herd eine wohlige Wärme in der Küche.

Anna liebte diese ruhige Morgenstunde, wenn die Kinder noch schliefen und sie ein paar Minuten für sich selber hatte.

Doch jetzt war sie unruhig. Unablässig kreisten ihre Gedanken um die bevorstehende Heirat. Hatte sie sich richtig entschieden? Ja, sagte sie sich zum wiederholten Male, wie um sich selbst zu überzeugen, es war vernünftig und richtig. Hermann, Alfreds älterer Bruder, war ein guter Mann. Er trank nicht, war sparsam und fleißig. Zwar war er fast zehn Jahre älter als sie, aber er war gesund und kräftig. Und er war immer freundlich zu den Kindern. Anna hatte ihn gern, wenn auch nicht so, wie sie Alfred gerngehabt hatte.

Aber Alfred lebte nicht mehr. Sie hatte ihn geliebt, ihren Alfred, er war lustig gewesen und hatte sie oft zum Lachen gebracht. Aber er war tot. Der Krieg hatte ihn ihr genommen. Anna fühlte, wie ihr die Tränen kommen wollten. Streng rief sie sich zur Ordnung. Sie schüttelte den Kopf und wischte sich mit einer energischen Bewegung über die Augen. Nein, sie durfte nicht zurücksehen, sie musste an die Zukunft denken. Und an ihre drei kleinen Mädchen. Die Kinder brauchten einen Vater, der Hof brauchte einen Bauern. Hermann würde ihr ein guter Mann sein und den Kindern ein guter Vater. Der Krieg war vorbei, es würde wieder aufwärtsgehen, sie musste nur fleißig sein und fromm, dann würde der Herrgott schon für sie sorgen.

Anna stand auf und band sich ihre Arbeitsschürze um. Zuerst musste das Vieh versorgt werden, dann würde sie die gute Stube für die Gäste vorbereiten und schließlich sich und die Kinder anziehen für den Kirchgang. Sie verließ die Küche und ging auf die Diele. Zwei Kühe standen dort im Stall und sahen ihr wiederkäuend entgegen. Das

Schwein in dem niedrigen Schweinekoben auf der anderen Seite der Diele grunzte. Sie hatte es den ganzen Sommer über mit den Garten- und Küchenabfällen und mit gekochten Kartoffeln gefüttert. Bald würde es schlachtreif sein.

Wie froh sie war, das Vieh zu haben! Die Kühe versorgten die Familie mit Milch und Butter, das Schwein mit Fleisch, Wurst und Speck. In dem kleinen Hühnerstall neben dem Haus hielt sie zehn Legehennen mit ihrem Hahn. Da die Familie nicht alle Eier verbrauchte, konnte Anna die meisten verkaufen, sodass sie zusammen mit dem Erlös für die Milch über ein wenig Bargeld verfügte. Allerdings musste sie jede Mark möglichst schnell wieder ausgeben, denn die Inflation sorgte dafür, dass das Geld täglich an Wert verlor. Und sie musste die nötigen Lebensmittel wie Mehl, Salz, Zucker, Hefe für das Brot und alles, was sie nicht selbst eingelagert oder in Gläsern eingemacht hatte, teuer kaufen. Seit der Krieg vorbei war, konnte man sich langsam wieder mehr als nur das Allernötigste leisten. Gott sei Dank, dachte Anna, es geht wieder aufwärts.

Sie nahm den Melkeimer und den dreibeinigen Schemel und setzte sich unter die erste Kuh, die sich mit großen Augen nach ihr umsah. »Ruhig, ganz ruhig«, sagte Anna, »ich bin's nur«, und fing an zu melken. Der Duft der warmen Milch vermischte sich mit den scharfen Ausdünstungen der Tiere und dem Geruch ihrer Exkremente zu dem vertrauten Stallgeruch, den Anna gar nicht mehr bewusst wahrnahm. Als der Eimer voll war, goss sie die noch warme Milch in die bereitgestellten Milchkannen zu der vom Vorabend und melkte die zweite Kuh. Die vollen Milchkannen stellte sie an den Straßenrand, wo sie später von dem Milchwagen eingesammelt und zur Molkerei gebracht werden würden. Für den Tagesbedarf hatte Anna zuvor zwei Liter in den blau gepunkteten Milchtopf abgefüllt.

Nachdem sie die Kühe auf die Weide zum Grasen geführt hatte, fütterte sie das schon ungeduldig grunzende Schwein und streute den Hühnern einige Getreidekörner in den Hof. Sie sammelte die Eier aus den Nestern und ging zurück ins Haus.

In Gedanken ganz bei dem bevorstehenden Ereignis, wusch sie sich die Hände unter der Pumpe und trocknete sie mit dem blau karierten Leinentuch ab. Sie würde einen Kuchen backen zur Feier des Tages, einen feinen Topfkuchen aus weißem Mehl, Zucker, Milch, Eiern und der selbst hergestellten Butter. Die Kinder würden sich besonders darüber freuen. Zu Mittag sollte es den guten Schweinebraten geben, den sie gestern für das Eiergeld von einer Woche beim Schlachter im Dorf gekauft hatte, dazu Kartoffeln aus dem Garten und grüne Buschbohnen. Zum Nachtisch würde es vergorene Milch mit dem letzten Glas eingemachter Kirschen vom Vorjahr geben.

Anna lächelte vor Vorfreude auf das Festmahl. Ihre Schwiegereltern und ihre Eltern würden das außergewöhnliche Essen genießen.

Während sie den Teig für den Kuchen in der blauen Keramikschüssel anrührte, kamen die Kinder eins nach dem anderen aus der Schlafkammer. Sie rieben sich verschlafen die Augen und setzten sich auf die hölzerne Bank an den Küchentisch. Anna wandte sich an ihre Älteste.

»Adelheid, machst du bitte die Milch für euch warm und schneidest ein paar Scheiben Brot ab?«

Folgsam nahm die Siebenjährige einen kleinen Topf aus dem Küchenschrank, füllte ihn mit Milch, die sie vorsichtig mit einer Kelle aus dem Milchtopf schöpfte, und stellte ihn auf die Herdplatte. Zuvor legte sie einige Stücke Torf auf die Glut und schürte das Feuer. Dann deckte sie den Tisch mit drei großen Henkeltassen, schnitt von dem Laib des selbst gebackenen Brotes mit Bedacht einige dicke Scheiben ab und legte sie in den Brotkorb. Ein Klecks Butter und ein Glas Marmelade vervollständigten das Frühstück. Die Marmelade hatte Anna aus den wilden Brombeeren gekocht, die die Kinder mit großem Eifer in den letzten Wochen gepflückt hatten. Die fünfjährige Marie wollte ihr Brot selber mit Butter und Marmelade bestreichen, für die kleine Hedwig bereitete Adelheid eine Scheibe zu und schnitt sie in mundgerechte Stückchen.

Anna beobachtete ihre große Tochter wohlwollend. Wie fürsorglich Adelheid war mit ihren sieben Jahren, und wie vernünftig, dachte sie, während sie den fertigen Kuchenteig in die Blechform füllte und ihn in den Backofen schob. Eigentlich viel zu vernünftig für ein Kind. So ruhig und fleißig. Nun ja, sie war eben die Älteste. Sie musste besonders früh lernen Verantwortung zu übernehmen. Anna war dankbar dafür, dass ihre Tochter ihr schon jetzt eine Hilfe war.

»Kommt, wir wollen uns fertig machen für die Kirche«, sagte Anna, nachdem die Mädchen ihr Frühstück beendet hatten. »Ihr wisst doch, heute ist ein ganz besonderer Tag. Eure Mama heiratet und heute Mittag kommt Besuch.«

»O ja, Besuch«, rief die kleine Hedwig und hüpfte in der Küche hin und her.

»Und es gibt Kuchen«, ergänzte Marie strahlend. Adelheid fragte mit ernstem Gesicht:

»Wird Onkel Hermann dann unser neuer Papa?«, und sah ihre Mutter mit einem seltsam erwachsenen Ausdruck in den tiefliegenden hellblauen Augen an.

»Ja«, sagte Anna, »das wird er.«

Sie betrachtete ihre Große nachdenklich. Was ging in

dem Kind vor? Sicher war es nicht leicht für sie, einen neuen Mann an der Seite ihrer Mutter zu sehen. Adelheid war die Einzige, die sich noch an ihren Vater erinnern konnte. Und auch die Einzige, die auffallende Ähnlichkeit mit ihrem Alfred hatte, dachte Anna. Dasselbe spitz zulaufende, fast dreieckige Gesicht mit dem kleinen Kinn und der breiten Stirn, dasselbe glatte dunkelblonde Haar. Zwar hatten die Mädchen alle drei die Augenfarbe von ihrem Vater geerbt, jedoch glichen die beiden jüngeren mit ihren runderen Gesichtern und dem krausen Haar eher ihrer Mutter.

Anna hatte die Kinder am Vorabend in der großen Zinkwanne, die sie zum Wäschewaschen benutzte, gebadet, sodass an diesem Morgen eine oberflächliche Reinigung mit kaltem Wasser genügte. Sie wusch der kleinen Hedwig das mit Marmelade verschmierte Gesichtchen und die klebrigen Hände, zog ihr das Leibchen mit den Strumpfbändern über Unterhemd und Hose und befestigte ein sauberes Paar langer brauner Wollstrümpfe an den Haltern. Dann zog sie dem Kind das neue rot-blau karierte Baumwollkleid über, das sie extra zu diesem Anlass hatte schneidern lassen. Sie hatte zwei Monate lang das Eiergeld gespart, um einen Ballen Stoff kaufen zu können, aus dem die drei identischen Kleider der Mädchen gefertigt worden waren. Die Schneiderin, das alte Fräulein Juknat, hatte wegen der Inflation für ihre Arbeit lieber ein gutes Stück Speck, eine Mettwurst und ein Dutzend Eier haben wollen statt Bargeld.

Voller Stolz blickte Anna nun auf ihre Töchter, wie sie vor ihr standen mit ihren blanken Gesichtern und den strahlenden Augen, noch etwas steif in den schönen neuen Kleidern. Anna bürstete ihnen das Haar und flocht es zu Zöpfen. Zur Feier des Tages band sie jeder von ihnen ein weißes Schleifenband in das gescheitelte Haar, sodass es die runden Kinderstirnen frei ließ.

»Ihr dürft euch nicht schmutzig machen, hört ihr?«, mahnte sie eindringlich, »nach der Messe werden wir fotografiert.« Zwar wusste die kleine Hedwig nicht, was das bedeutete, ›fotografiert werden‹, trotzdem hüpfte sie vor Begeisterung und Aufregung auf und ab. Die fünfjährige Marie hingegen setzte sich still auf die Küchenbank und nahm die Schulfibel ihrer älteren Schwester aus dem Ranzen, der seinen Platz neben der Bank hatte, schlug das schmale Buch auf und vertiefte sich in die Bilder und Geschichten. Zwar konnte sie noch nicht richtig lesen, aber sie hatte viele Buchstaben gelernt, wenn Adelheid sie auf der Schiefertafel übte, und einige Wörter konnte sie schon zusammensetzen.

Anna beobachtete das stille Kind mit leichtem Befremden. Wie verschlossen Marie war, und so in sich gekehrt. Als lebte sie in ihrer ganz eigenen Welt, dachte sie. Mit einem leichten Kopfschütteln ging sie in die Schlafkammer, um sich selbst für den Kirchgang zurechtzumachen.

***

Die Messe war feierlich gewesen, die Trauung kurz und einfach. Anna erinnerte sich kaum noch an die Worte, die Pastor Hellmann an sie gerichtet hatte, nur der Satz »Bis dass der Tod euch scheidet« klang noch in ihr nach. Ihr »Ja« hatte fest und entschlossen geklungen, entschlossener, als sie es innerlich empfand. Aber sie wollte ihre Zweifel und ihre Angst vor dem Leben mit einem neuen Mann nicht wahrhaben. Es war gut und richtig so, wie es nun war, sagte sie sich immer wieder.

Hermann hatte sie und die Kinder von zu Hause abgeholt und gemeinsam waren sie bei herrlichem, fast spätsommerlichem Sonnenschein den Weg ins Dorf gegangen. Hermann sah gut aus in seinem schwarzen Anzug und dem weißen Hemd mit Krawatte. Seine Schuhe waren blitzblank geputzt, und er hatte sogar an einen Strauß Blumen, weiße Margeriten und rote Rosen aus dem heimischen Garten, gedacht.

Anna hatte sich bei ihm untergehakt, und zusammen mit den drei Mädchen waren sie zur Kirche gegangen. Dort hatten schon ihre und Hermanns Eltern gewartet, zusammen mit ihrer Schwester Annegret und Hermanns Bruder Konrad, die als Trauzeugen fungierten, alle im Sonntagsstaat.

Die Leute im Dorf hatten sie neugierig angestarrt, als sie in einer kleinen Prozession ganz nach vorne gegangen waren und in der ersten Bankreihe Platz genommen hatten. Man wusste, dass Anna verwitwet war, und man nahm stirnrunzelnd zur Kenntnis, dass ihr neuer Bräutigam der Bruder ihres verstorbenen Mannes war und dass er um einiges älter war als die Braut. Aber man wusste auch, dass jetzt, wo so viele Männer im Krieg gefallen waren, eine solche Heirat ein Glück bedeutete für die junge Witwe mit ihren drei kleinen Kindern. Wie sollte sie denn die Heuerstelle alleine bewirtschaften? Aus weiblichen Augen traf Anna manch neidischer Blick, waren doch viele Ehemänner, Verlobte oder Freunde nicht aus dem Krieg zurückgekehrt. Dennoch waren die Glückwünsche, die das junge Ehepaar nach der Trauung entgegennahm, zumeist ehrlich gemeint, und Anna spürte ein wohltuendes Gefühl von Zufriedenheit, als sie an der Seite ihres neuen Ehemannes händeschüttelnd durch die Reihen der Dorfbewohner ging.

***

»Du wirst es jetzt leichter haben, Anna«, sagte ihre Mutter zu ihr, als sie am weiß gedeckten Mittagstisch in der guten Stube saßen. Sie lächelte ihre Tochter mit müden Augen an. Anna warf ihr einen dankbaren Blick zu. Es geschah nicht oft, dass die wortkarge, früh gealterte Frau etwas derart Persönliches zu ihr sagte.

Ihre Schwiegermutter, eine streng aussehende, magere Frau in schwarzer Trauerkleidung, hatte außer einem Glückwunsch noch kein Wort zu ihr gesagt. Anna wusste, dass sie immer noch sehr unter dem Verlust ihres Sohnes Alfred litt. Ob es ihr wohl recht war, dass jetzt seine Witwe noch einen Sohn von ihr heiratete? Eigentlich war Hermann der Hoferbe der Hoffstedes, denn er war der Älteste der drei Söhne. Aber seine Frau war vor drei Jahren bei der Geburt des ersten Kindes am Kindbettfieber gestorben. Es war eine Frühgeburt gewesen, das Kind hatte ebenfalls nicht überlebt. Nun, da Hermann sie, Anna, geheiratet hatte, ging der Hof seines gefallenen Bruders an ihn über, und sein jüngerer Bruder Konrad übernahm den elterlichen Hof. Es waren Heuerhöfe, der Grund und Boden gehörte dem Großbauern, dem sie zu Hand- und Spanndiensten verpflichtet waren. Konrad, der Jüngste der drei Brüder, hatte schon Frau und Kinder, sodass die Nachfolge gesichert war.

Mitleidig betrachtete Anna das verhärmte, faltige Gesicht ihrer Schwiegermutter. Sie beschloss besonders freundlich zu ihr zu sein.

»Schmeckt es dir, Schwiegermutter?«, fragte sie und reichte die Schüssel mit den grünen Bohnen zu ihr hinüber. »Das waren die letzten frischen Bohnen aus dem Garten. Die anderen habe ich eingemacht. Zwölf Gläser sind es geworden. Hattest du auch eine gute Ernte dieses Jahr?«

»Ja«, antwortete die alte Frau, »das Wetter in diesem Sommer war günstig. Für den Winter ist der Keller gut gefüllt. Gott sei Dank!«

Anna blickte in die Runde. Sie war zufrieden. Das Essen war gut gelungen und alle, die dicht gedrängt um den mit ihrem besten Geschirr gedeckten Tisch saßen, langten mit gutem Appetit zu. Die Gespräche der Männer drehten sich um die Inflation und darum, welchen Ertrag das Getreide, die Kartoffeln und die Zuckerrüben wohl am nächsten Tag erbringen würde, wenn der Wert des Geldes weiterhin so verfiel.

Die drei Mädchen hatten an einem kleinen Tisch abseits, dem ›Katzentisch‹, gegessen, Adelheid hatte aufgepasst, dass auch die kleine Hedwig ordentlich aß. Jetzt warteten sie auf den Nachtisch, auf den sie sich besonders freuten, da er eine seltene Köstlichkeit darstellte. Anna hatte eine große Schüssel vergorener Milch mit dem kostbaren Zucker gesüßt und mit den eingemachten Kirschen aus dem letzten Einweckglas vom Vorjahr verrührt. Jetzt servierte sie stolz die köstliche Quarkspeise.

Es war ein außerordentliches Festessen gewesen, und die kleine Hochzeitsgesellschaft, die an den täglichen Gemüseeintopf und die abendliche Milchsuppe gewöhnt war, genoss es sehr. Die Stimmung lockerte sich, hier und da wurde gescherzt und gelacht, und Anna wechselte einen stolzen Blick mit ihrem frisch angetrauten Mann.

Nach Tisch erhoben sich die Gäste, um einen Gang durch die Diele und den Hof zu machen, die Tiere zu begutachten und einen Verdauungsspaziergang über die Felder zu unternehmen. Ein herrlicher Herbstnachmittag mit frischer, kühler Luft und mildem Sonnenschein empfing die kleine Gruppe. Hermann Hoffstede erklärte seinen Eltern und den Schwiegereltern, wie er sich die Bewirtschaftung des kleinen Bauernhofes vorstellte. Einen Ochsen als Zugtier würde er vom elterlichen Hof mitbringen, auch einiges an Arbeitsgerät und ein paar Möbelstücke und Haushaltsgegenstände. Es war nicht viel, aber es war ein neuer Anfang.

Anna räumte unterdessen mit Hilfe ihrer Schwester Annegret die Stube auf, wusch das Geschirr und deckte den Tisch für den Nachmittagskaffee. Der Kuchen sah prächtig aus und würde einen schönen Abschluss bilden für die Hochzeitsfeier.

Die kleine Marie hatte sich die Schiefertafel ihrer Schwester geholt, sich damit auf die Bank gesetzt und übte mit dem Griffel immer wieder, den Buchstaben B zu schreiben, während Adelheid und die kleine Hedwig draußen Verstecken spielten.

»Willst du nicht auch ein wenig draußen spielen?«, fragte Anna ihre Tochter, die jedoch die Frage kaum gehört zu haben schien und weiter konzentriert ihre Bs malte. Zu Annegret gewandt, sagte Anna: »Das Kind entwickelt sich noch zu einem richtigen Stubenhocker«, und schüttelte missbilligend den Kopf.

»Ach, lass sie doch, die Kleine. Sie wird bestimmt mal eine ganz Kluge«, erwiderte Annegret. Sie strich dem Mädchen über die dunklen Locken und lächelte es freundlich an.

»Wenn du erst richtig lesen kannst, schenke ich dir ein schönes Buch mit vielen Bildern, Mariechen.«

Strahlend blickte das Kind zu ihr auf. »Oh ja, das wäre schön, Tante Annegret«, sagte sie, »ich kenne schon fast alle Buchstaben.«

Annegret, die einzige noch unverheiratete Schwester

Annas, streichelte das zarte runde Gesichtchen ihrer kleinen Nichte. »Sie hat ganz die Augen von Alfred«, sagte sie nachdenklich, »dasselbe tiefe Dunkelblau. Es erinnert mich an das Blau der Kornblumen.«

Anna betrachtete ihre Schwester nachdenklich und etwas mitleidig. Annegrets Verlobter war in derselben Einheit gewesen wie Alfred und war ebenfalls nicht zurückgekehrt. Jetzt würde es schwer sein für die junge Frau, noch einen Mann zu finden. Sie seufzte und legte ihrer Schwester den Arm um die Schulter.

»Annegret, die anderen werden gleich kommen. Willst du vielleicht schon Kaffeewasser aufsetzen? Es ist zwar nur Muckefuck, aber er wird uns schon schmecken.«

Sie schnitt den Kuchen sorgfältig in gleich große Stücke. Er würde gerade so für alle reichen. Wenn nötig, würde sie selbst auf das ihr zustehende Stück verzichten. Nach dem Kaffee würde es für alle Zeit sein heimzugehen. Das Vieh musste versorgt werden, und Hermann würde mit dem Ochsen und dem Leiterwagen, auf den er seine Gerätschaften, die Kleidung und seine sonstigen Habseligkeiten laden würde, wieder zurückkommen. Jetzt war er ja hier zu Hause.

***

»Das war heute das leckerste Essen, das ich je gegessen habe«, sagte Hermann. Er schob den leeren Teller von sich und rieb sich demonstrativ den Bauch. »Du bist wirklich eine gute Köchin, Anna!«

Anna hatte eine große Portion Bratkartoffeln mit Zwiebeln und ein paar Würfeln geräucherten Specks zum Abendessen gebraten. Hermann hatte sie ohne viel Federlesens mit großem Appetit verschlungen. Sie freute sich sehr über das Lob des Mannes. Verlegen merkte sie, dass sie errötete, und senkte den Blick. Hermann schmunzelte. Er dickte gerade die leicht gesalzene Milch, die den Abschluss der Abendmahlzeit bildete, mit ein paar Brocken Schwarzbrot an. Anna setzte sich zu ihm an den Tisch, löffelte ihre eigene Milchsuppe und lächelte ihm dann und wann schüchtern zu.

Es war schon spät. Die Kinder schliefen, das Vieh war versorgt und die Dinge, die Hermann mitgebracht hatte, waren eingeräumt. In dem Kleiderschrank in der Schlafkammer hing nun neben Annas Sonntagskleid Hermanns schwarzer Anzug, und in einem Schrankfach lagen seine wenigen Hemden, Pullover, Socken und die Unterwäsche. Die Sachen von Alfred, der eine schlankere Statur als Hermann gehabt hatte, lagen ausrangiert in einer Kiste auf dem Dachboden, ebenso seine Holzschuhe und die guten Sonntagsschuhe. Bei nächster Gelegenheit würde Anna sie an einen Trödler verkaufen.

Es war still in der angenehm warmen Küche. Nachdem sie die Mahlzeit beendet hatten, sprach Anna das Dankgebet, räumte das restliche Geschirr ab und stellte es in die steinerne Spüle, um es abzuwaschen.

»Komm doch einmal her zu mir«, sagte Hermann. Er war vom Tisch aufgestanden und hinter sie getreten. Sie drehte sich zu ihm um und sah ihn verlegen an. Wie groß und kräftig er war, viel breiter als Alfred, der eher hager gewesen war. Hermann legte seine Hände an ihre Schultern und zog sie sanft an sich.

Es war die erste Umarmung, die sie seit Langem erlebte, und Anna fühlte, wie etwas in ihrem Inneren ganz weich wurde. Sie lehnte ihren Kopf an seine Schulter. Ausruhen können, einmal nicht stark sein müssen: was für ein wunderbares Gefühl! Hermann umfasste sie mit seinem kräftigen Armen und drückte sie fest an sich. Anna spürte die Wärme seines Körpers, hörte den ruhigen Atem und den starken Herzschlag und fühlte sich sicher und geborgen. Sie horchte in sich hinein, ob sich Widerstand regte oder Abwehr, aber da war nichts als große Erleichterung.

Eine lange Weile standen sie so da, sich gegenseitig haltend und umfangend. Dann löste Hermann sich etwas von ihr, umfasste mit einer Zärtlichkeit, die Anna seinen groben, harten Arbeitshänden nicht zugetraut hätte, ihren Kopf und sah sie an. Sein breites, freundliches Gesicht war ihrem ganz nahe, seine warmen braunen Augen blickten tief in ihr Inneres. Ganz sanft küsste er sie auf die Stirn, die Wangen und schließlich auf den Mund. Seine Lippen waren überraschend weich, und ein lange vergessenes Gefühl der Leidenschaft durchfuhr Annas Körper. Unwillkürlich drängte sie sich an ihn, umschlang seinen Nacken mit beiden Armen und erwiderte seinen Kuss. Sie atmete seinen Geruch nach Schweiß, Stall und Erde tief ein, fühlte seine Muskeln unter dem Hemd und seine Hände, die ihren Rücken streichelten. Als es die Schleife ihrer Schürze löste, sie von ihrem Schultern abstreifte und achtlos über eine Stuhllehne hängte, ihre schmale Gestalt dann mit Leichtigkeit aufhob und über die Schwelle ins Dunkel der Schlafkammer trug, wusste sie: Ja, ihre Entscheidung war richtig gewesen.

»Die Kornblume blüht,
die Lerche singt. Unbewegt
wartet die Erde.«

1925

Das Schwarz-Weiß-Foto im Querformat zeigt ein schlichtes, langgezogenes Bauernhaus mit einem einfachen Fachwerk am Frontgiebel, der durch schmale Fenster mit je sechs kleinen Scheiben dreigeteilt wird. An der Längsseite, die zur Straße zeigt, gibt es ebenfalls drei Fenster sowie eine schmale Eingangstür, die den Wohntrakt vom Dielen- und Stallbereich des Hauses trennt. Ein mit Maschendraht eingefasster Gemüsegarten umrahmt den vorderen Teil des Hauses.

Es muss Frühjahr oder Herbst sein, denn die noch niedrigen Bäume am Straßenrand zeigen nur wenig Laub. Ein breiter Weg führt schräg an dem Haus vorbei. Auf ihm stehen, nebeneinander aufgereiht und frontal dem Fotografen zugewandt, sieben Menschen, offenbar eine Familie.

Die Eltern, etwa zwischen fünfunddreißig und fünfundvierzig Jahre alt, blicken ernst, ohne zu lächeln, in die Kamera. Die schlanke Frau trägt ein einfaches knöchellanges Kleid, darüber eine Kittelschürze, dunkle Strümpfe und an den Füßen Holzschuhe, der kräftig gebaute Mann einen Arbeitskittel, eine grobe Hose, dicke Strümpfe und ebenfalls Pantinen aus Holz.

Drei Mädchen im Alter zwischen zwölf und acht Jahren stehen, aufgereiht wie Orgelpfeifen, auf der rechten Seite des Paares. Sie tragen schlichte, kurzärmelige Kleider und eine Schürze darüber. Die locker geflochtenen Zöpfe der beiden jüngeren haben sich wegen des Kraushaars etwas aufgelöst, das glatte Haar des ältesten Mädchens liegt straff an ihrem Kopf.

Auf der anderen Seite des Ehepaares steht ein etwa vier Jahre alter Junge mit kurzem hellen Haarschopf, bekleidet mit Pullover und knielanger Hose. An der Hand der Mutter, vor ihr stehend, lacht ein lockenköpfiges Mädchen von etwa drei Jahren in die Kamera. Die Kinder sind barfuß.

Das Foto zeigt das Ehepaar Anna und Hermann Hoffstede und die Kinder Adelheid, Marie und Hedwig sowie Hannes und Helene. Der Fotograf Dirk Jürgens nahm die Familie ohne besonderen Anlass im Frühjahr 1915 mit seiner neuen transportablen Leica-Kamera auf.

2. Kapitel

Die Junisonne stach von einem makellos blauen Himmel, die Luft vibrierte in der Vormittagshitze. Hermann, Maries Stiefvater, hielt in der Arbeit inne, nahm den breitkrempigen Strohhut vom Kopf und wischte sich mit seinem karierten Taschentuch den Schweiß vom Gesicht. Dann trocknete er mit dem Tuch das durchnässte Schweißband des Hutes. Prüfend blickte er zum Himmel. Noch zeigte sich kein Wölkchen, aber Hermann spürte, wie die Luft schwüler wurde. Sicher gibt es heute Nachmittag ein Gewitter, dachte er. Besorgt blickte er auf die große Fläche getrockneten Heus, die noch auf der Wiese lag.

Er schaute zu Anna hinüber, die mit dem Holzrechen das Heu zusammenfharkte. Der große weiße Schlapphut schützte sie vor der sengenden Sonne und hielt ihre widerspenstigen krausen Haare zurück, die sich immer wieder aus dem festen Nackenknoten lösten und in ihrem schweißnassen Gesicht klebten. Ihr kurzärmliges Sommerkleid und die Schürze konnten nicht verbergen, dass sie schon wieder schwanger war. Hermann seufzte insgeheim. Kinder waren Gottes Segen, hatte der Pfarrer bei der Taufe des erst vierzehn Monate alten Robert gesagt, und es sei die Pflicht eines Christenmenschen, sie in Demut und Dankbarkeit aus der Hand Gottes anzunehmen. Das mochte ja wohl so sein, dachte Hermann, aber die Familie wurde immer größer und es wurde immer schwieriger, die hungrigen Mäuler zu stopfen.

Seit der Währungsreform war die Mark zwar wieder mehr wert und man brauchte nicht mehr Millionen für ein Ei zu bezahlen, aber es war schwer, mit dem Spärlichen, das der kleine Hof über den Eigenbedarf hinaus abwarf, zurechtzukommen. Die wenigen Hektar Acker- und Weideland reichten kaum aus, das Winterfutter für die Tiere zu erwirtschaften, jeder Pfennig Bargeld musste dreimal umgedreht werden. Und dabei war man hier auf dem Lande immer noch gut dran, dachte Hermann. In den großen Städten mussten die Menschen hungern, wie er aus der Zeitung wusste, es gab nicht genug Arbeit für die vielen Menschen, die Wirtschaft in Deutschland kam nicht voran. Immer öfter sah man auf den Straßen Bettler und Vagabunden, die von Ort zu Ort zogen und um ein Stück Brot baten.

Hermann griff nach der Blechkanne mit Wasser, die im Schatten unter dem Leiterwagen an einem Haken baumelte, nahm einen langen Schluck und reichte sie dann seiner Frau. Anna trank durstig und gab die Kanne dann weiter an Hedwig und Hannes, die die Aufgabe hatten, das Heu auf dem Leiterwagen richtig zu verteilen und festzutreten.

Adelheid, die wie ihre Mutter mit dem Holzrechen das Heu zu Haufen zusammenharkte, damit Hermann es mit der Forke aufnehmen und auf den Wagen heben konnte, trat zu den Eltern.

»Hoffentlich schaffen wir es heute, mit dem Heu fertig zu werden. Ich glaube, es wird noch ein Gewitter geben gegen Abend«, sagte sie. Genau wie ihr Stiefvater hatte sie ein gutes Gespür für das Wetter. Mit ihren bald dreizehn Jahren war Adelheid, ein knochiges, großes Mädchen, an Arbeit gewöhnt, und das Zusammenrechen des Heus ermüdete sie kaum.

»Ja«, sagte Hermann. »Morgen ist Sonntag, da darf nicht gearbeitet werden, und nächste Woche muss ich wieder zu Röwekamps.« Wie alle Heuerleute hatte Hermann immer zuerst den Dienst beim Großbauern zu entrichten, bevor er sich der Arbeit auf dem Land widmen konnte, das der Bauer ihm zur Bewirtschaftung überlassen hatte.

Er ging zu dem Ochsen, der den Leiterwagen zog, packte das Zaumzeug und zog kräftig. Der Ochse gehorchte widerwillig und ging ein weiteres Stück auf der Wiese zu den nächsten Heuhaufen.

Plötzlich hörte Hermann die lauten Rufe eines Kindes. Die zehnjährige Marie kam winkend und schreiend quer über die Wiese gelaufen. Hermann konnte nicht verstehen, was sie rief, aber er war sofort alarmiert, als er sah, wie seine Frau den Rechen achtlos fallen ließ und dem Mädchen entgegenlief. Es musste etwas Schlimmes passiert sein. Völlig aufgelöst und tränenüberströmt ließ sich das Mädchen in die Arme ihrer Mutter fallen. Hermanns Herz setzte einen Moment aus. Mit ein paar großen Schritten war er bei den beiden, kniete sich zu Marie hinunter und versuchte, aus dem Schluchzen und Stammeln des Kindes herauszuhören, was geschehen war.

»Leni ist unters Auto gelaufen«, brachte Marie schließlich unter heftigem Weinen heraus. »Sie blutet.«

Immer schlimmer wurde das stoßweise Schluchzen, das den schmächtigen Körper des Kindes schüttelte. Hermann wechselte einen erschrockenen Blick mit seiner Frau, dann rannten beide im Laufschritt über die Wiese zum Haus. Adelheid nahm die haltlos weinende Marie bei der Hand, die beiden Kleinen kletterten vom Wagen, und völlig verschreckt folgten die Kinder ihren Eltern.

In der Küche stand Dr. Jansen, der junge Tierarzt, der seit kurzem im Dorf ansässig war. Er war einer der wenigen in der Gemeinde, die über eines der neumodischen Automobile verfügten. Außer ihm besaßen nur noch der Arzt, Dr. Paulsen, und der Großbauer Röwekamp ein Auto. Jansen sah Hermann mit schreckgeweiteten Augen entgegen, sein Gesicht war leichenblass und seine Hände zitterten. Das Baby Robert stand halb nackt in seinem hölzernen Laufställchen und brüllte aus Leibeskräften. Offenbar hatte Marie ihm gerade eine neue Windel anziehen wollen, als das Unglück geschah. Auf dem Herd stand der große Kochtopf mit der brodelnden Gemüsesuppe aus Kartoffeln, Erbsen und Möhren, die Marie für das Mittagessen vorbereitet hatte.

»Sie ist mir einfach vors Auto gelaufen«, stammelte der Mann, »ich konnte nicht mehr bremsen.«

Das kleine Mädchen lag auf der Küchenbank, die Augen geschlossen, offenbar ohne Bewusstsein. Aus der Nase und dem linken Ohr war ein dünnes Rinnsal Blut geflossen, die Arme und die nackten Beine waren voll blutiger Schürfwunden.

»Sie muss sofort zum Arzt«, sagte Hermann. Er schob seine schluchzende Frau zur Seite und wandte sich an den wie betäubt dastehenden Tierarzt.

»Sie müssen uns dorthin bringen, Dr. Jansen. Sofort! Wir dürfen keine Zeit verlieren.« Zu seiner Frau sagte er:

»Schnell, Anna, eine Decke. Ich bringe Leni zum Doktor. Es wird schon nicht so schlimm sein«, fügte er tröstend hinzu, als er die Angst in den Augen seiner Frau sah.

»Ich komme mit«, sagte Anna. Sie reichte ihm eine karierte Decke. Ihre Stimme duldete keinen Widerspruch. Hermann nickte nur. Behutsam wickelte er das Kind in die Decke, hob es vorsichtig auf seine Arme und trug es nach draußen, wo Jansens offenes Automobil stand. Er bettete den kleinen Körper auf die Rückbank und setzte sich daneben. Anna rief Adelheid, die inzwischen mit den übrigen Kindern angekommen war, zu, sie solle auf die Kleinen aufpassen, und kletterte auf den Beifahrersitz. Jansen, noch immer totenblass, setzte sich ans Steuer und ließ den Wagen an.

»Schnell«, rief Hermann, »ihr Ohr blutet wieder. Wir müssen uns beeilen!«

Mit zitternden Händen steuerte der Tierarzt den Wagen über den Schotterweg zum Dorf und dort zum Marktplatz neben der Kirche, wo der Arzt wohnte und seine Praxis unterhielt. Hastig stieg Anna aus dem Wagen und klingelte an der Haustür, während Hermann das Kind zum Haus trug.

»Was ist passiert«, fragte der alte Landarzt, nachdem er Hermann angewiesen hatte, das Mädchen auf die Liege in seinem Ordinationsraum zu betten. Jansen Stimme zitterte und war kaum zu verstehen.

»Sie ist mir direkt vors Auto gelaufen. Das Vorderrad hat sie einige Meter mitgeschleift. Ich konnte nichts dafür, wirklich!«

Der Arzt warf ihm einen prüfenden Blick zu.

»Sie stehen unter Schock, Jansen. Ich gebe Ihnen nachher eine Tablette, und dann gehen Sie nach Hause. Aber zuerst muss ich mich um dieses kleine Würmchen kümmern. Es sieht gar nicht gut aus.«

Er prüfte den Puls des Kindes, horchte mit dem Stethoskop die Lunge ab und betastete Brustkorb und Bauch. Dann befühlte er die dünnen Arme und Beine, hob die Augenlider und schaute in Ohren und Nase. Er war sehr ernst geworden.

»Sie muss ins Krankenhaus in der Stadt, ich kann hier nichts für sie tun. Sie hat starke innere Blutungen und wahrscheinlich eine Gehirnquetschung. Ich rufe die Ambulanz, das Kind muss sofort operiert werden.«

Er ging zu seinem Schreibtisch, auf dem ein neumodischer Telefonapparat stand. Gerade als er den trichterförmigen Hörer abnehmen wollte, regte sich das kleine Mädchen, der Brustkorb bäumte sich auf und aus ihrem Mund kam ein Schwall Blut. Das leichenblasse Gesichtchen wurde noch eine Nuance weißer, dann fiel der Kopf mit den braunen Locken zur Seite und der kleine Körper erschlaffte. Eilig trat der Arzt an das Kind heran, prüfte Atmung und Herzschlag. Dann richtete er sich langsam auf und drehte sich zu den wie erstarrt dastehenden Eltern um.

»Es ist zu spät«, sagte der alte Arzt resigniert. »Die Lunge ist verletzt worden, das Blut ist in sie eingedrungen. Das konnte die Kleine nicht überleben.«

Mit einem verzweifelten Aufschrei sank Anna neben der Liege auf die Knie und beugte sich über ihre Tochter. Ungläubig streichelte sie die Wange des Kindes und strich einige der blutigen Haarsträhnen zurück.

»Nein«, stammelte sie, »nein, nein, das darf nicht sein!«

Hermann trat hinter seine Frau und legte ihr die Hand auf die Schulter. In seiner Kehle saß ein steinharter Kloß und in seinen Augen brannten Tränen. Als Anna laut aufschluchzte, zog er sie sanft hoch und nahm sie wortlos in die Arme.

Jansen war auf den Besucherstuhl gesunken und hatte

beide Hände vors Gesicht geschlagen. Der alte Landarzt schüttelte eine Tablette aus einer Schachtel, goss etwas Wasser aus der auf dem Schreibtisch stehenden Karaffe in ein Glas und reichte beides dem völlig aufgelösten Mann.

»Hier, nehmen Sie. Dann wird es Ihnen gleich besser gehen«, sagte er.

Dann trat er an das Ehepaar heran, legte Hermann fest die Hand auf die Schulter und räusperte sich.

»Du nimmst deine Tochter am besten wieder mit nach Hause, Hoffstede. Die Nachbarn werden sich dann um die Aufbahrung kümmern. Ich stelle den Totenschein aus und sage dem Pastor Bescheid. Der wird dann sicher heute Abend zum Totengebet kommen.«

Die Stimme des alten Doktors klang teilnahmsvoll und tröstend, aber auch bestimmt. Hermann sah ihn dankbar an. Er war froh, klar gesagt zu bekommen, was jetzt zu geschehen hatte.

Er schob seine Frau behutsam zur Seite und wandte sich dem toten Kind zu. In seinen Augen standen Tränen, als er den kleinen Körper wieder in die karierte Decke wickelte und auf die Arme nahm.

Jansen war auch aufgestanden. »Ich bringe Sie natürlich zurück«, sagte er. Seine Stimme zitterte. »Es tut mir so unendlich leid!«

Anna hatte aufgehört zu schluchzen. Ihr Gesicht war zu einer Maske erstarrt.

»Es war ein Unfall«, sagte sie mit brüchiger Stimme, »Gott hat es so gewollt.«

***

Es war heiß in der Küche. Die sommerliche Hitze wurde durch das Herdfeuer noch verstärkt. Das Blau des Himmels hatte sich getrübt und wirkte bleiern und schwer, die Schwüle der Luft trieb Hermann den Schweiß auf die Stirn, als er mit dem kleinen Leichnam auf dem Arm die Küche betrat.

Die Kinder saßen aufgereiht auf der Küchenbank und sahen den Eltern mit bangen Augen entgegen, als sie zur Tür hereinkamen. Adelheid hatte während ihrer Abwesenheit die Erbsensuppe vom Herd genommen, den großen Topf auf den Tisch gestellt und sich und den beiden größeren Kindern je eine Kelle auf den Teller geschöpft. Trotz der Aufregung hatten sie mit gutem Appetit gegessen. Den kleinen Robert hatte sie mit dem aufgewärmten Haferschleim vom Morgen gefüttert, ihm eine frische Stoffwindel angezogen und ihn zum Mittagsschlaf in sein Gitterbett gelegt.

Marie hatte immer noch ein tränenverschmiertes Gesicht. Der vierjährige Hannes verstand noch nicht, was geschehen war, fühlte aber den Schrecken und die Angst der Schwestern und saß ungewöhnlich still auf seinem Platz.

Hilflos schaute Hermann in die angstvollen Gesichter seiner Kinder. Die Trauer wollte ihm die Kehle zuschnüren.

»Leni hat sich bei dem Unfall sehr weh getan«, brachte er schließlich heraus. »Der Doktor konnte nichts mehr machen. Leni ist gestorben.«

Marie schrie auf, stürzte zu ihrer Mutter und umklammerte schluchzend ihre Hüfte. Adelheid schlug die Hand vor den Mund und stand wie erstarrt da, während sich ihre Augen mit Tränen füllten. Der kleine Hannes blickte verständnislos auf das Bündel in den Armen seines Vater und fing ebenfalls an zu weinen.

Hermann öffnete die Tür zur Schlafkammer und legte den Körper des kleinen Mädchen vorsichtig auf das Bett.

Mit einem feuchten Handtuch wischte er so gut es ging das Blut aus dem weißen, stillen Gesicht, ordnete die Haare und faltete die Hände auf der Brust des Kindes.

»Kommt alle hierher«, sagte er dann, »wir wollen beten für Leni.«

Die Familie versammelte sich rund um das Ehebett, und Hermanns volltönende Stimme fing an, das Vaterunser zu sprechen. Nach und nach fielen die anderen in das Gebet ein.

»Vater unser, der du bist im Himmel, geheiligt werde dein Name, zu uns komme dein Reich, dein Wille geschehe, wie im Himmel, also auch auf Erden. Unser tägliches Brot gib uns heute, und vergib uns unsere Schuld, so wie auch wir vergeben unseren Schuldigern. Amen.«

Das Beten und die vertrauten Worte hatten etwas Tröstliches und linderten den ersten großen Schmerz. Hermann besann sich auf das, was jetzt zu tun war.

»Adelheid, hör gut zu! Du läufst jetzt zu Wegmanns hinüber und sagst ihnen, was passiert ist. Mutter Wegmann muss herkommen, um die kleine Leni für die Aufbahrung vorzubereiten, und Vater Wegmann soll zu den Nachbarn gehen und den Todesfall ansagen. Heute Abend kommt der Pastor zum Totengebet, und die Frauen sollen kommen zum Rosenkranzbeten.«

Eindringlich sah er seine große Stieftochter an. »Hast du alles verstanden?«

Adelheid hatte sich schon wieder gefangen. Sie wischte sich mit einem nassen Waschlappen die Tränen aus dem Gesicht, ordnete ihr Haar und machte sich auf den Weg.

Hermann wandte sich an seine Frau, die noch immer wie betäubt mit gefalteten Händen am Bett stand und auf ihre kleine Tochter starrte. Sanft zog er sie mit sich weg und führte sie zum Küchentisch, wo sie sich bereitwillig auf einen Stuhl setzte.

»Anna, wenn Frieda Wegmann gleich kommt, wird sie dir helfen beim Vorbereiten der Totenwache. Bis dahin sollten wir etwas essen, die Gemüsesuppe ist noch warm. Dann nehme ich Marie und Hannes mit auf die Wiese. Der Ochse braucht einen Eimer Wasser und dann wollen wir sehen, dass wir das Heu in die Scheune bekommen. Der Himmel wird trüber, es gibt in ein paar Stunden ein Gewitter.«

Seine Frau hatte teilnahmslos zugehört.

»Für Leni können wir nichts mehr tun, Anna, und das Heu darf uns nicht verderben. Wenn Adelheid zurückkommt, schick sie gleich zu mir zum Zusammenrechen. Dann schaffen wir es noch.«

»Wie konnte das nur passieren.« In Annas Stimme klangen Verzweiflung und Schmerz. Sie nahm mechanisch ein paar Löffel Eintopf und versuchte zu essen. Doch plötzlich schluchzte sie laut auf.

»Marie sollte doch auf Leni aufpassen, sie hat doch gewusst, was für ein Wildfang sie war. Und jetzt liegt sie da und ist tot.«

»Beruhige dich, Anna. Marie kann sicher nichts dafür. Ich kann mir schon denken, wie das abgelaufen ist. Marie war damit beschäftigt, Robert eine neue Windel anzuziehen. Währenddessen ist Leni nach draußen gegangen, um die Kaninchen mit dem Löwenzahn zu füttern, den die beiden gesammelt hatten. Ich habe den Korb mit den Löwenzahnblättern beim Kaninchenstall gesehen, und die Tür steht offen. Wahrscheinlich hat Leni die Tür vom Kaninchenstall aufgemacht, der große Rammler ist ausgebrochen und über die Straße davongelaufen. Leni ist ihm wahrscheinlich hinterhergerannt, um ihn wieder einzufangen, und dabei ist es passiert. Ein schrecklicher Zufall, dass gerade in dem Moment der Jansen mit seinem schnellen Auto vorbeigekommen ist.«

Annas Augen füllten sich wieder mit Tränen, aber dann straffte sie die Schultern und strich sich ein paar Haarsträhnen aus der Stirn.

»Ja, so wird es wohl gewesen sein.« Sie stand auf und sah sich in der Küche um. »Dann werde ich hier mal aufräumen, bevor Frieda gleich kommt. Geh du nur. Hier herumzusitzen hat keinen Sinn.«

***

Gegen fünf Uhr brach das Gewitter los. Am Himmel hatten sich immer mehr Wolken gesammelt, die nach und nach bedrohliche graue, schwarze und violette Farben angenommen hatten, die Luft hatte eine unerträgliche Feuchtigkeit erreicht und die Hitze war auf weit über dreißig Grad gestiegen. Gerade hatte Hermann das letzte Fuder Heu in die Scheune gefahren, den Ochsen und die vier Kühe auf den Kuhstand in der Diele geführt und die Schweine von der nahegelegenen Schweineweide in den Stall getrieben, als der Himmel seine Schleusen öffnete und Schlag auf Schlag ein Blitz dem anderen folgte, begleitet von furchtbarem Krachen und Donnern. Die Kinder versammelten sich angstvoll um den Küchentisch, Anna verbrannte geweihten Buchsbaum im Küchenherd, das sollte einem alten Glauben nach einem Blitzeinschlag vorbeugen, und Adelheid betete den Rosenkranz vor. Alle hofften, dass das Haus und die Scheune nicht von einem der pausenlos aufeinanderfolgenden Blitze getroffen werden würde. Erst letztes Jahr hatte der Blitz in eine der kleinen Bauernkaten eingeschlagen und die Familie zu Obdachlosen gemacht, die ins Armenhaus einziehen mussten. Immer wieder wandte sich Adelheid im Gebet an den Schutzheiligen St. Florian, er möge dafür sorgen, dass das Himmelsfeuer dieses Haus verschone.

Anna hatte mit Hilfe ihrer Nachbarin, einer mütterlichen Frau um die sechzig, die schon viele Tote gesehen und bestattet hatte, den Körper der kleinen Leni gewaschen und das lockige braune Haar zu ordentlichen kleinen Zöpfen geflochten. Dann hatten sie dem Kind das karierte Sonntagskleid mit dem weißen Bubikragen angezogen, das Leni von Marie übernommen hatte, und saubere Strümpfe. Auf dem großen Tisch in der guten Stube breiteten sie eine Wolldecke und ein sauberes Laken aus, betteten den Kopf der Kleinen auf ein besticktes Paradekissen und bedeckten den Körper mit einer weißen, spitzengesäumten Tischdecke bis zur Taille. Links und rechts neben den Kopf der Toten stellte Anna die silbernen Leuchter auf, die das Hochzeitsgeschenk ihrer Schwiegereltern für sie und Alfred, ihren ersten Mann, gewesen waren, das Kostbarste, was die Familie besaß. Um die gefalteten Kinderhände herum schlang sie einen Rosenkranz.

Marie kam mit einem großen Strauß Kornblumen, die Anna auf zwei Vasen verteilte und neben die Kerzen stellte. Es war ein erschütterndes Bild, fand Hermann, als er die Stube betrat. Sie sieht aus, als ob sie schliefe, dachte er. Er hatte das Gefühl, dass sich sein Herz zusammenkrampfte. Seine liebe kleine Tochter, das wilde, ausgelassene, fröhliche Kind! Warum hatte Gott das zugelassen? Er seufzte. Auf diese Frage würde er keine Antwort bekommen.

***

Endlich war Anna eingeschlafen. Hermann konnte es an ihren regelmäßigen Atemzügen erkennen. Er atmete auf. Lange hatte er ihrem unterdrückten Schluchzen gelauscht, vergeblich nach einer Möglichkeit suchend, sie zu trösten.

Er dachte über den Abend nach. Das Klingeln des Totenglöckchens hatte das Nahen des Pastors angekündigt, der mit zwei Messdienern zum Totengebet kam. Das Unwetter hatte am frühen Abend nachgelassen, der Regen war dünner geworden, sodass ein Regenschirm genügte, um Pastor Hellmann und die beiden Jungen trocken zu halten. Zusammen mit den drei Nachbarsfrauen, die, ganz in Schwarz gekleidet, gekommen waren, um die rituelle Totenwache zu halten, hatte der Pastor die Salbungen und Segnungen vorgenommen und die Totengebete gesprochen. Die ganze Familie hatte sich um das aufgebahrte Kind versammelt. Der Rosenkranz von den schmerzhaften Geheimnissen, der die Leiden Jesu auf dem Kreuzweg in vielen Wiederholungen beklagt, war gebetet worden, und der Geistliche hatte einige tröstende Worte gefunden.

Es war schon dunkel gewesen an diesem Junitag, als Hermann die Trauergäste aus dem Haus geleitet hatte. Der Regen hatte aufgehört, überall standen riesige Pfützen und Wasserlachen, aber am Himmel flammten glitzernd die ersten Sterne auf und die drückende Schwüle des Tages war einer reinen frischen Abendluft gewichen. Der nächste Tag würde sicher wieder schönes Sommerwetter bringen, hatte Hermann festgestellt, und dabei an das tote Kind gedacht, das diesen Tag nicht mehr erleben würde. Er drehte sich schlaflos auf die andere Seite, darauf bedacht, Anna nicht zu stören.

Plötzlich hörte er, wie eine Tür leise geöffnet und geschlossen wurde. Vorsichtig schlug er das Federbett zurück und stand auf. In der Küche bemerkte er, dass die Tür zur guten Stube nur angelehnt war. Als er sie öffnete, sah er im fahlen Licht des Mondes, das durch das Fenster direkt auf die Gestalt des aufgebahrten Kindes fiel, seine Stieftochter Marie an der Seite des Tisches kauern. Sie weinte. Ihre schmalen Schultern zuckten vor unterdrücktem Schluchzen. Die aufgelösten lockigen Haare fielen ihr über den Rücken, das Nachthemd schimmerte hell. Hermann knipste das Licht an, beugte sich zu dem verschreckt aufblickenden Kind hinunter und nahm es in die Arme.

»Was machst du denn hier, Marie?«, fragte er mit gedämpfter Stimme. Hilfloses Weinen antwortete ihm. Behutsam hob er das Mädchen auf und setzte sich mit ihm auf einen der Stühle. Marie schlang ihre dünnen Arme um seinen Hals und barg ihr tränennasses Gesicht an seiner Schulter. Hermann strich ihr über den schmalen Rücken und flüsterte beruhigende Worte, bis das heftige Schluchzen nachließ.

»Ich bin schuld«, flüsterte Marie mit dünner Stimme. Hermann glaubte nicht recht gehört zu haben.

»Was sagst du?«, fragte er.

Ohne das Gesicht zu heben, stammelte Marie, kaum hörbar:

»Ich bin schuld. Leni ist tot, und ich bin schuld daran!«

»Ach was«, erwiderte Hermann, »du bist nicht schuld. Es war ein Unfall, Marie, daran ist keiner schuld.«

»Doch, ich bin schuld«, beharrte Marie. »Mama hat es selbst gesagt.«

»Mama hat das gesagt? Bestimmt hat sie es nicht so gemeint. Was genau hat sie denn gesagt?«

»Sie hat gesagt, ich sollte doch auf Leni aufpassen, deshalb bin ich schuld daran, dass sie vors Auto gelaufen ist.«

Marie fing wieder an zu weinen. Hermann wiegte sie in seinen Armen und strich ihr liebevoll übers Haar.

Hermann wusste, er musste die Gefühle des Kindes ernst nehmen.

»Lass uns mal überlegen. Was hast du denn gerade gemacht, als Leni nach draußen gelaufen ist?«

Marie schniefte und fing an nachzudenken.

»Der Robert hatte in die Hose gemacht, und ich wollte ihm eine neue Windel anziehen. Da ist Leni nach draußen gelaufen. Sie wollte den Löwenzahn zum Kaninchenstall bringen. Wir hatten nämlich vorher Löwenzahn gesammelt«, fügte sie erklärend hinzu.

»Na, siehst du. Du warst also nicht unaufmerksam, sondern du hast dich um das Baby gekümmert, was du ja auch solltest. Und Leni ist einfach nach draußen gegangen. Das war ja nicht so schlimm. Aber dann hat sie die Tür zum Kaninchenstall aufgemacht, und der Braune, du weißt ja, dass der ziemlich wild ist, ist herausgesprungen und weggelaufen. Ich habe den offenen Stall gesehen, und der Braune ist nicht da. Sicher ist Leni ihm hinterhergerannt und hat nicht gesehen, dass ein Auto kommt. Und so ist der Unfall passiert.«

Marie hatte aufgehört zu weinen. Sie holte tief Luft und stand vom Schoß ihres Vaters auf. Tiefernst sah sie ihn an.

»Dann bin ich also nicht schuld daran, dass sie tot ist?«

»Nein, das bist du nicht, Marie. Es war ein schlimmes Unglück. Eigentlich ist keiner schuld daran. Es ist einfach passiert. Der liebe Gott hat unsere kleine Leni eben wieder bei sich haben wollen. Jetzt ist ihre Seele bei Jesus im Himmel und es geht ihr gut. Du musst dir keine Sorgen machen.«

Marie trat an den Tisch mit dem aufgebahrten Kind und betrachtete ernst und konzentriert Lenis Gesicht.

»Sie sieht so still aus, fast wie eine Puppe«, sagte sie mit nachdenklicher, leiser Stimme. Dann wandte sie sich wieder ihrem Vater zu.

»Bist du sicher, dass ihre Seele jetzt im Himmel ist, Papa?«, fragte sie.

»Ja, ganz sicher. Und eines Tages werden wir sie dort oben wiedersehen.« Hermann merkte ein wenig verwundert, dass seine Worte nicht nur dem Kind, sondern auch ihm selber Trost spendeten.

»Ja«, bekräftigte er seinen Satz, »wir werden sie wiedersehen.« Dann nahm er seine Tochter an die Hand und führte sie aus der Stube.

»Und jetzt gehen wir schlafen, Marie.«

Noch ist es dunkel
am frühen Morgen. Musik
durchbricht die Stille.

1978

Ein Porträtfoto. Die farbige Großaufnahme einer Frau mittleren Alters im Halbprofil. Sie zeigt ein zurückhaltendes Lächeln, der Blick ist auf den Fotografen gerichtet. Das schmale Gesicht mit der hohen Stirn wird von den großen Augen beherrscht, deren klares, leuchtendes Blau das auffälligste Merkmal des reifen Frauengesichtes darstellt. Die kurz geschnittenen gewellten Haare, in deren Dunkelbraun sich einige weiße Fäden zeigen, sind nach der aktuellen Mode im Nacken länger gehalten als am oberen Teil des Kopfes. Die Porträtierte trägt eine blau gemusterte Hemdbluse, deren Farbe zu der Augenfarbe passt. Eine Perlenkette ist im geöffneten Kragenausschnitt zu sehen.

Das Foto ließ Marie Sophia Brinkhus, geb. Hoffstede, im August 1974 im Fotoatelier Zimmermann in Niestadt anfertigen.

3. Kapitel

»Zehn Jahre«, hatte der blutjunge Friseur vom Salon »Heidi« in Niestedt im Brustton der Überzeugung ausgerufen, als er Marie im Handspiegel ihre neue Frisur von allen Seiten vorführte, »Sie sehen mindestens zehn Jahre jünger aus, gnädige Frau!« Er strich sich über seine eigene, überaus gepflegte blonde Scheitelfrisur und begutachtete wohlgefällig seine gerade vollbrachte Leistung.

Marie war ihr Gesicht im Spiegel zuerst merkwürdig fremd erschienen. Sie fand, sie sah moderner, schicker und, ja, auch jünger aus. Dennoch hatte sie nicht recht gewusst, ob das neue Gesicht ihr gefiel, doch als sie ein zaghaftes Lächeln versuchte, erkannte sie die Fältchen um ihre Augen herum, die ihr sagten, sie sei noch ganz die Alte, trotz der äußerlichen Veränderung. Ihr Lächeln vertiefte sich und sie nickte sich zu.

Der aufgeregte Friseur hatte zuerst sein lebhaftes Bedauern ausgedrückt, als sie darauf bestanden hatte, dass er ihre langen Haare abschneiden und ihr eine moderne Kurzhaarfrisur geben sollte. Er war um sie herumgetänzelt, hatte ihre Haare gebürstet und von allen Seiten begutachtet, ihre Fülle und ihre Gesundheit gelobt und immer wieder beteuert, dass es eine Menge Frauen gäbe, die Marie um diese Pracht beneiden würden. Unter zahllosen Seufzern hatte er schließlich die Schere ergriffen und das Haar, das Marie bis zu den Hüften reichte, Strähne für Strähne in Höhe ihres Kinns abgeschnitten. Er hatte die abgeschnittenen Haare sorgsam mit einem Band zusammengebunden, und Marie hatte den dicken Strang welliger brauner Haare mit nach Hause genommen.

Sie wusste nicht recht, warum sie sich nach so vielen Jahrzehnten von ihrem langen Haar getrennt hatte.

Es war, als hätte sie ein äußerlich sichtbares Zeichen ihrer inneren Veränderungen gebraucht, nachdem sie den Entschluss gefasst hatte, aus Moorbrügge wegzuziehen und ein anderes Leben zu beginnen.

Jetzt stand sie vor dem Garderobenspiegel ihrer kleinen Mietwohnung und fuhr sich mit ein paar Bürstenstrichen durch ihr kurzes Haar. Ein paar graue Strähnen waren in den vergangenen Jahren hinzugekommen, aber noch überwog das Kastanienbraun. Sie lächelte ihrem Spiegelbild gut gelaunt zu, nahm ihre Handtasche und den Beutel mit den Büchern, schloss die Tür zu ihrer Wohnung sorgfältig ab, trat in den Flur und verließ das Haus.

Die schwere Haustür fiel hinter ihr mit einem lauten Klacken ins Schloss. Marie ging in den Keller des Mehrparteienhauses und holte ihr Fahrrad heraus. Wie glücklich sie war, diese Wohnung in dem alten Patrizierhaus in der Schillerstraße in Oldenburg gefunden zu haben! Nun wohnte sie schon seit fast drei Jahren hier, und das Leben in der Stadt gefiel ihr mehr und mehr. Zugegeben, zuerst war ihr die Umstellung schwer gefallen. Sie hatte abends wegen des Autolärms nicht einschlafen können, war bei jedem Türenschlagen und dem anderen Lärm, den die übrigen Mieter verursachten, aufgeschreckt, doch es hatte nicht lange gedauert, bis sie sich daran gewöhnt hatte und die Geräusche kaum noch wahrnahm.

Ihre Wohnung lag im Erdgeschoss und besaß zur großen Freude Maries einen winzigen Garten, der gerade einmal Platz bot für ein Gartentischchen und einen Liegestuhl. Dafür aber war er von hohen Fichten und Ulmen umgeben und von großen, wild wuchernden Rhododendronbüschen eingerahmt. Am Rande der winzigen Terrasse hatte Marie Blumenkübel aufgestellt, die sie im Frühjahr mit Narzissen und Stiefmütterchen, im Sommer mit Geranien und Begonien und im Herbst mit Margeriten und Astern bepflanzte, und es verging, außer wenn es regnete oder im strengsten Winter, kaum ein Tag, an dem sie sich nicht mit einem Buch in ihre kleine grüne Oase zurückzog.

Mit Schwung stieg sie auf ihr Fahrrad und fuhr die ruhige Schillerstraße entlang, bog auf der Hauptstraße nach links und an der Ampelkreuzung nach rechts ab in die Wienstraße. Dort nahm sie den Weg, der sich durch Everstenholz schlängelte.

Sie liebte es, durch die Waldanlage zu fahren, besonders an einem Sommertag wie diesem. In der Mitte des Waldstückes stieg sie vom Fahrrad ab und schob es, um die frische Luft, die Sonne auf ihren nackten Armen und das Vogelgezwitscher besser genießen zu können. Am jenseitigen Ende des Parks überquerte sie die Straße Unter den Eichen und folgte der Tappenbeckstraße bis zum alten Zeughaus, in dem die Landesbibliothek der Stadt Oldenburg seit Kriegsende untergebracht war.

Wie immer, wenn sie vor dem Gebäude stand, war sie beeindruckt von dem alten, dreistöckigen Backsteinbau mit seinen Rundbogenfenstern und der efeubewachsenen Fassade. Das große Haus sah Ehrfurcht gebietend, aber auf seine altmodische Art auch einladend aus, fand sie. Sie stellte ihr Fahrrad in den Fahrradständer und schloss es ab, nahm ihre Büchertasche und betrat das Gebäude.

Nach der sommerlichen Wärme, die an diesem Junitag draußen herrschte, empfand sie die Luft im Inneren als angenehm kühl. Jedes Mal, wenn sie in den Raum mit den hohen Bücherregalen kam, hielt Marie einen Moment inne. Sie liebte diese besondere Atmosphäre von Wissen und Gelehrsamkeit, die von den zahllosen Büchern ausging, und die Stille, die nur von einem gelegentlichen Flüstern oder Blättern unterbrochen wurde. Der Geruch nach Papier, Leder und ein wenig Staub war Marie inzwischen wohlvertraut.

Sie erinnerte sie sich an das wunderbare Gefühl, als sie das erste Mal die Bibliothek betreten hatte. Das war vor fast drei Jahren gewesen, kurz nach ihrem Umzug in die kleine Wohnung in der Schillerstraße. Sie war sich vorgekommen wie ein Kind, das vor einen festlich gedeckten

Tisch mit den herrlichsten Köstlichkeiten geführt wurde, und dem man gesagt hatte, dass alles, was es hier sah, nur für es bestimmt war. Voller Ehrfurcht war sie durch die hohen Regalreihen gewandert, war mit den Fingerspitzen leicht über die großen und kleinen, die breiten und schmalen Buchrücken gefahren und hatte hier und da einen Band vorsichtig herausgenommen, ihn aufgeschlagen und einige Seiten umgeblättert. Ein unermesslicher Schatz war hier vor ihr ausgebreitet worden, wohlsortiert und geordnet, und wartete nur darauf, von ihr in Besitz genommen zu werden.

Ein wenig hilflos hatte sie dann vor den Regalen gestanden. Sie hatte nicht gewusst, wo sie anfangen sollte. Wahllos hatte sie schließlich einige Bücher aus der Abteilung für Belletristik aus dem Regal genommen und sie, nachdem sie vorschriftsmäßig die Leihscheine ausgefüllt hatte, wie eine Kostbarkeit nach Hause getragen.

In den ersten Wochen und Monaten hatte sie auf diese Weise völlig unsystematisch Werke der Weltliteratur gelesen, hatte hier und da ein Sachbuch über Psychologie, Geschichte oder ein naturwissenschaftliches Gebiet durchgearbeitet und, zur Entspannung, Lyrikbände verschlungen. Oft hatte sie darüber vergessen zu essen, hatte erst im Morgengrauen gemerkt, dass sie die ganze Nacht gelesen hatte, sodass sie den Tag mit dringend benötigtem Schlaf vergeuden musste. Wie ein trockener Schwamm hatte ihr Geist alles aufgesogen, was sie las. Manchmal verstand sie das Gelesene nur halb, vieles war völlig neu und fast beängstigend beeindruckend für sie, sodass es ihr eine besondere Freude war, wenn sie in den Gedichtsammlungen auf einen Namen stieß, der ihr bekannt war. Ihre eigenen Verse, die sie im Laufe der Jahrzehnte in die kleinen schwarzen Schulhefte geschrieben hatte, wagte sie nicht mehr anzusehen, aus Angst, sie könnten zu schlicht, zu ungeschliffen und grob sein. Aus diesem Grund hatte sie den Stapel Hefte, es mochten inzwischen an die dreißig oder vierzig sein, in eine der Schubladen in ihrem Kleiderschrank verbannt.

Nach etwa einem halben Jahr hatte Marie gemerkt, dass sie mit dem wahllosen Verschlingen von Büchern nicht weiterkam. Sie hatte den Eindruck, immer weniger zu wissen und zu verstehen, je mehr sie las. Mit jeder Erkenntnis, die sie gewann, taten sich neue Gebiete auf, die ihr unbekannt waren. Ihr fehlte eine Möglichkeit, Wichtiges von Unwichtigem zu unterscheiden. Das war der Moment gewesen, in dem sie sich nach Hilfe umgesehen und Marianne Berndsen kennengelernt hatte.

»Guten Tag, Frau Brinkhus«, grüßte Marianne Berndsen, die Bibliothekarin sie jetzt mit der üblichen Freundlichkeit. Sie kannte Marie schon so gut, dass sie ihr stets ein besonders herzlichen Lächeln gönnte. Nahezu gleichaltrig, teilte sie mit ihr die Liebe zu Büchern, die für die Bibliothekarin den gesamten Lebensinhalt darstellten. Sie war das, was man abfällig eine ›alte Jungfer‹ nannte. Dünn und groß, mit eisengrauen, dauergewellten Haaren und einem knochigen Gesicht, waren es ihre intelligenten hellgrauen Augen hinter der großen Hornbrille, die ihrer Person Lebendigkeit und, wenn es um Bücher ging, einen mitreißenden Enthusiasmus gaben. Marianne Berndsen liebte ihre Bibliothek auf eine persönliche, fast schon familiäre Weise. Sie kannte jede Abteilung, wusste, wo die kostbaren alten Bände oder die seltenen Erstausgaben standen, und konnte in ihrer Kartei in Minutenschnelle jeden gewünschten Titel ausfindig machen.

»Ich bringe die hier zurück«, sagte Marie und legte die beiden Frenzel-Bände »Daten deutscher Dichtung« auf den Tresen vor Marianne. »Wissen Sie, ob es diese Bücher vielleicht schon als Taschenbuch zu kaufen gibt? Ich würde sie gerne zum Nachschlagen zu Hause haben.«

Natürlich wusste Marianne Berndsen das.

»Beim Deutschen Taschenbuchverlag ist vor ein paar Jahren schon die sechste Auflage erschienen. Sie können in den Buchhandlungen die Bände sicher bestellen, wenn sie nicht vorrätig sein sollten.«

Marie lächelte die Frau dankbar an.

»Könnten Sie mir vielleicht ein Grundlagenwerk zur Philosophiegeschichte empfehlen? Ich würde mich gern ein wenig mit diesem Gebiet beschäftigen.«

»Selbstverständlich.«

Marianne stand eilfertig auf und kam hinter dem Tresen hervor.

»Ich zeige Ihnen, wo die Philosophiewerke stehen. Sie sollten sich zuerst einen Überblick verschaffen und dann sehen, wo Ihr besonderes Interesse liegt. Empfehlen würde ich Ihnen das Philosophische Lesebuch in drei Bänden von Hans-Georg Gadamer, das es inzwischen auch als Taschenbuchausgabe gibt. Vom Fischer-Verlag, wenn ich mich nicht irre.«

Sie eilte Marie voraus in die entsprechende Abteilung und zog zielsicher einen Band aus dem Regal. Marie nahm ihn entgegen und fing an darin herumzublättern.

»Das ist bestimmt nicht ganz leichte Kost, oder?«

»Das stimmt wohl, aber es ist eine wirklich gute Einführung. Sie können natürlich auch mit den Monografien vom Rowohlt-Verlag beginnen. Dann sollten Sie zuerst das Buch von Gottfried Martin zu dem großen Griechen Sokrates lesen und dann mit Platon und Aristoteles fortfahren. Die antiken Philosophen sind nun einmal die Grundlage für die gesamte europäische Philosophie.«

Marie war beeindruckt.

»Soll das heißen, dass Sie diese Bücher alle gelesen haben, Frau Berndsen?«

Die Bibliothekarin rückte verlegen ihre Brille zurecht.

»Nun ja«, sagte sie, »Philosophie und Literatur sind nun mal meine Lieblingsgebiete.«

Marianne Berndsen war es gewesen, die Marie einen Weg gewiesen hatte, sich im Selbststudium ein fundiertes Grundlagenwissen auf dem Gebiet der Literatur anzueignen.

Sie hatte ihr die Lektüreliste des gymnasialen Lehrplans für das Fach Deutsch gegeben, auf der die Standardwerke der Weltliteratur standen, angefangen mit »Kleider machen Leute« von Gottfried Keller und »Der Schimmelreiter« von Theodor Storm über die Meisterwerke von Goethe, Schiller und Kleist bis hin zu Max Frischs »Stiller« und Franz Kafkas »Der Prozess«. Gewissenhaft las Marie alle Dramen und Prosawerke, dazu studierte sie die Sekundärliteratur, sodass sie sich nach und nach ein gute Grundlage schuf, anhand derer sie sich orientieren konnte. Als Nächstes hatte Marianne ihr eine Liste der Literaturnobelpreisträger vorgelegt und ihr diejenigen Schriftsteller angekreuzt, die sie unbedingt kennenlernen sollte. Mit den deutschen Preisträgern hatte Marie angefangen: Paul Heyse, Gerhard Hauptmann, Thomas Mann, Hermann Hesse, Heinrich Böll. Dann hatte sie sich in John Steinbecks Kalifornien verliebt und später vergoss sie Tränen bei Hemingways »Wem die Stunde schlägt«. Besonderes Interesse weckten die Frauen unter den Preisträgern in ihr, vor allem Selma Lagerlöff und Nelly Sachs. Die Gedichte der Jüdin Sachs hatten ihr die Augen geöffnet über die furchtbare Zeit des Dritten Reiches und das Schicksal der Juden in Deutschland.

»Wissen Sie, Frau Berndsen, ohne Sie wäre ich ziemlich verloren. Sie ahnen nicht, wie dankbar ich Ihnen bin.«

Wieder rückte Marianne Berndsen ihre Brille mit der für sie charakteristischen Handbewegung zurecht.

»Ach was«, sagte sie, »das ist doch meine Aufgabe.«

Marie nahm die empfohlenen Bände und suchte sich einen freien Tisch im Lesesaal. Es waren nur wenige Leser anwesend, wohl wegen des schönen Sommerwetters, das die Menschen ins Freie lockte. Einige Studenten von der noch jungen Universität Oldenburgs brüteten über schweren Bänden von Fachliteratur und machten sich Notizen auf ihren Schreibblöcken. Ein paar ältere Besucher standen suchend vor den Regalen oder saßen in ihre Lektüre versunken an den Tischen.

Marie schlug den schmalen Band über Sokrates auf und betrachtete das in Stein gemeißelte Antlitz des Philosophen, das gleich auf der ersten Seite abgebildet war. Ein breites Gesicht mit einer hohen Stirn, eingerahmt von einem welligen Vollbart, mit großen Augen und einer dicken Nase mit weiten Nasenflügeln. So hatte er also ausgesehen, der Mann, der das antike Denken wie kein anderer begründet hatte. Sie vertiefte sich in die Lektüre des Buches und merkte nicht, wie die Zeit verging. Erst als ihr linkes Bein vom steifen Sitzen eingeschlafen war und anfing, unangenehm zu kribbeln, schaute sie auf. Die Studenten waren alle gegangen, es musste schon weit nach Mittag sein. Sie stand auf und nahm die Philosophiebücher unter den Arm. Sie würde sie ausleihen und mit nach Hause nehmen. Aber zuerst wollte sie sich noch einen Lyrikband aussuchen, von einem Dichter des Expressionismus. Sie ging in die Belletristikabteilung und suchte mit den Augen die Gedichtbände ab nach Georg Trakl, österreichischer Dichter, 1887 bis 1914. Marie wusste von ihm nur, dass er mit siebenundzwanzig Jahren an einer Überdosis Kokain gestorben war, vermutlich Selbstmord. Und dass er als expressionistischer Dichter viele Ehrungen erhalten hatte, trotz seines jungen Alters. Sie war neugierig auf seine Lyrik.

»Kann ich Ihnen vielleicht helfen?«

Erschrocken wandte Marie sich um.

»Verzeihung, ich wollte Sie nicht erschrecken. Es tut mir leid!«

Der Mann, der so leise hinter sie getreten war, dass sie ihn nicht bemerkt hatte, lächelte Marie entschuldigend an. Er war ihr nicht ganz unbekannt. Sie hatte ihn schon des Öfteren in der Bibliothek gesehen, ihn aber nicht weiter beachtet.

»Schon gut«, sagte sie und erwiderte das Lächeln.

»Suchen Sie etwas Bestimmtes? Ich sehe Sie hier schon eine ganze Weile vor dem Regal mit den Lyrikbänden stehen. Vielleicht kann ich Ihnen beim Suchen behilflich sein?«

»Ich suche Gedichte von Georg Trakl. Er war Expressionist, habe ich gelesen. Wissen Sie, wo ich sie finden kann?«

»Hm, wahrscheinlich am ehesten in einem Sammelband für expressionistische Lyrik. Warten Sie, gleich hab ich's.«

Während ihr freundlicher Helfer die Reihen der Bücher entlangging, nutzte Marie die Gelegenheit, ihn ausführlicher in Augenschein zu nehmen. Sie schätzte ihn auf Anfang bis Mitte fünfzig. Er hatte ein angenehmes, freundliches Gesicht mit rehbraunen Augen hinter einen randlosen Brille und sympathischen Grübchen in beiden Wangen, die sich beim Lächeln deutlich vertieften. In sein hellbraunes Haar mischten sich zahlreiche weiße Fäden, sodass es heller schien, als es ursprünglich war. Es lichtete sich über der Stirn schon merklich, kringelte sich aber im Nacken zu unordentlichen Locken. Er trug ein kurzärmeliges beiges Polohemd, das er locker über den Bund seiner hellbraunen Hose trug, wohl um den Ansatz eines Bauches zu kaschieren, wie Marie amüsiert feststellte. Alles an dem Mann war in sanften, zurückhaltenden Farben gehalten. Auch seine Stimme war angenehm und leise. In verschwörerischem Ton flüsterte er Marie zu:

»Wussten Sie, dass Trakl ein Verhältnis mit seiner leiblichen Schwester gehabt haben soll? Es gibt sogar ein Gedicht von ihm, das angeblich darauf hinweist.«

»Nein, das habe ich allerdings nicht gewusst«, antwortete sie schockiert.

»Aber mit Sicherheit weiß man das natürlich nicht«, ergänzte der Mann. Er reichte Marie den Band, den er aus dem Regal genommen hatte.

»Verzeihen Sie, ich habe mich Ihnen noch gar nicht vorgestellt. Mein Name ist Andreas Heinrichs. Ich bin Lehrer an der hiesigen Hindenburgschule. Ich unterrichte Deutsch und Geschichte und bereite gerade einen Literaturkurs für die Oberstufe vor. Daher mein Interesse an expressionistischer Lyrik.«

Er reichte Marie die Hand. Sein Händedruck war fest und warm.

»Ich bin Marie Hoffstede«, sagte Marie. Sie stutzte.

Wieso habe ich meinen Mädchennamen genannt?, fragte sie sich im selben Augenblick. Der Name Hoffstede war ihr einfach herausgerutscht. Sollte sie sich korrigieren? Nein, das wäre zu peinlich und sie müsste zu viel von sich preisgeben, um den Versprecher zu erklären. Außerdem gab ihr der Name ihrer Kindheit und Jugend ein gutes Gefühl. Als wäre er viel mehr mit ihrer Person verbunden als ihr Ehename.

»Ich freue mich sehr, Sie kennenzulernen, Frau Hoffstede.«

Heinrichs schaute Marie mit einem schwer zu deutenden Ausdruck ins Gesicht, und sie hatte das Gefühl, dass er die Bemerkung ernst meinte. Verlegen senkte sie den Blick.

Ein ärgerliches »Psssst« kam von einem der Besucher an den Tischen. Marie hatte gar nicht bemerkt, dass sich wieder einige Personen in dem Lesesaal eingefunden hatten. Offenbar fühlte man sich durch ihre Unterhaltung gestört. Heinrichs tauschte einen schuldbewussten Blick mit ihr. Leise flüsterte er Marie zu:

»Die Mittagspause scheint schon vorbei zu sein. Ich habe einen Mordshunger, merke ich gerade. Haben Sie nicht Lust, mit mir einen Happen essen zu gehen, Frau Hoffstede? Ich möchte Sie gerne einladen. Mögen Sie italienisches Essen?«

Marie war überrascht. Eine Einladung zum Essen! Von einem Mann, den sie bis vor ein paar Minuten noch gar nicht gekannt hatte! Aber warum eigentlich nicht? Er schien nett zu sein, und er teilte ihr Interesse an Literatur. Außerdem spürte sie jetzt, wo von Essen die Rede war, deutlich, dass sie seit den zwei Scheiben Marmeladentoast am frühen Morgen nichts mehr gegessen hatte.

»Sehr gern, Herr Heinrichs, vielen Dank! Ich liebe die italienische Küche.«

Die Sonne hatte seit dem Morgen deutlich an Kraft gewonnen und schien von einem makellos blauen Himmel, als Marie und ihr Begleiter, gefolgt von den neugierig fragenden Blicken Marianne Berndsens, die kühlen Räume der Bibliothek verließen und auf die Straße traten.

»Ich kenne ein nettes Lokal gegenüber der Lambertikirche, das ›O sole mio‹, direkt am Markt. Wollen wir dort hingehen? Es ist ein kleiner Fußmarsch, aber ich glaube, ein bisschen Bewegung tut uns nach dem vielen Sitzen in der Bibliothek ganz gut, was meinen Sie?«

»In Ordnung. Aber ich nehme mein Fahrrad mit. Ich kann es ja schieben.«

Sie packte die Tasche mit den Büchern, die sie entliehen hatte, auf den Gepäckträger, öffnete das Schloss und schob ihr Fahrrad auf den Bürgersteig. Nebeneinander gingen sie und ihr Begleiter am Haarenufer entlang, das von den dicht belaubten Kastanien beschattet wurde. Marie war dankbar, dass sie nur eine dünne Leinenbluse und einen leichten Rock trug, denn die frühe Nachmittagshitze an diesem Junitag machte einen Spaziergang auf dem Straßenpflaster schnell zu einer schweißtreibenden Angelegenheit.

Sie setzten ihre Unterhaltung über die Eigenarten der Dichter fort.

»Glauben Sie nicht auch, dass viele der genialen Meisterwerke nie entstanden wären, wenn das private Leben ihrer Schöpfer nicht von persönlichen, ich will nicht sagen, Katastrophen, aber doch Schwierigkeiten oder Schicksalsschlägen gckcnnzeichnet gewesen wäre? Ich denke da zum Beispiel an die Kriegserlebnisse im Ersten und Zweiten Weltkrieg, die viele Künstler und Dichter geprägt haben. Zum Beispiel die Bilder von Otto Dix oder Ernst Ludwig Kirchner oder die Erzählungen von Wolfgang Borchert. Ich habe gerade seine Kurzgeschichte ›Nachts schlafen die Ratten doch‹ gelesen, die ja wohl auch Schullektüre ist, wie Sie sicher wissen, und war sehr beeindruckt, was dieser junge Mann, er ist ja nur sechsundzwanzig Jahre alt geworden, geleistet hat.«

»Ja, da haben Sie sicher recht. Auch die großen Romanciers verarbeiten in ihren Geschichten oft biografische Elemente. Was meiner Meinung nach durchaus legitim, wenn nicht sogar notwendig ist. Woher sonst soll denn die Authentizität ihrer Schilderungen kommen?«

»Besonders gut kann man das in dem wunderbaren Buch ›Jenseits von Eden‹ von John Steinbeck sehen. Ich möchte zu gern mal sein Salinas Valley besuchen, wo er groß geworden ist und das er in seinem Roman so herrlich beschreibt. Wer weiß, vielleicht komme ich ja mal nach Kalifornien.«

Marie musste lachen bei dem Gedanken, wie weit entfernt sie von der Erfüllung dieses Wunsches war, während sie an der Seite ihrer neuen Bekanntschaft durch die sommerlichen Straßen Oldenburgs ging.

»Wer weiß«, sagte Heinrichs, »noch ist nicht aller Tage Abend. Vielleicht gehen Sie eines Tages auf literarische Spurensuche in Amerika.«

Inzwischen waren sie auf dem Marktplatz angekommen.

Sie kannte das kleine italienische Lokal recht gut. Es gefiel ihr vor allem wegen der gemütlichen Enge, der freundlichen italienischen Kellner und, natürlich, wegen der hervorragenden, original italienischen Küche. Vor dem Lokal waren unter einigen überdimensionalen Sonnenschirmen etliche kleine Tische und Stühle aufgebaut, aber alle Plätze waren besetzt. Schon wollten sie sich enttäuscht nach einem anderen Restaurant umschauen, als ein junges Paar das Lokal verließ und der eifrige Kellner sie zu den gerade frei gewordenen Plätzen an den weit geöffneten Fenstern im Inneren der Lokals führte. Aufatmend ließen sie sich auf die gepolsterten Sitze fallen.

»Haben Sie die beiden gesehen?«, fragte Marie ihren Begleiter und blickte dem jungen Paar durch das Restaurantfenster nach. »Was sagen Sie dazu?«

Der junge Mann trug sein rosa gefärbtes Haar in einem

Irokesenschnitt steil aufragend wie einen Hahnenkamm, während beide Seiten seines Kopfes kahl rasiert waren. Seine Augen waren schwarz umrandet, und im linken Nasenflügel sowie in beiden Ohrläppchen steckten Metallringe. Um den Hals trug er mehrere unterschiedliche grobe Ketten, einige davon mit merkwürdig geformten Anhängern. Seine Kleidung bestand aus einer Lederweste mit vielen Buttons und Nieten, einer schwarzen Jeans, die an mehreren Stellen zerrissen war, und militärisch aussehenden Schnürstiefeln.

Seine Begleiterin sah nicht minder exotisch aus. Sie trug ihre gelbblond gefärbten Haare in vielen langen, wie bei einer Sternenkugel vom Kopf abstehenden, spitz zulaufenden Strähnen. Ihre Augen, Lippen und Wangen hatte sie schwarz und weiß geschminkt, was ihr ein leichenhaftes Aussehen gab. Ihr schmaler Oberkörper wurde notdürftig von einem weit ausgeschnittenen, ärmellosen schwarzen Hemd mit einem Totenkopfaufdruck bedeckt, eine weite karierte Hose und knöchelhohe Schnürstiefel vervollständigten ihre ungewöhnliche Aufmachung. Um den Hals trug sie ein breites, mit Metallspitzen besetztes Lederhalsband.

»Starren Sie den beiden doch nicht so hinterher, Frau Hoffstede«, rief Heinrichs Marie lachend zur Ordnung. »Das ist doch genau das, was diese Punks wollen: Aufmerksamkeit erregen, provozieren, anders sein als die Erwachsenen.«

»Jetzt möchte ich etwas Kühles trinken«, sagte Marie. »Von diesem Anblick muss ich mich erst einmal erholen.«

»Wie wäre es mit einem gut gekühltem Glas Weißwein?«, fragte Andreas Heinrichs.

»Gern«, stimmte Marie zu, »aber zuerst ein großes Glas kaltes Wasser. Der Weg hierher hat mich durstig gemacht.«

Der Ober kam und brachte ihnen die Speisekarte. Heinrichs gab die Getränkebestellung auf, und beide vertieften sich in die Speisekarte.

»Darf ich Sie fragen, ob Sie ein bestimmtes Ziel mit Ihren Besuchen in der Bibliothek verfolgen? Ich habe Sie schon häufig dort gesehen, Sie scheinen regelmäßig Bücher zu entleihen. Studieren Sie?«

Obwohl sie eine solche Frage erwartet hatte, zögerte Marie mit der Antwort.

»Nein«, sagte sie schließlich, »ich studiere nicht. Dazu müsste man ja das Abitur gemacht haben, und ich habe nur einen Volksschulabschluss.«

Sie fühlte, wie sie errötete, und senkte den Blick. Vor ihr saß ein studierter Mann, ein Oberstudienrat oder etwas Ähnliches. Sicher hielt er sie für dumm und ungebildet. Aber dann dachte sie trotzig, dass sie keinen Grund hatte, sich zu schämen. Schließlich hatte sie keine Möglichkeit gehabt, eine bessere Schulausbildung zu erhalten. Außerdem hatte sie ihr gesamtes bisheriges Leben gearbeitet und ihre Pflicht getan. Musste sie sich vor diesen Fremden rechtfertigen?

Sie hob den Blick und sah ihr Gegenüber direkt an.

»Ich versuche nur, die schlimmsten Bildungslücken zu schließen«, sagte sie herausfordernd. Sie suchte in seinen ruhigen Augen nach einem Hinweis auf Herablassung oder Enttäuschung. Aber sie fand nur ehrliches Interesse.

»Das verstehe ich vollkommen. Mir geht es ganz genauso. Es gibt noch so vieles zu lernen und zu verstehen.«

»Ja, nicht wahr?« Marie fühlte sich durch sein Verständnis ermutigt, etwas mehr auf ihre Beweggründe einzugehen.

»Ich fühle in mir den Wunsch, mehr von der Welt zu wissen. Ich möchte verstehen, warum wir Menschen so sind, wie wir sind, möchte verstehen, wie wir so geworden sind, was uns antreibt, warum so vieles falsch läuft auf der Welt.«

Sie hielt inne und suchte nach Worten. Es war das erste Mal, dass sie das Gefühl hatte, offen über sich selbst reden zu können. Sein Blick forderte sie auf weiterzusprechen. Er hatte seine Ellbogen auf den Tisch gestützt und seine Hände vor dem Kinn gefaltet. Aufmerksam hörte er ihr zu.

»Verstehen Sie, was ich meine? Ich möchte einfach besser verstehen, was um mich herum vorgeht. Zum Beispiel möchte ich verstehen, warum diese beiden jungen Leute, die wir gerade gesehen haben, sich so glauben darstellen zu müssen. Was ist los mit der Jugend? Was werfen sie ihren Eltern vor?« Sie hielt inne.

Der Kellner brachte das Essen, und sie unterbrachen das Gespräch. Das Essen schmeckte hervorragend. Heinrichs' Pizza al funghi war gut gewürzt und reichlich belegt, Maries Lasagne war noch brutzelnd serviert worden, der gemischte Salat war knackig, das Dressing kräftig und der Wein kühl und fruchtig. Marie fühlte sich nach dem Essen angenehm satt und durchaus zu weiteren Geständnissen aufgelegt. Ohne Heinrichs zu Wort kommen zu lassen, griff sie den Faden des Gesprächs wieder auf.

»Ich möchte die Politik verstehen«, fuhr sie fort, »ich möchte zum Beispiel verstehen, was es mit dieser neuen Energie, der Atomkraft, auf sich hat und warum so viele Menschen Angst vor ihr haben. Ich möchte verstehen, was die jungen Menschen antreibt, die sich nicht mit Protesten zufriedengeben, sondern in einen Terrorismus abrutschen, der nicht einmal davor zurückschreckt, Menschenleben zu opfern. Ich möchte verstehen, warum hier in Deutschland Milchseen und Butterberge entstehen, während anderswo auf der Welt Menschen verhungern.«

Andreas Heinrichs hatte Marie schweigend zugehört und sie dabei unverwandt angesehen.

Jetzt hob er sein Weinglas und prostete Marie zu.

»Sie ahnen ja nicht, wie gut ich Sie verstehe, Frau Hoffstede«, sagte er ernst. Dann lächelte er, seufzte und sagte:

»Wenn doch nur meine Schüler ein wenig von Ihrer gesunden Wissbegier und Ihrem Enthusiasmus hätten, wie leicht wäre es dann, sie zu unterrichten.«

Marie trank den Rest ihres Weines und lächelte verlegen.

»Danke, dass Sie mir so verständnisvoll zugehört haben, Herr Heinrichs. Ich bin sonst eigentlich nicht so redselig. Das muss der Wein gewesen sein.«

Heinrichs sah auf seine Uhr.

»Leider muss ich jetzt aufbrechen. Es war sehr schön mit Ihnen, Frau Hoffstede. Wir sollten unser Gespräch ein andermal fortsetzen, was halten Sie davon?«

»Das wäre schön, Herr Heinrichs. Ich bin oft in der Bibliothek, das wissen Sie ja. Sicher werden wir uns dort wieder treffen.«

Heinrichs bezahlte die Rechnung, und sie verließen das inzwischen merklich leerer gewordene Lokal. Sie reichten sich die Hände, Marie bedankte sich noch einmal für die Einladung, und Heinrichs ging mit eiligen Schritten davon.

Was für ein netter Mann, dachte Marie, während sie ihr Fahrrad aufschloss.

Am Abend, nachdem Marie ihre übliche Abendbrotmahlzeit, zwei Scheiben Brot, belegt mit Wurst und Käse, eine Tomate und ein paar Gurkenscheiben sowie eine Kanne schwarzen Tees, beendet hatte, nahm sie die Bücher, die sie heute entliehen hatte, und setzte sich auf den Liegestuhl in ihrem winzigen Garten.

Es war ein herrlicher Sommerabend, mild und frisch. Ein paar emsige Amseln und Spatzen suchten auf dem Rasen und unter den Büschen nach Futter. Zutraulich kamen sie bis auf Armeslänge an Maries Liegestuhl heran. Der große, völlig verwilderte Jasminstrauch stand in voller Blüte, die weißen Blüten verströmten einen betörenden Duft. Von fern hörte sie den Autoverkehr auf der Hauptstraße, der erst spät in der Nacht nachließ. In der Wohnung über der ihren lief der Fernseher. Anscheinend gab es eine der neuen Rateshows, ›Einer wird gewinnen‹ oder ›Dalli Dalli‹, denn sie hörte den aufbrausenden Applaus.

Marie nahm den Sokrates-Band zur Hand und versuchte zu lesen, aber ihre Gedanken schweiften immer wieder zu Andreas Heinrichs. Es hatte ihr gefallen, wie interessiert er zugehört hatte. Eigentlich hatte es ihr gefallen, mit jemanden über ihre Gedanken reden zu können. Mit jemandem, der sie verstand, der wusste, wovon sie sprach. Ob sie ihn bald wiedersehen würde?

Einem plötzlichen Impuls folgend, stand Marie auf, ging in ihr Schlafzimmer und zog die Schublade mit den schwarzen Schulheften auf. Sie nahm das zuoberst liegende Heft und schlug es auf. Gerade mal ein einziges Gedicht stand in dem Heft. Sie hatte es noch vor Johannes Tod geschrieben. Das war mittlerweile mehr als fünf Jahre her. Sie nahm das Heft, suchte auf ihrem Schreibtisch im Wohnzimmer nach einem Bleistift und ging wieder zurück in ihren Garten. Inzwischen dämmerte es schon, ein herrliches Abendrot zeigte sich am westlichen Himmel.

Marie schlug eine neue Seite in dem Heft auf und schrieb das erste ihrer Oldenburger Gedichte.

Taufrisch glänzt das Gras.
Noch liegen braune Blätter
vom Vorjahr darin.

1935

Die beiden Mädchen auf der schwarzweißen Fotografie sind vielleicht neunzehn oder zwanzig Jahre alt. Sie haben sich in Pose gesetzt, auf der Rückenlehne einer hölzernen Sitzbank, sodass sie aus einer etwas erhöhten Position in die Kamera des Fotografen blicken. Dicht nebeneinander sitzend, haben sie die Arme jeweils um die Schulter der Freundin gelegt und das linke Bein über das rechte geschlagen, sodass die weiß bestrumpften Unterschenkel mit den fast identischen Schnallenschuhen eine auffällige Parallele bilden.

Die links sitzende junge Frau mit dem vollen, runden Gesicht und dem gescheitelten, im Nacken zusammengefassten, welligen blonden Haar blickt ohne Lächeln herausfordernd und selbstbewusst in die Kamera. Sie trägt ein helles, weich fließendes, wadenlanges Sommerkleid mit bauschigen kurzen Ärmeln, weißem Kragen und einer üppigen Ansteckblume.

Das Mädchen neben ihr ist zierlicher, das Gesicht feiner mit dunklen Augen und gerader Nase. Der Mund zeigt ein zaghaftes Lächeln. Die lockigen, dunklen Haare umrahmen das schmale Gesicht und lassen die hohe Stirn frei. Das Kleid dieser jungen Frau ist von dunkler Farbe und hat keinen Kragen. Auf der Vorderseite zieren drei große helle Knöpfe und eine eingearbeitete weiße Rüsche das ansonsten schlichte Kleid.

Im Hintergrund sind, etwas unscharf, blühende Sträucher zu erkennen, die darauf schließen lassen, dass die Aufnahme im Frühling gemacht wurde.

Das Foto zeigt Marie Hoffstede mit ihrer Freundin Veronika Sandholt. Der Fotograf Dirk Jürgens fotografierte die beiden jungen Frauen anlässlich des Osterfestes 1935.

4. Kapitel

»Zeig mal, was hast du denn da?«, rief Veronika und riss Marie lachend das kleine schwarze Schreibheft aus der Hand. Sie hatte sich leise an ihre völlig ins Schreiben versunkene Freundin herangeschlichen, um zu sehen, was diese in ihrem Heftchen notiert hatte. Erschrocken sprang Marie von der Bettkante auf und rannte hinter ihrer Freundin her, die triumphierend das Heft in die Höhe hielt und in der kleinen Kammer umhertanzte.

»Aha«, lachte Veronika, während sie die Versuche ihrer ungleich zierlicheren Freundin, ihr das Heft wieder abzunehmen, mühelos abwehrte, »unsere kleine Marie schreibt Gedichte! Wie romantisch!« Sie hatte das kleine Buch aufgeschlagen und fing an daraus vorzulesen:

»Wie schwarz das Weltall ist, wie unermesslich groß.
Wie kalt und seelenlos das Licht der alten Sterne.
Der Blick verliert den Halt, unendlich scheint die Ferne.
Ein Menschlein sieht hinauf, weiß sich gering und bloß,

Steht staunend da und stumm. Doch gläubig, unverzagt,
geht folgsam es hinein ins ungebet'ne Leben,
Um es am Ende still in Gottes Hand zu geben.
In Seine ew'ge Hut. So ward es offenbart.«

Veronika hielt inne. Die einfachen Worte hatten eine Seite in ihr berührt, die sie nicht kannte. Ein Gefühl der

Ergriffenheit nahm von ihr Besitz. Sie setzte sich auf das Bett und zog Marie, die mit hochroten Wangen verlegen vor ihr stand, neben sich.

»Das ist schön, Marie, wirklich schön!«

»Bitte, Vroni, gib es mir zurück! Das ist nur für mich bestimmt«, bat Marie.

Ohne auf Maries Protest zu achten, zitierte Veronika weiter aus dem Heft:

»Doch weh, wenn Gottes Sein nur schöne Illusion,
Wenn kaltes, schwarzes Nichts am End' nur auf uns wartet?
Wenn Hoffnung nur ein Trug ist, falsch und abgekartet?
Vergessen und Vergeh'n des Lebens letzter Lohn?

So schöpf' nur frischen Mut, du fragend' Menschengeist!
Der Zweifel, der dich quält, in Wahrheit Stärke heißt.«

Einen Moment wurde es still in der kleinen Kammer. Dann sagte Veronika mit weicher Stimme:

»Das ist schön, Marie, aber auch irgendwie beängstigend.«

Marie antwortete nicht und sah beschämt auf ihre Hände, die noch den Bleistiftstummel in den Fingern drehten.

»Dass du so etwas schreiben kannst, Marie!« Ungläubig schüttelte Veronika den Kopf.

»Erzähl es bloß niemanden, bitte!«, flehte Marie. »Sonst lachen mich alle aus. Du weißt doch, wie sie sind, Vroni!« In Maries Stimme lauerten Tränen.

»Keine Sorge, meine Kleine. Bei mir ist dein Geheimnis in guten Händen.«

Veronika legte burschikos ihren Arm um Maries Schultern und drückte sie. Dann sprang sie auf.

»Komm, wir müssen los. Wenn wir heute Abend zum Ostertanz wollen, müssen wir uns mit der Arbeit beeilen.«

Die kurze Versperpause war vorbei, die beiden Mädchen zogen ihre Holzschuhe wieder an, banden die Arbeitsschürzen um und verließen ihre Kammer. Was für ein seltsames Mädchen, dachte Veronika und musterte ihre Freundin verstohlen von der Seite, während sie gemeinsam in die Futterkammer gingen.

Sie erinnerte sich noch gut an den Tag, als sie Marie kennengelernt hatte. Dünn und schmächtig hatte die Fünfzehnjährige vor ihr gestanden und ihr schüchtern die Hand gereicht. Sie war gerade aus der Schule entlassen worden und sollte nun beim Großbauern Röwekamp als Magd arbeiten. In einem Kopfkissenbezug hatte Marie ihre wenigen Habseligkeiten mitgebracht, die sie ohne Schwierigkeiten in dem großen, gemeinsam genutzten Schrank unterbringen konnte.

Lange hatte sie dann nach einem passenden Platz für das halbe Dutzend Bücher gesucht, die sie schließlich vorsichtig in einer Kommodenschublade aufgestapelt hatte. Ein kleines schwarzes Schulheft und drei Bleistifte hatte sie mit einer liebevollen Sorgfalt, als wäre es ein besonderer Schatz, in ihrem Nachtschränkchen verwahrt. Veronika, die außer der Bibel und dem Gesangbuch, das sie zur ersten Kommunion von ihrem Paten geschenkt bekommen hatte, keine Bücher kannte, hatte neugierig einen der Bände in die Hand genommen.

»Darf ich mal hineinschauen?«, hatte sie höflich gefragt und Marie hatte genickt. Ohne großes Verständnis hatte Veronika die Bände durchgeblättert. Sie fand das Buch von Wilhelm Busch mit den lustigen Zeichnungen sehr unterhaltsam, vor allem, weil unter den Bildern immer nur wenig Text stand. Die Heiligenlegenden, die so schön gruselig waren, ließ sie sich manchmal abends von Marie vorlesen, und an dem Märchenbuch, das die Geschichten der Brüder Grimm enthielt, gefielen ihr besonders die schönen Illustrationen.

»Meine Tante Annegret hat mir das Märchenbuch geschenkt, als ich sieben war und richtig lesen konnte«, erzählte Marie versonnen lächelnd. »Ich kenne alle Geschichten darin fast auswendig, so oft habe ich sie gelesen.«

Die anderen Bücher, von denen ein kleines, schmales nur Gedichte enthielt, interessierten Veronika nicht besonders. Schließlich war sie, Veronika Sandholt, drei Jahre älter als Marie und hatte ganz andere Dinge im Kopf als Bücher. Marie hingegen ging jeden Sonntag nach der Messe in die Pfarrbibliothek und lieh sich ein Buch aus, in das sie dann im Laufe der Woche in jeder freien Minute ihre Nase steckte. Veronika fragte sich oft, was so interessant an den Büchern sein konnte. Sie fand, dass sie in der Schule genug gelernt und gelesen hatte, das wirkliche Leben spielte sich nun mal nicht auf gedruckten Seiten ab, sondern hier, auf dem Hof und im Dorf.

Es hatte Veronika nichts ausgemacht, die kleine Kammer, die sie allein bewohnt hatte, seit Liesbeth Holthusen, die Großmagd, geheiratet hatte und ausgezogen war, nun wieder teilen zu müssen. Sie hatte gern Gesellschaft und fand es schön eine neue Freundin zu bekommen.

Das Mobiliar des Zimmers, das sich die beiden Mädchen teilten, war denkbar schlicht: Zwei schmale Betten standen an der Kopfseite der Raumes, mit einem kleinen Nachttisch dazwischen, an der gegenüberliegenden Wand der geräumige Kleiderschrank, in dem die jungen Frauen ihre Sonntagskleider, die Wintermäntel und ein paar Schürzen, Pullover und Blusen sowie die Nacht- und Unterwäsche aufbewahrten. Auch die Aussteuer, an der sie

Abend für Abend nähten und stickten, fand ihren Platz in dem Schrank. Eine ansehnliche Anzahl von Bettlaken, Kopfkissen- und Bettbezügen hatte sich dort schon angesammelt, ebenso einige Tischdecken und Handtücher. Veronikas Stapel war viel größer als der von Marie; sie war ja auch schon einige Jahre länger in Stellung bei dem Großbauern.

Auf der Kommode an der Längsseite neben der Tür befanden sich eine Porzellanwaschschüssel und ein Krug Wasser zum Waschen, den die Mädchen allabendlich mit Wasser aus der Pumpe in der großen Küche des Bauernhauses füllten, daneben ein Stück Kernseife, Waschlappen und Handtücher. In einer kleinen Zierschale lagen Haarbürste, Kamm, Haarnadeln und Spangen. Besonders dankbar waren die Mädchen für den hübsch gerahmten Spiegel über der Kommode. Das kleine Fenster sah auf den Gemüsegarten hinaus, die Tür führte auf die große Diele.

Veronika hatte das schweigsame, oft etwas versponnen wirkende Mädchen unter ihre Fittiche genommen und in den Alltag auf dem großen Hof eingeführt. Zu den Hauptaufgaben der beiden Mägde gehörte es, die Herde der zwanzig Milchkühe und deren Kälber zu versorgen.

In der Futterkammer, die im rückwärtigen Teil der weiträumigen Bauernhauses an den Kuhstand angrenzte, lagen in einem riesigen Haufen die Zuckerrüben, die im Winter neben dem Heu das Hauptfutter der Kühe bildeten. Jetzt warf Veronika eine Rübe nach der anderen in den Trichter des Rübenschneiders, während Marie die lange Handkurbel drehte, sodass die scharfen Messer des Schneidrades die Rüben in dicke Scheiben zerteilten.

»Du, sag einmal, Marie«, wandte sich Veronika an ihre Freundin, »wie geht es eigentlich bei euch zu Hause?«

Sie wusste, dass Maries Mutter zum zehnten Mal schwanger war und dass es ihr nicht gut ging.

Marie musste ihre ganze Kraft aufwenden, um die schwere Handkurbel zu drehen. Die Rübenschnitzel flogen munter von der Messerscheide und bildeten schnell einen ansehnlichen Haufen. Schnaufend hielt Marie inne und richtete sich auf.

»Na ja, du kannst es dir ja denken, Vroni«, antwortete sie auf Veronikas Frage. »Meine Mutter ist schließlich schon dreiundvierzig, und die kleine Ida ist erst anderthalb. Dazu die ganze Arbeit auf dem Hof. Sie ist ziemlich erschöpft.«

Sie schob eine Schubkarre an den Schnitzelhaufen heran, nahm eine Kartoffelforke und schaufelte die Rüben zügig hinein.

»Können denn Hedwig oder Adelheid nicht öfter mal helfen? Jetzt, wo die Feldarbeit bald wieder anfängt. Und die Arbeit im Garten. Das kann deine Mutter ja gar nicht alles schaffen.«

Marie, die gerade einer Kuh eine Schubkarre voll Rübenschnitzel vorgeworfen hatte, seufzte und strich sich eine braune Haarsträhne unter das Kopftuch.

»Ach, das ist nicht so einfach für die beiden. Adelheid hat wie wir nur einen halben freien Tag in der Woche, meistens sonntags, wo keine Arbeit erlaubt ist, und dann die zehn Kilometer von Kirchdorf bis hierher nach Zweikirchen, zu Fuß. Außerdem möchte sie in ihrer Freizeit gern mit ihrem Verlobten, dem Jan, zusammen sein, das kann man ja verstehen.«

Veronika nickte. Sie selbst freute sich die ganze Woche darauf, sonntags ihren Verlobten zu sehen. Sie lächelte bei dem Gedanken an ihren Ewald. In ein paar Jahren würden sie heiraten können, wenn sie sich eine eigene kleine

Heuerstelle leisten konnten. Sie sparten beide seit Jahren darauf. Heute Abend würde sie Ewald beim Ostertanz wiedersehen. Sie freute sich auf das Tanzen mit ihm, besonders aber auf seine Küsse und Umarmungen auf dem Heimweg. Wenn er sie nur nicht immer so bedrängen würde mit seiner Leidenschaft! Sie durfte ihm nicht nachgeben, das wusste er doch. Mit der Liebe mussten sie bis zur Hochzeitsnacht warten, das war eben so. Nicht auszudenken, wenn sie vorher schwanger werden würde!

Sie schüttelte den Gedanken ab und wandte sich wieder ihrer Freundin zu. Marie hatte ja recht. Ihre ältere Schwester Adelheid arbeitete schon seit mehreren Jahren im Nachbardorf bei Bauer Meyerling als Magd. Sie war verlobt mit einem Schuhmacher, der bald die Werkstatt seines Vaters übernehmen würde. Erst dann würde auch die Hochzeit der beiden stattfinden können.

»Und Hedwig? Könnte sie nicht zu Hause mithelfen?«, fragte sie, während sie eine weitere Portion Rüben in den Trichter einfüllte und Marie wieder die Kurbel drehte.

»Hedwig hat bei dem alten Fräulein Juknat so viel zu tun, dass sie kaum mal aus dem Haus herauskommt.«

Veronika seufzte. Sie sah, wie auf Maries glatter Stirn Sorgenfalten erschienen. Wieder einmal war Marie in Gedanken ganz bei ihrer Familie. Hedwig, die jüngere Schwester von Marie, machte eine Lehre bei der alten Schneiderin, die bisher die Kleider der Frauen im Dorf genäht hatte. Sie sollte später die Werkstatt übernehmen und dafür die Meisterin, die an Gicht litt, betreuen und pflegen.

»Gott sei Dank sind Hannes und Robert schon eine große Hilfe bei der Arbeit.« Mit den Gedanken an ihre vierzehn und elf Jahre alten Brüder versuchte Marie offensichtlich, ihre Sorge um die Eltern zu beschwichtigen.

Veronika belud eine weitere Schubkarre mit den Rübenschnitzeln und schob die Karre vor die nächsten Kühe, die schon hungrig die Mäuler nach dem Futter reckten. Sie streckte ihren Rücken. Es war ein gutes Stück Arbeit, alle zwanzig Kühe nicht nur zu füttern, sondern auch zu tränken. Je zwei Eimer füllten die Mädchen dazu mit Wasser aus der Pumpe, trugen die schweren Eimer auf die Diele und tränkten das Vieh. Fünfmal musste jede von ihnen diesen Vorgang wiederholen, denn jede Kuh brauchte mindestens zehn Liter Wasser.

Danach kletterte Veronika mit der Leiter durch die Dachluke auf den Heuboden und warf mit der Forke Heu herunter, das Marie vor den Kühen verteilte. Während sie große Mengen des duftenden Futters durch die Dachluke schob, war Veronika in Gedanken immer noch bei der großen Familie von Marie. Gut, dass ich nur einen Bruder habe, dachte sie. Nach ihrer, Veronikas, Geburt hatte ihre Mutter zwei Fehlgeburten gehabt und war danach nicht mehr schwanger geworden. Ihr Bruder Gregor und seine Frau Martha unterstützten die Eltern bei der Bewirtschaftung der kleinen Heuerstelle, und der Haushalt war für ihre Mutter und die Schwägerin kein Problem.

Aber zehn Kinder! Veronika schüttelte unmerklich den Kopf. Kinder zu haben war schön, aber nicht so viele! Sicher gab es doch einen Weg, die ständigen Schwangerschaften zu verhindern. Sie würde die alte Frau Moorkamp fragen, die seit eh und je als Hebamme im Dorf tätig war, wenn es so weit war. Noch war sie ja nicht verheiratet.

Veronika wusste, dass Marie von den achtundzwanzig Mark, die sie im Monat verdiente, die Hälfte zu Hause bei ihren Eltern ablieferte, um sie zu unterstützen. Marie hatte Veronika eines Abends von der Tragödie mit der kleinen Leni erzählt und Veronika hatte gespürt, dass das Mädchen sich immer noch mit Schuldgefühlen herumquälte.

Es wurde höchste Zeit, dass Marie lernte etwas Spaß zu haben. Sie kletterte vom Heuboden herunter und klopfte sich die Halme von der Schürze.

»Aber heute Abend kommst du mit zum Ostertanz, oder? Und gehst nicht schon wieder nach Hause, um deiner Mutter mit den Kleinen zu helfen. Du brauchst auch einmal etwas Abwechslung, Marie.«

Marie hatte inzwischen schon zwei Eimer aus der Melkkammer geholt, reichte den einen der Freundin und lächelte ihr zaghaft zu.

»Eigentlich möchte ich schon gerne mitkommen«, sagte sie. »Ich könnte ja statt heute Abend auch morgen, nach dem Hochamt, zum Helfen nach Hause gehen, oder?

»Genau«, sagte Veronika, »und heute Abend machen wir uns hübsch und haben Spaß!«

Die Mädchen machten sich daran, die Kühe zu melken. Die Arbeit ging ihnen gut von der Hand, und bald hatten die beiden jungen Frauen je eine Kuh fertiggemolken und schütteten nun die warme, duftende Milch durch ein Sieb in die Milchkannen. In dem Sieb hatten sie ein Mulltuch festgeklemmt, das auch kleinste Schmutzpartikel festhalten sollte.

Wieder warf Veronika einen forschenden Seitenblick auf ihre Freundin. Das magere, schüchterne Mädchen von damals hatte sich zu einer ansehnlichen jungen Frau entwickelt. Wie hübsch sie ist, dachte Veronika neidlos. Selbst mit der alten Arbeitsschürze, in den klobigen Holzschuhen und mit dem grauen Kopftuch sah Marie adrett aus, fand sie. Das feine, schmale Gesicht mit dem vollen Mund, das dichte gelockte dunkelbraune Haar, von dem immer einige weiche Wellen unter dem Kopftuch hervorlugten, und vor allem die strahlenden blauen Augen mit dem intensiven, unergründlichen Blick ließen Marie aus der Reihe der Dorfmädchen hervortreten.

Kein Wunder, dass der junge Röwekamp ständig hinter ihr her war wie der Teufel hinter der armen Seele, dachte Veronika. Marie hatte ihre liebe Not, sich gegen seine Zudringlichkeiten zu wehren, ohne unhöflich zu werden. Veronika hatte vor ein paar Wochen gesehen, wie der junge Bauer Marie gegen die Wand in der Diele drängte, ihre abwehrenden Hände festhielt und ihr an die Brust und unter den Rock fasste. Die zierliche Marie hatte keine Möglichkeit, sich gegen den schweren, kräftigen Mann zur Wehr zu setzen. Außerdem war der dreiundzwanzigjährige Franz Röwekamp der Sohn des Brotherrn, der womöglich eine allzu heftige Abwehr als Beleidigung auffassen konnte. Veronika hatte sich eine Heugabel genommen, war wie zufällig auf die Diele getreten und hatte Marie zur Arbeit gerufen. Mit Tränen in den Augen hatte Marie sich befreit und war in ihre Kammer geflüchtet. Seitdem achtete Veronika darauf, Marie möglichst nicht aus den Augen zu lassen, wenn der junge Röwekamp in der Nähe war.

***

Das Abendessen fiel an diesem Ostersonntagabend reichhaltiger aus als sonst. Die Bäuerin, eine füllige blonde, gutmütige Frau Mitte vierzig, und ihre vier halbwüchsigen Töchter hatten den langen Holztisch in der großen Küche mit einem Strauß Tulpen und Osterglocken hübsch geschmückt. Die Bratkartoffeln waren mit Zwiebeln und geräuchertem Speck knusprig gebraten worden und verbreiteten einen würzigen, appetitanregenden Duft, als Veronika und Marie die Küche betraten. Dazu gab es eingelegte Essiggurken und eine große Schüssel gekochter

Ostereier. Nach dem Tischgebet, das der Bauer in gewohnter Manier herunterleierte, langten alle hungrig zu und genüssliches Schmatzen und Kauen ließ für eine Weile die Gespräche verstummen.

Die Tischgemeinschaft im Hause Röwekamp bestand aus dem Ehepaar Heinrich und Berta Röwekamp, ihren fünf Kindern im Alter zwischen dreiundzwanzig und zwölf Jahren, der alten Großmutter, die kaum noch hören konnte und deshalb immer besonders laut sprach, und jeweils zwei Knechten und Mägden. Jan, der Großknecht, war schon über fünfzig, hager und glatzköpfig, aber zäh und ausdauernd bei der Arbeit. Nur zum Essen nahm er seinen Kautabak aus dem Mund. Jost, der jüngere Knecht, war erst seit ein paar Jahren auf dem Hof und seitdem verliebt in Veronika. Er hatte ein knochiges Gesicht mit kleinen, tief liegenden Knopfaugen, einen Mund voll schief sitzender Zähne und schwarzes, glattes Haar, das er sich mit viel Pomade nach hinten kämmte. Er wusste, dass Veronika verlobt war, und beschränkte seine Bewunderung für sie darauf, sie aus der Ferne mit seinen Blicken zu verschlingen. Veronika hatte Mitleid mit ihm, hütete sich aber, allzu freundlich zu ihm zu sein, um keine falsche Hoffnung in ihm zu wecken.

Auf einem vom Tischler Hengstenbach eigens dafür hergestellten Wandregal stand seit kurzem ein Radioapparat, einer dieser neuen, halbrunden Volksempfänger, dessen grün leuchtendes Auge anzeigte, dass er eingeschaltet war. Zu jeder vollen Stunde konnte man die neuesten Nachrichten aus der Hauptstadt hören. Im Augenblick war der Apparat auf leise gestellt; es wurde ein klassisches Musikstück übertragen, das die Mahlzeit begleitete. Veronika dachte, dass ein solcher Radioapparat auch später in ihrer Küche stehen sollte; es wäre so schön, bei der Handarbeit

Musik hören zu können. Aber er war für sie und Ewald natürlich viel zu teuer.

»Wir sollten wirklich überlegen, ob wir uns nicht einen dieser neuen Traktoren anschaffen sollten«, wandte sich nun Bauer Röwekamp an seine Tischgenossen, während er mit der Gabel noch eine Essiggurke aus dem Einmachglas angelte und kräftig hineinbiss. Röwekamp war ein großer, vierschrötiger Mann mit einen dichten Schnauzbart, der grau zu werden begann wie sein immer noch dichtes, kurz geschnittenes Haar. Seine kleinen graublauen Augen unter den buschigen Augenbrauen hatten einen scharfen Blick, und seine dunkle Stimme klang befehlsgewohnt.

»Ein Ackerschlepper ersetzt gut und gerne zwei Pferdegespanne«, fuhr er fort, »er wird nie müde und braucht kein Futter im Winter wie die Pferde und Ochsen. Der Dieselkraftstoff ist billig. Jan, was meinst du dazu?«

Der alte Knecht schaufelte sich zuerst noch eine Portion Bratkartoffeln auf seinen Teller, bevor er bedächtig antwortete:

»Tja, das ist so eine Sache. Bei Pferden, da weiß man, was man hat. Ob sie gut im Geschirr gehen, was sie leisten und wie lange sie noch arbeiten können. Bei diesen neumodischen Maschinen ist das anders. Was ist, wenn der Motor kaputt geht? Und außerdem: Wie wird so eine Maschine überhaupt gesteuert?«

Er schüttelte skeptisch den Kopf. Der junge Franz Röwekamp dagegen war sofort Feuer und Flamme.

»Ach was, der Lanz-Bulldog geht nicht kaputt, das ist deutsche Wertarbeit. Ich habe den Prospekt genau durchgelesen, Vater. So ein Schlepper ist zwar nicht billig, aber das Geld hast du in ein paar Jahren wieder drin. Du sparst ja mindestens vier Pferde und zwei Heuerleute ein, und den Bulldog kann einer alleine fahren. Das ist gar nicht schwer.«

»Was meinst du, Jost?«, wandte sich Röwekamp an seinen Jungknecht, »du bist doch immer so begeistert von der neuesten Technik.«

Jost, der sich gerade sein drittes Ei schälte, versuchte seine offensichtliche Begeisterung für die Idee des Bauern nicht allzu deutlich zu zeigen. Seine dunklen Augen blitzten.

»Tja, ich habe einen Lanz-Bulldog schon gesehen und bin sogar ein Stück mit ihm gefahren beim Händler in der Kreisstadt. Das ist schon eine schöne Sache. Bauer Meyerling in Kirchdorf will sich auch einen anschaffen, hab ich gehört.«

Während die Männer sich über die Vorteile eines Traktors unterhielten, tauschten die Mädchen und Frauen den neuesten Klatsch und Tratsch aus. Marie saß wie immer still daneben, aß ihre Kartoffeln und hörte zu. Die Röwekamp-Mädchen, alle blond bezopft, kräftig und fröhlich, plauderten von der Schule und von den Neuigkeiten im Dorf. Von dem Ostertanz war die Rede, von Verlobungen oder bevorstehenden Hochzeiten und davon, wer im Dorf erkrankt war oder in welcher Familie Nachwuchs erwartet wurde.

Als die Milchsuppe aufgetragen wurde, endete die Musik im Radio und die unverwechselbare Stimme des Führers war zu hören. Franz Röwekamp sprang auf und stellte den Ton lauter. Hitler sprach wieder einmal davon, dass das deutsche Volk mehr Raum brauche und dass jeder junge deutsche Bauer Herr auf seiner Scholle sein müsse. Veronika hörte gar nicht richtig hin. Sie konnte das Ende der Mahlzeit kaum erwarten, und sobald der Bauer das Dankgebet gesprochen hatte, sprang sie auf und zog Marie mit sich. Mit einem fröhlichen Gruß verließen die beiden jungen Frauen die Küche. Für heute war ihr Dienst zu Ende.

***

»Wir sind bestimmt die Hübschesten im ganzen Saal heute Abend«, sagte Veronika ohne große Bescheidenheit. Sie befestigte eine weiße Stoffblume, die sie für zehn Pfennig beim Trödler gekauft hatte, am Kragen ihres Sonntagskleides und betrachtete sich stolz in dem ovalen Spiegel.

Nach dem Abendessen hatten die Mädchen sich gründlich gewaschen, frische Wäsche angezogen und sich gegenseitig die Haare gekämmt, sie zu einem langen Zopf geflochten und am Hinterkopf zu einer Schnecke aufgesteckt. Veronika wandte sich ihrer Freundin zu, die gerade die weißen Baumwollstrümpfe anzog.

»Und du wirst allen Burschen beim Tanzen den Kopf verdrehen, Marie.« Marie lächelte verlegen.

»Aber ich kann gar nicht tanzen, Vroni!«

»Das lernst du ganz von allein«, antwortete Veronika und lachte, »du wirst schon sehen.«

***

Arm in Arm gingen die beiden Mädchen den Schotterweg zum Dorf entlang. Der Aprilabend war außergewöhnlich mild, die letzten Tage waren frühlingshaft warm gewesen, sodass sie ihre wollenen Dreieckstücher nur locker um die Schultern legten. Am Wegrand blühte hier und da schon der gelbe Ginster, und aus den Gärten im Dorf wehte der Duft von Flieder und Holunder herüber auf die Straße. Eifriges Vogelgezwitscher zeugte vom neuen Erwachen der Natur.

Vor dem Dorfkrug, in dem der Osterball stattfand, hatte sich schon eine Anzahl junger Leute versammelt. Einige Anführer der Hitlerjugend in ihren braunen Uniformen standen an der Eingangstür und begrüßten jeden Ankömmling mit einem schneidigen »Heil Hitler«.

»Hallo, ihr zwei Hübschen!«

Mit ausgebreiteten Armen kam Ewald Foss, Veronikas Verlobter, auf die beiden Mädchen zu, nahm Veronika um die Taille und wirbelte sie rundherum. Verlegen lachend rief sie: »Lass das, du Verrückter«, und wies mit dem Kinn auf eine Gruppe junger Frauen, die zu ihnen herüber sahen, die Köpfe zusammensteckten und eifrig flüsterten. »Was soll man denn von uns denken!«

Ewald grinste nur und drückte ihr einen Kuss mitten auf den Mund.

»Sollen sie doch denken, was sie wollen. Schließlich weiß jeder, dass du meine Liebste bist, Vroni.«

Mit hochrotem Kopf, aber glücklichem Lächeln ordnete Veronika ihr Schultertuch. Sie wies auf Marie, die mit gesenkten Augen neben ihnen stand.

»Ewald, das ist Marie Hoffstede, du weißt ja, wir wohnen zusammen. Sie ist das erste Mal bei einem Tanzvergnügen. Du musst ihr nachher mal zeigen, wie man tanzt.«

»Kein Problem«, sagte Ewald, »es wird mir ein Vergnügen sein.«

Er reichte Marie die Hand und lächelte sie freundlich an. Dann bot er beiden Mädchen den Arm, sie hakten sich links und rechts bei ihm ein und zu dritt traten sie in die Gaststube.

Der an den Thekenraum angrenzende kleine Saal war festlich herausgeputzt. Papiergirlanden in den Kirchenfarben Weiß und Gelb schmückten die Wände, die Tische waren mit weißen Tischdecken und kleinen Blumensträußen aus Osterglocken gedeckt, auf einem niedrigen Podest am Kopfende hatte eine dreiköpfige Musikkapelle ihre Instrumente – Bassgeige, Akkordeon und Geige – aufgebaut.

An den Tischen saßen schon mehrere Paare und Mädchen, an der Theke standen die jungen Männer und tranken Bier.

Ewald Foss führte die Freundinnen an einen der leeren Tische und fragte, was sie trinken wollten. Marie sah Veronika fragend an, und Veronika bestellte Sprudelwasser. Während Ewald an der Theke das Gewünschte holte, neigte Veronika sich zu ihrer Freundin und flüsterte:

»Na, wie findest du ihn?«

»Er ist sehr nett«, antwortete Marie in ihrer zurückhaltenden Art. »Ich finde, er macht seinem Namen alle Ehre.«

Einen Augenblick musste Veronika überlegen.

»Ach so, du meinst Foss wie Fuchs. Wegen der roten Haare. Ja, einer seiner Vorfahren muss wohl rote Haare gehabt haben. Seine Geschwister sind aber alle blond. Ich finde gerade seine roten Haare so schön, auch seine vielen Sommersprossen und die hellblauen Augen. Aber vor allem: er ist immer so lustig und freundlich.«

Sie machte eine kleine Pause.

»Ich wollte, wir könnten bald heiraten«, fügte sie dann seufzend hinzu. Marie drückte verständnisvoll ihre Hand und lächelte ihr zu.

»Er scheint dich auch sehr gern zu haben, Vroni. Ihr werdet bestimmt mal sehr glücklich miteinander werden.«

Langsam füllte sich der Saal, die Musiker nahmen ihre Plätze ein und legten ihre Noten bereit. Ewald kam mit den Getränken, setzte sich neben Veronika und legte besitzergreifend den Arm um ihre Schultern.

Zwei weitere junge Mädchen nahmen an ihrem Tisch Platz. Die Unterhaltungen wurden lauter, hier und da stieg ein helles Lachen auf, freudige Erwartung erfüllte den festlich erleuchteten Saal. Dann setzte die Musik ein und ein Walzer erklang. Die ersten Paare fanden sich auf der Tanzfläche ein. Veronika beobachtete das Gesicht von Marie, die hingerissen lauschte und mit dem Fuß unwillkürlich den Takt klopfte. Sie tippte ihren Verlobten an und flüsterte ihm zu:

»Das ist die richtige Musik für Marie. Tanz bitte mit ihr, damit sie lernt, wie es geht.«

Ewald stand auf, verbeugte sich formvollendet vor Marie, reichte ihr die Hand, fragte: »Darf ich bitten?« und zog das widerstrebende Mädchen ohne viel Federlesens mit sich auf die Tanzfläche. Mit festem Griff umfasste er mit der Rechten ihre Taille, zeigte ihr mit der Linken die Tanzhaltung und machte die ersten einfachen Walzerschritte. Mit hochroten Wangen und verzweifelt auf ihr Füße starrend versuchte Marie ihm zu folgen.

»Augen hoch, Marie, die Füße wissen von alleine, was sie tun müssen!«, sagte er, und führte das Mädchen sicher über den Tanzboden. Veronika beobachtete amüsiert, wie Marie ihre Schüchternheit langsam verlor und dem Rhythmus der Musik folgte.

»Das war schön!« Atemlos setzte sich Marie auf ihren Platz, als die Musik geendet hatte, und trank einen Schluck von ihrer Brause. »Danke, Ewald!«

»Nichts zu danken«, antwortete der junge Mann, »war mir ein Vergnügen! Aber jetzt ist meine Braut dran.« Glücklich folgte Veronika ihrem Verlobten auf die Tanzfläche.

***

»Wer ist denn der Bursche dort an der Theke, der dauernd zu uns herüberstarrt?«, fragte Marie leise ihre Freundin zu vorgerückter Stunde. Die Stimmung im Saal war ausgelassen, eben hatten Veronika und Ewald eine Polka getanzt und sich völlig außer Atem wieder an den Tisch gesetzt.

»Meinst du den mit dem blonden Haarschopf? Das ist Johannes Brinkhus aus Zweikirchen. Gefällt er dir?«

Verlegen senkte Marie den Blick und nippte an ihrem Glas.

»Er sieht nett aus, finde ich«, murmelte sie leise. Ewald, der schon einige Schnäpse getrunken hatte, stand auf und ging zur Theke. Er schlug dem jungen Mann auf die Schulter, wechselte ein paar Worte mit ihm und zog ihn mit sich zum Tisch.

»Das ist Marie Hoffstede«, sagte er fröhlich. »Sie möchte dich kennenlernen, Hans! Und das ist Johannes Brinkhus aus Kirchdorf.«

Mit hochroten Wangen und gesenkten Augen saß Marie in tödlicher Verlegenheit da und wusste offensichtlich nicht, was sie sagen sollte. Veronika zwickte ihren Verlobten tadelnd in den Arm. Wie konnte er Marie nur so in Verlegenheit bringen!

Die Musik setzte wieder ein, und Johannes Brinkhus sagte höflich: »Darf ich bitten, Marie?«

Veronika beobachtete erstaunt, wie Marie ihre unglaublich blauen Augen zu Johannes aufschlug, nickte und ihm mit einem kleinen glücklichen Lächeln auf den Lippen auf die Tanzfläche folgte.

»Na, da scheinen sich ja zwei gefunden zu haben, was, Vroni?« Ewald drückte seiner Verlobten einen Kuss auf die Wange. »Wetten, die beiden werden ein Paar?«

Veronika folgte den Tanzenden mit den Augen. Es war ein schönes altes Volkslied, das gerade gespielt wurde. Der Akkordeonspieler sang mit sonorer Stimme den Text dazu:

*»Es dunkelt schon in der Heide,
nach Hause lasst uns gehn.
Wir haben das Korn geschnitten
mit unserm blanken Schwert.«*

Marie und Johannes drehten sich langsam im Takt der Musik und schienen die Welt um sich herum vergessen zu haben. Hin und wieder sahen sie sich in die Augen und lächelten sich an.

»Ja, das glaube ich auch«, sagte Veronika.

Im Garten die Bank.
Von Rhododendren umrahmt,
weiß und violett.

1941

Eine schwarz-weiße Amateuraufnahme. Die junge Frau auf dem Foto ist als Halbfigur zu sehen. Sie sitzt auf einer Bank vor einem hölzernen Gartenzaun, hinter dem üppige Sträucher mit kleinen weißen Blüten zu erkennen sind. Auf ihrem Schoß, gestützt von ihrem rechten Arm, hält sie ein Baby, das vielleicht ein Vierteljahr alt ist. Ihr Blick ist auf das Kind gerichtet, ihr geneigtes Gesicht zeigt ein liebevolles Lächeln. Mit der linken Hand hält sie behutsam die winzige Hand des Kindes.

Die junge Mutter trägt ein schlichtes dunkles Kleid, das am Hals und an den Ärmeln weiß eingefasst ist. Ihre dichten lockigen Haare lassen die Stirn frei und sind am Hinterkopf zu einem Knoten zusammengebunden. Das Kind, das sein pausbäckiges Gesicht von der Mutter abgewendet hat und in Richtung des Fotografen schaut, trägt ein dunkles Kleidchen mit einem übergroßen weißen Kragen, der einem Lätzchen ähnelt. Links neben der Mutter, nur halb zu sehen, steht ein Kinderwagen, dessen Wände aus Korbgeflecht bestehen. Der Himmel in dem halb hochgeklappten Kopfteil ist mit einem geblümten Stoff ausgekleidet und mit einem Volant umrahmt.

Das Foto zeigt Marie mit ihrer Tochter Regina im Oktober 1941. Fotografiert wurde sie von ihrer Schwägerin Emilie.

5. Kapitel

Hermine Brinkhus, Maries Schwiegermutter, ließ die Kartoffel, die sie gerade geschält hatte, in das aufspritzende Wasser fallen. Bevor sie die nächste Kartoffel in Angriff nahm, warf sie Marie einen prüfenden Seitenblick zu. Die beiden Frauen saßen auf einer Holzbank neben der Seitentür der strohgedeckten Bauernkate im Schatten der großen Eiche, die vor dem Haus stand, und bereiteten das Mittagessen vor.

Obwohl es noch nicht einmal elf Uhr war, stand die Hitze in der flirrenden Luft des Hochsommertages.

»Wie oft kommen die Wehen jetzt?«, fragte Hermine mit einem Blick auf Maries schmerzverzerrtes Gesicht.

»Ich glaube, etwa alle fünf Minuten«, antwortete Marie.

Sie atmete tief durch, streckte den Rücken und versuchte ein zaghaftes Lächeln. Sie hält sich tapfer, dachte Hermine.

Nachdem in der Nacht die ersten Wehenkrämpfe angefangen hatten, hatte Karl beschlossen, Marie nicht mitzunehmen zum Bauer Meyerling, obwohl jetzt im Juli jede Hand bei der Roggenernte gebraucht wurde. Aber die Arbeit der Frauen bei der Ernte bestand darin, die Getreidehalme zusammenzuharken, sie zu Garben zu binden und diese anschließend zu Hocken aneinanderzustellen. Das erforderte so viel Bücken, Heben und Tragen, hatte Maries Schwiegervater eingesehen, dass es für eine Schwangere in diesem Stadium nicht zu schaffen war. Stattdessen hatte Karl die Töchter Reinhild und Alma mitgenommen, die mit ihren fünfzehn und dreizehn Jahren schon kräftig mitanpacken konnten, und Marie sollte ihrer Schwiegermutter bei der Hausarbeit und der Versorgung des Viehs helfen.

»Für die Hebamme ist es noch zu früh«, sagte Hermine, »beim ersten Kind dauert es sowieso immer recht lange.«

Sie hatte die Kartoffeln fertiggeschält. Mit dem Handrücken wischte sie sich den Schweiß von der Stirn. Dass es heute aber auch so heiß sein musste! Das machte es für Marie nicht gerade leichter.

Hermine musterte die junge Frau mitleidig. Wie zart und schmal sie aussah! Der riesige vorgewölbte Bauch ließ ihre Schultern und Arme noch schlanker erscheinen als sonst. Dennoch, arbeiten konnte sie, die Marie, dachte Hermine mit widerwilliger Anerkennung. Und geschickt war sie auch. Hermine beobachtete einen Moment, wie Marie mit dem Messer die Buschbohnen, die sie am Morgen im Garten vor dem Haus gepflückt hatte, abzog, sie in kleine Stücke schnitt und damit den großen Kochtopf füllte, der neben ihr stand.

Heute Mittag sollte es für die Familie Bohneneintopf geben. Hermine würde ein kleines Stück geräucherten Speck mit in den Topf geben, auch wenn das Fleisch knapp war. Wer so schwer arbeitete wie die Leute bei der Ernte, musste ordentlich essen.

Sie stand seufzend auf. Wenn nur die Knie nicht solche Schwierigkeiten machen würden, und das Kreuz! Bei der geringsten Bewegung taten ihr die Gelenke weh. Dabei war sie doch gerade erst Anfang fünfzig. Sie wischte sich die Hände an der Schürze ab, nahm den Eimer mit den Kartoffeln und trat durch die kleine Seitentür ins Haus.

Wohltuend empfand sie die Kühle in der niedrigen Küche. Unter der Pumpe im Spülstein wusch sie die Kartoffeln und stellte sie beiseite. Sie legte zwei Stücke Torf auf die schwache Glut im Herd und schürte das Feuer. Marie kam mit den Bohnen in die Küche und stellte den Kochtopf auf den Herd. Hermine füllte etwas Wasser in den

Topf, gab die Kartoffeln dazu, würzte das Ganze mit einer Handvoll Salz und legte sorgsam den Speck dazu. Dann stellte sie den großen Kochtopf auf das offene Feuer im Herd, das inzwischen kräftig aufgelodert war.

»Hol bitte noch etwas Bohnenkraut und Petersilie aus dem Garten, Marie«, sagte sie, »und eine Zwiebel.«

Als Marie hinausgegangen war, setzte Hermine sich auf die Küchenbank, um sich ein wenig auszuruhen. In der letzten Zeit quälte sie ein hartnäckiger Husten, der gar nicht weggehen wollte. Sie musste demnächst mal den jungen Doktor Paulsen in Zweikirchen aufsuchen, der die Praxis von seinem Vater übernommen hatte und auch für Kirchdorf zuständig war. Er sollte ihr eine ordentliche Medizin verschreiben.

Sie stellte den Volksempfänger an, der auf einem kleinen Regal stand. Dabei fiel ihr Blick auf das gerahmte Foto, das an der Wand neben dem Kruzifix und ihrem schönen Mutterkreuz hing. Das Ehrenkreuz für deutsche Mütter! Am letzten Muttertag im Mai hatte der Gauleiter die Auszeichnung ihr und allen anderen Müttern im Dorf, die fünf Kinder und mehr geboren hatten, verliehen. Hermine hatte noch seine Worte im Ohr, die vom Stolz des Vaterlandes auf seine deutschen Frauen und Mütter sprachen.

Im Radio wurde wie so oft ein Wunschkonzert für die Soldaten an der Front gespielt, die sich bestimmte Musiktitel wünschen konnten. Gerade hörte man den oft gewählten Schlager »Heimat, deine Sterne«.

Hermine nahm das gerahmte Foto von der Wand und stellte es vor sich hin. Es zeigte ihre beiden Söhne, Gottfried und Johannes. Liebevoll fuhr sie mit den Fingern über die lächelnden Gesichter. Wie es ihnen wohl ging? Schon lange hatte sie keine Nachricht mehr von ihnen erhalten. Die Feldpost brauchte oft wochen-, wenn nicht gar monatelang für die Zustellung der Soldatenbriefe. Hermine hoffte, dass wenigstens die Nachrichten von zu Hause ihre Söhne erreichten. Gottlieb war als Feldgeistlicher oben in Finnland stationiert zur Betreuung der Soldaten, die dort gegen die Russen kämpften. Johannes diente irgendwo an der Ostfront im Balkan.

Voller Stolz dachte Hermine an Gottlieb, ihren Ältesten, der Pater im Herz-Jesu-Orden geworden war. Ein studierter Mann, der einzige in der ganzen Verwandtschaft! Hermine erinnerte sich daran, wie Gottlieb seinen Bruder Johannes und Marie getraut hatte.

Nur zwei Tage Urlaub hatte Johannes für seine Hochzeit erhalten. Dennoch war die Feier fröhlich und ausgelassen gewesen. Auf der Diele hatten die Männer einen langen Tisch aufgebaut, die Nachbarinnen waren gekommen und hatten ein leckeres Hochzeitsessen zubereitet, und Ewald Foss, der Mann von Maries Freundin Veronika, hatte auf seinem Akkordeon gespielt. Er diente in derselben Einheit wie Johannes und hatte ebenfalls ein paar Tage Heimaturlaub bekommen. Maries kleine Geschwister Edith, Ferdinand, Ida und Edeltraud, die noch Schulkinder waren, hatten Gedichte aufgesagt und Volkslieder vorgetragen.

Die Braut hatte außergewöhnlich hübsch ausgesehen in ihrem neuen dunkelblauen Sonntagskleid, das so wunderbar zu ihren Augen passte, und dem langen weißen Schleier, der auf ihrem braunen Haar zu einem Krönchen geformt gewesen war. Hedwig, Maries Schwester, hatte sowohl das Kleid als auch das außergewöhnliche Schleierkrönchen genäht. Seit sie die Werkstatt von dem alten Fräulein Juknat übernommen hatte, gab es öfter interessante Modeneuheiten an den Frauen im Dorf zu bewundern.

Adelheid, Maries älteste Schwester, hatte ihre beiden kleinen Kinder mitgebracht. Ihr Mann, der Schuster, war an der Front in Frankreich und konnte bei der Hochzeit nicht dabei sein.

Die jungen Leute hatten gelacht und getanzt, während draußen der Novemberwind die letzten Blätter von den Bäumen zerrte. Für eine kurze Zeit war der Krieg und alles, was mit ihm zusammenhing, vergessen gewesen.

Anfangs war Hermine nicht begeistert gewesen von der Wahl ihres Sohnes. Schließlich sollte Johannes eines Tages eine eigene Hofstelle übernehmen, und dazu brauchte er eine robuste, kräftige Frau, die mitarbeiten konnte. Und dann diese dünne, kleine Person!

Aber es hatte sich herausgestellt, dass Marie fleißig und tüchtig war und vor keiner Arbeit zurückschreckte. Schließlich hatte sie ja auch viele Jahre als Magd gedient und kannte sich mit der Arbeit im Haus, mit dem Vieh und auf dem Feld aus. Außerdem brachte sie eine ganz ansehnliche Aussteuer mit, und ihre Eltern schenkten dem jungen Paar zur Hochzeit ein Kaffeeservice aus feinem Porzellan.

Johannes und Marie hatten sich die kleine Kammer, in der vorher Gottlieb und Johannes geschlafen hatten, eingerichtet. Die beiden Mädchen schliefen im Elternschlafzimmer, das Hermine durch einen Vorhang geteilt hatte. Die beiden ältesten Töchter, Emilie und Thea, waren zum Arbeitsdienst verpflichtet worden und arbeiteten in einer Munitionsfabrik in der Stadt. Sie kamen nur jeden zweiten Sonntag nach Hause; dann teilten sie sich das Bett mit Marie. Die Küche diente als Ess- und Wohnbereich, der Rest des kleinen Hauses war dem Vieh vorbehalten. Es war sehr eng für die große Familie, und wenn nun Maries Kind kam, würde es noch enger werden.

Hermine seufzte. Wenn nur der Traum von einem eigenen Hof mit einer angemessenen Fläche Acker- und Weideland, erst wahr werden würde, wie es der Führer versprochen hatte! Das deutsche Volk brauchte mehr Raum, hatte er gesagt. Dafür waren die jungen Männer in den Krieg gezogen. Aber nun ging der Krieg schon ins dritte Jahr, die Listen mit den Gefallenen wurde immer länger, und immer größer wurden die Opfer, die auch die Menschen an der Heimatfront zahlen mussten. Alles, was man kaufen musste, wurde teurer. Nur gut, dass der kleine Heuerhof das meiste, was die Familie zum Leben brauchte, abwarf. Die Menschen in der Stadt hatten es da schwerer.

Hermines Gedanken wurden von Marie, die mit den gewünschten Kräutern aus dem Garten kam, unterbrochen.

»Mutter, ich glaube, wir sollten die Hebamme rufen. Die Fruchtblase ist gerade geplatzt. Du hast ja gesagt, dann muss ich mich hinlegen.«

Maries schmales Gesicht war schweißnass. Hermine sah, dass sie gerade wieder mit einer heftigen Wehe kämpfte.

»Ja, komm, ich bringe dich ins Bett. Und dann gehe ich sofort ins Dorf und sage der alten Moorkamp Bescheid.«

Sie nahm die junge Frau um die Schultern und führte sie vorsichtig in die Schlafkammer. Marie stöhnte und hielt die Hand stützend unter den vorgewölbten Bauch. Hermine schlug das Federbett zurück und half Marie, sich auf den Rücken zu legen. Sie streifte die Holzschuhe und die Socken von Maries Füßen, löste die Träger ihrer Schürze und nahm sie ihr ab. Dann knöpfte sie das geblümte Sommerkleid auf und zog es Marie behutsam über den Kopf. Aus der Küche holte sie ein Handtuch, das sie unter der Pumpe mit kaltem Wasser feucht gemacht hatte, und reichte es Marie, die sich dankbar das schweißnasse Gesicht und den Oberkörper damit abwischte. Aus dem

Kleiderschrank nahm sie ein leichtes Leinennachthemd und ein Bettlaken, zog Marie das Hemd über den Kopf und die Arme und breitete das Laken über sie aus. Wieder krampfte eine Wehe den schmalen Körper der jungen Frau und Marie verzog vor Schmerz das Gesicht.

»Du darfst ruhig schreien oder stöhnen, Marie, ich weiß, das Kinderkriegen ist nicht leicht. Aber keine Sorge, wenn das Kleine erst einmal da ist, ist alles vergessen.«

Sie strich Marie eine schweißnasse braune Locke aus der Stirn. Sie musste lächeln über das Erstaunen im Gesicht ihrer Schwiegertochter über so viel ungewohnte Fürsorge.

»Ich schaue jetzt nach dem Bohneneintopf, dann hole ich die Hebamme. In einer Stunde werden die anderen vom Feld kommen, dann muss das Essen auf dem Tisch stehen.«

***

»Immer mit der Ruhe, Hermine, das Kind wird schon auf uns warten.«

Emma Moorkamp bedeutete Hermine einzutreten. Ihr winziges Häuschen, das hinter einem kleinen Vorgarten an der Hauptstraße Kirchdorfs lag, war angenehm kühl.

»Komm erst einmal herein und verschnaufe ein bisschen. Bei der Hitze ist der Weg hierher bestimmt nicht angenehm gewesen. Ich hol dir ein Glas Wasser.«

Dankbar nahm Hermine auf einem der Stühle am Tisch in der Wohnküche Platz. Sie musste einen Hustenanfall unterdrücken. Tatsächlich hatte der zügige Marsch von ihrem Hof hierher sie mehr erschöpft, als sie wahrhaben wollte.

Emma stellte ein Glas Wasser vor Hermine auf den Tisch und setzte sich zu ihr.

»Wie weit ist Marie denn?«, fragte sie.

Ihre hellen Augen, die in dem Faltengewirr der runzligen Haut fast verschwanden, sahen Hermine aufmerksam an. Die dünnen weißen Haare, die in einem unordentlichen Knoten im Nacken zusammengefasst waren, umrahmten wirr das faltige kleine Gesicht und gaben ihm einen gütigen Ausdruck. Trotz ihres Alters – Hermine schätzte sie auf mindestens achtzig Jahre – war Emma Moorkamp noch recht agil, auch wenn sie zum Gehen einen Krückstock benötigte.

»Die Wehen haben heute Morgen, etwa gegen vier Uhr, eingesetzt«, sagte Hermine.

Sie trank einen Schluck von dem frischen Wasser und wischte sich mit der Hand den Schweiß von der Stirn.

»Und vor einer halben Stunde ist die Fruchtblase geplatzt«, ergänzte sie.

»Aha. Dann werden wir uns also gleich auf den Weg machen. Obwohl ich glaube, dass es immer noch einige Stunden dauern kann. Marie hat sich doch hingelegt, oder?«

»Ja. Ich habe ihr gleich ins Bett geholfen.«

Die alte Hebamme stand auf und fing an, ihre Geburtshilfe-Instrumente, die sie in einer Schublade des Küchenschrankes verwahrte, in einen Stoffbeutel zu packen. Hermine erkannte die Geburtszange, die Schere und die Rolle mit dem Bindfaden wieder. Sie erinnerte sich an die Geburten ihrer eigenen Kinder. Bei allen sechs hatte Emma Moorkamp ihr zur Seite gestanden. Gott sei Dank hatte es nie irgendwelche Schwierigkeiten gegeben, und alle ihre Kinder waren gesund und kräftig gewesen. Hermine wusste, dass das nicht immer so war. Wie oft hatte sie von schweren Geburten gehört, von tot geborenen oder kranken, missgestalteten Kindern. Oder von Frauen, die am

Kindbettfieber starben. Eine leise Sorge regte sich in ihr. Ihr erstes Enkelkind würde doch hoffentlich ohne Schwierigkeiten auf die Welt kommen? Maries Körper war so zart und schmächtig. Nicht auszudenken, wenn sie die Geburt nicht überleben würde.

»Nun komm, Hermine.« Die Stimme der alten Frau riss sie aus ihren Gedanken. Es wird schon alles gut gehen, dachte Hermine abschließend, mit Gottes Hilfe.

Sie trank ihr Glas aus und folgte Emma durch den Flur ins Freie.

Der nur einige Quadratmeter große Vorgarten, der Emmas ganzer Stolz war, prangte in der Blütenpracht der Sommerblumen. Schon fast verblühte Lupinen mit ihren länglichen Blütenständen in Weiß, Rosa und Blau standen neben zartrosafarbenem und leuchtend rotem Phlox. Daneben wetteiferte goldgelber Sonnenhut mit lilafarbenen Hortensien. Ein betäubender Duft stieg von den Blumen auf. Jetzt in der Mittagshitze ließen einige der Stauden jedoch ihre Köpfe hängen.

»Heute Abend muss ich sie wieder gießen«, seufzte Emma, als sie die niedrige Gartentür hinter sich schloss. Sie sollte lieber Gemüse und Salat anbauen, dachte Hermine, hütete sich aber, so etwas laut zu Emma zu sagen, wusste sie doch, wie sehr die alte Frau an ihrem Blumengarten hing.

Unverheiratet und ohne Kinder, ging Emma Moorkamp seit nunmehr über fünfzig Jahren ihrer Aufgabe als Hebamme nach und bekam dafür von der Krankenversicherung ein kleines Entgelt. Hermine wusste, dass ihr die Belohnung mit Naturalien wie Eier, Wurst und Speck bedeutend lieber war als die wenigen Reichsmark vom Staat.

Trotz ihres Krückstocks hatte Emma keine Schwierigkeiten, mit Hermine Schritt zu halten. Ein heftiger Hustenanfall zwang Hermine auf halbem Wege stehenzubleiben. Die alte Frau wartete ruhig ab, bis der Husten sich gelegt hatte.

»Du musst unbedingt zum Doktor gehen, Hermine. Solch ein Husten um diese Jahreszeit und ohne Erkältung: das muss behandelt werden. Mit der Lunge ist nicht zu spaßen, hörst du?«

Ihre Stimme war eindringlich, fast beschwörend geworden, und Hermine nahm sich fest vor, so bald wie möglich der Mahnung der alten Frau zu folgen. Aber jetzt gab es erst einmal Wichtigeres zu tun.

Sie hörten das qualvolle Stöhnen Maries schon durch das offenstehende Fenster der Schlafkammer, als sie sich dem Bauernhaus näherten. Emma ging gleich in die Kammer zu Marie.

»Wie oft kommen die Wehen jetzt?«, fragte sie die junge Frau, die sich gerade erschöpft in die Kissen sinken ließ.

»Ich glaube, alle zwei Minuten.«

Emma nahm Maries Handgelenk und fühlte den Puls. Dann holte sie ein hölzernes Hörrohr aus ihrem Beutel und horchte den Bauch nach den Herztönen des Kindes ab. Ihr altes Gesicht verzog sich in zahllose Runzeln, als sie Marie aufmunternd anlächelte.

»Keine Sorge, Marie, es ist alles in Ordnung.«

Zu Hermine gewandt, sagte sie:

»Setz bitte Wasser auf und leg alles bereit, was wir für die Versorgung des Kindes brauchen, Hermine.«

Dann ging sie in die Küche zum Spülstein, nahm ein Stück Kernseife und eine Bürste und wusch sich gründlich die Hände und Unterarme. Zurück in der Kammer, nahm sie eine saubere, noch gefaltete Schürze aus ihrem Beutel und band sie sich um. Aus einem kleinen Fläschchen schüttete sie sich eine geringe Menge Flüssigkeit in die Hände und verrieb sie sorgfältig. Auf den fragenden Blick Maries hin erklärte sie:

»Das ist, damit ich dich und das Kleine nicht mit irgendetwas anstecke, mein Kind.«

Dann schlug sie das Laken zurück, wies Marie an, die Beine anzuwinkeln und zu spreizen, damit sie sie untersuchen könne. Ohne das verschreckte Gesicht Maries zu beachten, befühlte sie mit sachkundigen Händen zuerst den Bauch nach der Lage des Kindes und tastete durch die Vagina nach der Öffnung des Muttermundes.

»Es wird noch zwei, drei Stunden dauern, Marie. Du musst nur immer schön gleichmäßig atmen, wenn die Wehen kommen.«

Hermine hörte Karl und die Mädchen zum Mittagessen ins Haus kommen. Verschwitzt und hungrig traten sie in die Küche, wuschen sich die Hände unter der Pumpe und setzten sich an den Tisch.

»Ist das eine Hitze heute«, stöhnte Karl. Er war ein klein gewachsener, zäher Mann mit einem dreieckigen Gesicht, blitzenden hellblauen Augen und einem kurzen Schnauzbart, der wie eine kratzige Bürste unter seiner langen Nase saß. Da er sich nur sonntags rasierte, waren seine faltigen Wangen und das kleine spitze Kinn von dunkelgrauen Stoppeln bedeckt. Von seinem einst lockigen dunkelblonden Haaren war nur noch ein Haarkranz übrig geblieben. Seine Zähne hatten vom Kautabak eine braune Färbung angenommen.

»Wenn das Wetter sich hält, können wir heute beim Bauern fertig werden und danach unsern eigenen Roggen mähen«, sagte er. »Dann kann Marie sicher wieder mithelfen. Wie weit ist sie denn mit dem Kind?«

Hermine stellte die Suppenschüssel mit dem Bohneneintopf mitten auf den Holztisch. Das Stück Speck hatte sie herausgenommen und auf einem Teller in Scheiben geschnitten. Dazu gab es scharfen Senf. Mit der Kelle füllte sie nun einen Teller nach dem anderen auf und legte jedem ein Stück Speck dazu.

»Heute Abend wird es wohl da sein. Die Hebamme sagt, es ist so weit alles in Ordnung. Marie hält sich tapfer.«

Sie setzte sich an den Tisch und sprach das Dankgebet. Emma Moorkamp kam aus der Kammer, grüßte und setzte sich ebenfalls an den Mittagstisch, wo Hermine einen Teller für sie bereitgestellt hatte. Die beiden Mädchen sahen sie neugierig an. Alma, die Jüngere, ein pummeliges Mädchen mit einem runden Kindergesicht, fragte:

»Warum stöhnt Marie denn so, Tante Moorkamp? Man kann sie bis hierher hören. Tut das Kinderkriegen so weh?«

Die alte Hebamme blickte von ihrem Teller auf und sah sie nachdenklich an.

»Ja, das tut weh. Wie es schon in der Bibel steht: In Schmerzen sollst du Kinder haben! Genesis 3,16. Das haben wir Eva zu verdanken und dem Sündenfall.«

Die fünfzehnjährige Reinhild machte ein bekümmertes Gesicht.

»Ich glaube, dann will ich lieber keine Kinder haben«, sagte sie leise.

»Das hast du nicht zu entscheiden«, fuhr ihr Vater sie an. »Es ist die Pflicht einer jeden deutschen Frau, viele Kinder für die Volksgemeinschaft zu bekommen!«

Als er den erschrockenen Ausdruck auf dem jungen Gesicht seiner Tochter sah, fügte er mit sanfterer Stimme hinzu: »Aber du hast ja noch viel Zeit bis dahin, Reinhild.«

***

Es war fünf Uhr nachmittags, als das Kind endlich da war. Vor dem geöffneten Kammerfenster stand die Hitze, in dem kleinen Raum war es brütend heiß.

Die Geburt war normal verlaufen. Emma hatte sorgfältig die Nabelschnur durchtrennt, die Nase und den Rachen des Kindes gesäubert und es mit einem kleinen Klaps zum Schreien gebracht, um die Lunge zu aktivieren. Sie hatte den Körper auf Besonderheiten und Anomalien untersucht und festgestellt, dass das Kind gesund und normal war. Dann hatte sie es in ein Tuch gewickelt und mit der Federwaage aus ihrem Beutel gewogen: 3650 Gramm. Mit einem Messstab hatte sie die Größe gemessen: 49 Zentimeter. Zufrieden hatte sie das Baby dann an Hermine weitergereicht und sich der erschöpften Mutter zugewandt.

»Du warst sehr tapfer, Marie, und jetzt hast du eine gesunde Tochter. Herzlichen Glückwunsch!«

Hermine wusch das kleine Mädchen im warmen Wasser, zog ihm ein Baumwollhemdchen und eine Stoffwindel an und wickelte es in ein großes Tuch, bevor sie es Marie in den Arm legte.

Gerührt sah sie, wie Marie das Kind anlächelte, die winzigen Hände betrachtete und den blonden Flaum auf dem Köpfchen streichelte.

»Sie sieht aus wie Johannes«, sagte sie leise, »dieselbe Gesichtsform und dieselben blauen Augen!«

»Tatsächlich?«, fragte Hermine und betrachtete das von der Geburtsanstrengung gerötete Gesichtchen ihrer Enkeltochter genauer. »Du hast recht, sie sieht wirklich ein bisschen so aus, wie Johannes bei seiner Geburt ausgesehen hat.«

»Wenn er nur hier wäre und sie sehen könnte, Mutter!«
In Maries Augen schimmerten Tränen.
Hermine räusperte sich.

»Emilie wird ein schönes Foto von der Kleinen machen, jetzt, wo sie ihre neue Kamera hat, und das werden wir Johannes schicken. Und du wirst ihm einen langen Brief schreiben.«

»Wie soll sie denn heißen, die Kleine?«, mischte sich nun die alte Hebamme in das Gespräch ein. Sie war dabei, ihre Utensilien zusammenzuräumen und in ihrem Beutel zu verstauen.

Marie lächelte und sah verträumt in das Gesicht ihrer Tochter.

»Das haben Johannes und ich uns genau überlegt. Sie soll Regina Anna Hermine heißen. ›Regina‹ bedeutet ›Königin‹, das fanden wir so schön. Und ›Anna‹ und ›Hermine‹ natürlich, nach den Großmüttern.«

Hermine musste schlucken.

»Ein schöner Name, Marie, wirklich.«

Emma schob sie beiseite.

»Ich zeige dir jetzt, wie man das Kind richtig an die Brust legt, Marie. Du siehst ja, die Kleine macht schon ein ganz hungriges Gesicht. Und danach bringt dir deine Schwiegermutter eine tüchtige Portion Bohnensuppe mit Speck, damit du wieder zu Kräften kommst. Du bist ja nur eine halbe Portion.«

Hermine musste schmunzeln. Das aus dem Munde einer Greisin, die selbst kaum mehr als ein Huhn wog, dachte sie. Sie ging in die Küche und setzte den übrig gebliebenen Eintopf wieder aufs Feuer. Die Hebamme hatte recht, Marie hatte ja seit dem Frühstück nichts mehr gegessen. Und morgen musste sie wieder arbeiten wie bisher. Es war üblich, dass die Mütter ihre Säuglinge mit aufs Feld nahmen, um sie während der Arbeitszeit stillen und windeln zu können. Zwischendurch lagen sie im Kinderwagen im

Schatten eines Baumes, mit einem Mulltuch vor Fliegen und Bienen geschützt.

In dem alten Korbkinderwagen, den Hermine jetzt aus ihrer Schlafkammer schob, hatten schon ihre eigenen Kinder gelegen. Sie hatte ihn vor ein paar Tagen aus der Abstellkammer geholt, ihn gründlich mit Seifenwasser von innen und außen gewaschen, und Hedwig, die Schneiderin, hatte einen neuen geblümten Himmel für das Deckenteil genäht. Hermine hatte die kleine Matratze gründlich ausgeklopft und die Kissen gelüftet und frisch bezogen. Jetzt schob sie den Wagen stolz in Maries Kammer und stellte ihn neben das Bett. Marie, die mit dem Stillen des Kindes gerade fertig geworden war, blickte überrascht auf.

»Wie schön, Mutter! Danke!«

Hermine winkte verlegen ab.

»Die Kleine kann ja nicht immer bei dir im Bett schlafen. Den Himmel hat deine Schwester genäht. Sie hat auch den Stoff dafür ausgesucht und bezahlt. Es sollte ein Geschenk von ihr für dich sein.«

Schon wieder lauerten Tränen in den Augen der jungen Mutter. Sie lächelte ihre Schwiegermutter dankbar an.

»Und jetzt bringe ich dir was zu essen und dann musst du schlafen.«

In der Küche setzte sich Emma Moorkamp an den Tisch.

»Jetzt könnte ich eine Tasse Tee gebrauchen, Hermine, und du sicher auch, oder?«

Hermine setzte Teewasser auf, füllte zwei Löffel Teeblätter in die bauchige Kanne und deckte den Tisch mit zwei Tassen, Teelöffeln, Zuckerdose und Milchkännchen. Aufseufzend setzte sie sich zu Emma an den Tisch.

»Was gibt es Neues im Dorf, Emma?«, fragte sie.

Die alte Hebamme wiegte den Kopf.

»In diesen Zeiten sind es selten gute Neuigkeiten, Hermine. Der Krieg fordert seine Opfer. Jeden Tag hat wieder eine Familie Grund zum Trauern. Der junge Röwekamp ist gefallen. Ich habe erst vor ein paar Wochen seine junge Frau von dem zweiten Kind entbunden. Ein strammer kleiner Junge. Der wächst jetzt ohne Vater auf.« Sie schüttelte missbilligend den Kopf.

Hermine goss den Tee auf und setzte die Kanne auf den heißen Herd, um ihn ziehen zu lassen.

»Ja, es ist traurig. Dieser schreckliche Krieg. Wenn er nur erst zu Ende wäre! Maries Bruder, der Hannes, ist erst neunzehn und ist jetzt auch eingezogen worden. Nach Russland haben sie ihn geschickt. Wer weiß, ob er gesund wiederkommt. Der junge Robert, ihr zweiter Bruder, ist ganz aktiv bei der Hitlerjugend, hört man.«

»Ja, ja, die Politik. Für uns hier auf dem Dorfe hat sie noch nie etwas Gutes gebracht«, seufzte die alte Frau.

Hermine schenkte den Tee ein und beide Frauen versanken einen Moment in Schweigen, während sie das duftende Getränk in kleinen, genüsslichen Schlucken tranken.

Schließlich stand Hermine auf und sagte: »Ich muss mich an die Arbeit machen, Emma, das Vieh wartet. Was bekommst du für deine Mühe?«

Die alte Frau nahm ihren Krückstock zur Hand und stand seufzend auf. »Ein paar Eier wären schön, Hermine, und ein Stück Mettwurst, wenn du hast.«

Hermine brachte ihr das Gewünschte, und dankend verabschiedete sich die Hebamme.

»Und pass auf, dass Marie immer gut isst, Hermine, sie ist viel zu dünn.«

***

Der Sommerabend war mild und angenehm, die Hitze war einer erfrischenden Kühle gewichen, als Karl und seine Töchter von der Arbeit nach Hause kamen. Ungeduldig stürmten die Mädchen in Maries Schlafkammer, um das Baby zu bewundern. Mit lauten Ausrufen des Entzückens begutachteten sie das Neugeborene. Marie hatte sich inzwischen von den Strapazen der Geburt erholt und freute sich über die Begeisterung der Mädchen.

»Es ist nur ein Mädchen, aber es ist gesund und kräftig, Karl«, hatte Hermine zu ihrem Mann gesagt, als er sie beim Eintreten fragend angesehen hatte, »und Marie geht es gut. Morgen ist sie wieder auf den Beinen.«

Karl hatte kurz in die Kammer geschaut, Marie gratuliert und einen Blick auf das Kind in ihrem Arm geworfen.

»Sie sieht aus wie Johannes«, hatte er konstatiert und sich dann in der Küche an den Abendbrottisch gesetzt.

»Ein Stammhalter wäre besser gewesen«, sagte er missmutig. Er brockte sich einen Kanten Schwarzbrot in seine Haferflockenmilchsuppe und löffelte sie hungrig auf.

»Gott sei Dank sind wir heute beim Bauern fertig geworden. Morgen können wir unser eigenes Roggenfeld in Angriff nehmen. Marie muss helfen beim Hocken, damit wir zügig fertig werden. Wer weiß, wie lange sich das gute Wetter noch hält.«

Gerade, als Hermine das Dankgebet am Ende der Mahlzeit sprach, klopfte es an der Tür und Hinrich Harms, der Postbote, trat ein. Hermine wurde blass. Bitte, lieber Gott, lass ihn kein Telegramm bringen, dachte sie erschrocken. Harms, ein immer freundlicher, dünner Mann mit einem riesigen Kaiser-Wilhelm-Schnauzbart, der ihm das Aussehen eines gutmütigen Seelöwen gab, wirkte aber ganz heiter.

»Mahlzeit«, grüßte er fröhlich, »ich will gar nicht lange

stören. Von Emma habe ich gehört, dass Nachwuchs angekommen ist bei euch. Herzlichen Glückwunsch! Und da dachte ich, ich komme eben vorbei und bringe Marie ihre Post schon heute Abend anstatt morgen früh. Sicher freut sie sich darüber.«

»Ein Brief von Johannes? Das ist ja wunderbar! Wir haben schon so lange nichts mehr von ihm gehört!« Hermine war aufgesprungen und ging eilig auf den Postboten zu. »Ich werde ihn gleich Marie geben. Wie sie sich freuen wird! Gerade heute! Danke, Hinrich!«

Karl war auch aufgestanden.

»Komm, setz dich her, Hinrich. Ich hol mal die Flasche Korn. Darauf müssen wir anstoßen.«

Während Karl eine Flasche Schnaps und zwei kleine Gläser aus dem Küchenschrank holte, nahm Hinrich seine Postmütze ab und setzte sich an den Tisch.

Hermine war mit dem Brief in der Hand leise in die Schlafkammer getreten, wo Marie gerade wieder den Säugling stillte.

»Ich habe hier etwas für dich, Marie«, sagte sie freudestrahlend und wedelte mit dem Brief. »Von Johannes«, fügte sie hinzu.

Über Maries schmales, noch von der Anstrengung der Geburt gezeichnetes Gesicht ging ein Leuchten.

»Endlich! Wir haben so lange nichts mehr von ihm gehört! Und gerade richtig zu Reginas Geburtstag!«

Sie legte das Baby vorsichtig an ihre Schulter, um es aufstoßen zu lassen, und streckte die Hand aus.

»Darf ich ihn zuerst allein lesen, Mutter?«, bat sie.

Hermine nickte, ging hinaus und schloss leise die Tür hinter sich.

Was für ein glücklicher Tag, dachte sie und lächelte.

Ein toter Hase
liegt am Weg. Seine Augen
spiegeln den Himmel.

1983

Das Zeitungsfoto zeigt eine große Menschenansammlung in den Straßen einer Großstadt. Es sind Menschen unterschiedlichen Alters, darunter viele junge Leute und Kinder. Sie tragen Transparente, auf denen Parolen zu lesen sind wie »Nie wieder Krieg«, »Keine atomare Aufrüstung in Deutschland«, »Gegen den NATO-Doppelbeschluss«, »Es gibt schon jetzt mehr Sprengstoff als Nahrung«, Kampf dem Atomtod«, »Ostermarsch für Frieden« und viele ähnliche mehr. Die blaue Friedenstaube ist auf zahlreichen Plakaten zu sehen.

In der Mitte der Fotografie sind zwei Personen mit einem roten Filzstift umrandet worden. Man erkennt einen Mann und eine Frau, beide gehören der älteren Generation an.

Sie halten zusammen ein Transparent, auf dem steht: »Aufruf zum Frieden.«

Das Foto erschien im April 1983 in der aktuellen Tagespresse. Es illustriert einen Bericht über die Ostermärsche, die in zahlreichen Städten der Bundesrepublik stattfanden. Die markierten Personen sind Marie und Andreas Heinrichs.

6. Kapitel

Bist du schon wach?«, fragte Marie leise. Andreas gab nur ein unwilliges Brummen von sich und drehte sich demonstrativ auf die andere Seite. Marie warf einen Blick auf die Digitalanzeige des Weckers. Erst sechs Uhr! Viel zu früh zum Aufstehen. Wohlig streckte sie unter der warmen Decke ihre Gliedmaßen aus. Die Arthrose in ihrem Knie meldete sich nicht, gut, dachte sie. Vor den Jalousien schimmerte grau der noch junge Tag, im Garten vor dem Fenster hörte man zaghafte Vogelstimmen.

Die Welt schlief noch an diesem Ostermorgen. Nur vereinzelt hörte Marie gedämpfte Verkehrsgeräusche, die von der Hauptstraße herüberdrangen.

Sie lauschte auf die regelmäßigen Atemzüge ihres Mannes, die verrieten, dass er wieder tief schlief. Hin und wieder gab er ein kleines unwilliges Prusten von sich, wie ein Kind, das lebhaft träumt. Sie musste lächeln. Sie legte die Arme hinter den Kopf und ließ ihre Gedanken wandern.

Fast drei Jahre war es nun her, dass Andreas und sie geheiratet hatten. Nach dem Tod von Johannes hatte sie sich lange Zeit geweigert, den Gedanken an eine neue Ehe auch nur in Erwägung zu ziehen. Auch als sie Andreas damals in der Landesbibliothek kennenlernte, war ihr nie die Idee an ein intimes Verhältnis mit ihm gekommen. Man verliebt sich in meinem Alter eben nicht mehr so schnell, dachte sie. Es hatte lange gedauert, bis sie in Andreas einen möglichen Ehepartner sehen konnte. Auch als allmählich aus der anfänglichen Sympathie eine echte Zuneigung geworden war, als sie sich ein Leben ohne ihn gar nicht mehr vorstellen konnte, ohne ihre intensiven Gespräche über Literatur und Poesie, die Ausflüge mit dem Fahrrad an der Hunte entlang und über die Dörfer, die langen Spaziergänge im

Schlosspark und im Everstenholz oder die Abende, die sie gemeinsam mit einem Glas Wein auf ihrer winzigen Terrasse in der Schillerstraße verbrachten, selbst da war ihr der Gedanke an eine neue Ehe immer noch fremd gewesen.

Erst als er eines Abends formvollendet mit roten Rosen und einem wunderschönen Goldring um ihre Hand angehalten hatte, war sie sich bewusst geworden, dass sie diesen Mann liebte. Doch sofort nach dieser Erkenntnis hatte sich ihr Verstand eingeschaltet, der ihr sagte, sie sei verrückt, in ihrem Alter an eine Heirat zu denken, schließlich sei der Mann mit seinen zweiundfünfzig Jahren gute zwölf Jahre jünger als sie. Und dann war da ja auch noch ihre Familie. Was würden ihre Kinder sagen, wenn ihre alte Mutter, die schon mehrfache Großmutter war, wieder heiraten würde? Und Andreas' Sohn Jonas? Und die Sache mit dem Sex. Sie hatte außer mit Johannes noch mit keinem Mann geschlafen, und das war nun schon Jahre her. Wie würde es sein mit einem anderen Mann?

Nie würde sie das enttäuschte und gekränkte Gesicht von Andreas vergessen, als sie nicht sofort Ja gesagt hatte, sondern ihn mit ihren zahlreichen Bedenken konfrontierte. Ihre Argumente hinsichtlich des Altersunterschiedes wischte er mit einer Handbewegung beiseite.

»Du siehst jünger aus als ich und bist auch körperlich viel fitter. Du wirst mich bestimmt überleben«, hatte er gesagt. Zu dem Problem mit den Kindern meinte er nur: »Haben wir es nötig, unsere Kinder um Erlaubnis zu fragen? Sie fragen uns ja auch nicht, wenn sie irgendetwas vorhaben.«

Und dann, als sie schließlich mit ihrer Angst vor dem Körperlichen herausgerückt war, hatte er ihr Gesicht in seine Hände genommen und ihr abschließend nur die eine

Frage gestellt: »Liebst du mich, Marie? So wie ich dich liebe?«

Sie hatte in seine braunen Augen geschaut, in die das Kerzenlicht goldene Lichter zauberte, ihn angelächelt und ganz ruhig, in der Gewissheit, dass es ihrem Gefühl für ihn vollkommen entsprach, gesagt: »Ich liebe dich.«

»Dann ist ja alles gut«, hatte er lakonisch geantwortet. Er hatte die Kerzen auf dem Esstisch gelöscht, sie an die Hand genommen und ins Schlafzimmer geführt. Dann hatte er angefangen, sie zu küssen und zu streicheln und sie dabei ganz langsam ausgezogen. Als sie nur noch im BH und Unterhose dastand, bat sie ihn das Licht zu löschen.

»Nein«, sagte er, »ich möchte dich ansehen, Marie.«

Obwohl es sie große Überwindung kostete, sich ihm nackt zu zeigen, legte sie den BH ab und stieg aus dem Slip. Dann bot sie sich seinen Augen dar und hob herausfordernd den Kopf. Er ließ seinen Blick langsam über ihren Körper gleiten. Marie wurde sich ihrer Brüste, ihres Bauches und ihrer Schenkel bewusst, und ein Kribbeln lief über ihre Haut.

»Du bist wunderschön, meine geliebte Marie«, sagte er mit rauer Stimme. »Fünfundsechzig Jahre alt, und so wunderschön.«

Marie wusste, für diese Worte würde sie ihn ein Leben lang lieben. Plötzlich fühlte sie keine Scheu mehr, im Gegenteil, ihre Nacktheit unter seinem Blick erregte sie.

»Und jetzt du. Ich will dich auch nackt sehen«, verlangte sie und fing an, die Knöpfe an seinem Hemd zu öffnen. Im Nu war er ausgezogen, und als er sie zum Bett führte und sie behutsam auf das kühle Laken legte, wusste Marie, dass sie, ohne es zu ahnen, eine lange Zeit eine der schönsten Dinge der Welt entbehrt hatte.

Die Erinnerung an diesen denkwürdigen Abend hatte

Marie Lust auf eine Wiederholung gemacht. Sie kuschelte sich an den Rücken ihres Mannes und fing an, ihn zärtlich zu streicheln. Seine Reaktion ließ nicht lange auf sich warten, und sie liebten sich mit einer vertrauten Intimität, ohne Hast, in der Gewissheit, sich gegenseitig gutzutun.

»Glaubst du, es werden viele Menschen da sein?«

Andreas biss mit Appetit in seinen Marmeladentoast, kaute genüsslich und trank einen Schluck Kaffee. Marie und er saßen in der Essecke des gemütlichen Wohnzimmers beim Frühstück. Nach dem Umzug in Andreas' geräumige Altbauwohnung in der Gartenstraße hatte Marie am meisten die kleine Gartenoase vermisst, vor allem die alten, hohen Bäume. Der Balkon, der zu Andreas' Wohnung gehörte, war nur ein kleiner Ersatz dafür. Zwar sorgte sie dafür, dass in den Blumenkästen und den runden Kübeln zu jeder Jahreszeit blühende Stauden und Blumen wuchsen, und die kleinen Töpfe mit Gewürzpflanzen auf der Kräutertreppe lieferten stets frische Küchenkräuter, aber das Rauschen der hohen Bäume konnte der Balkon nicht ersetzen. Dafür boten die hohen Fenster hier im ersten Stock des würdigen alten Hauses einen herrlichen Blick über den Schlossgarten, und Marie hatte sich sofort, als sie eingezogen war, mit ihrem alten Ohrensessel und ihrem schönen Schreibtisch einen Platz vor dem Fenster eingerichtet.

Andreas hatte diese Eigentumswohnung zusammen mit seiner vor acht Jahren an Brustkrebs gestorbenen Frau gekauft, und nachdem sein Sohn Jonas zum Studium nach Berlin aufgebrochen war, kurz nach ihrer Heirat, war Marie eingezogen.

Marie hatte geduscht und die feuchten Haare mit einem Handtuch umwickelt. Sie trug noch ihren flauschigen rosa Bademantel, Andreas war schon fertig angezogen. Argwöhnisch warf sie nun einen Blick aus dem Fenster.

»Es hängst sicher davon ab, wie das Wetter wird. Wenn es noch weiter regnet, werden bestimmt weniger Menschen auf die Straße gehen als letztes Jahr«, antwortete sie nun auf Andreas' Frage. Sie schenkte sich eine Tasse Kaffee ein und strich sich etwas Butter und Honig auf ihren frisch gerösteten Toast.

»Auf jeden Fall müssen wir einen Regenschirm mitnehmen«, sagte Andreas.

»Ich habe überall in der Stadt das blaue Plakat für den Sternmarsch auf Oldenburg gesehen. Aus der ganzen Umgebung sind die Menschen aufgerufen mitzumachen, sogar aus Rastede und Bad Zwischenahn. Hoffentlich lässt der Regen nach.«

Er hatte sein Frühstück beendet und sah sich nach der Sonntagszeitung um. Auf der ersten Seite wurde in einem großen Artikel auf die Ostermärsche, die seit Jahren in der gesamten Bundesrepublik und auch in der DDR großen Zulauf hatten, eingegangen. Im Osten hießen die Parolen »Schwerter zu Pflugscharen« und »Frieden schaffen ohne Waffen«, im Westen »NATO-Soldaten sagen NO« oder, extremer, »Soldaten sind Mörder«.

Es war das zweite Mal, dass sie an den Ostermärschen der Friedensbewegung teilnahmen. Auf ihr Transparent hatten sie die Worte ›Aufruf zum Frieden‹ geschrieben und eine blaue Taube, das Symbol der Friedensbewegung, gemalt. Marie war sich im Klaren darüber, dass die Friedensbewegung mit ihren Demonstrationen und Aufmärschen nicht viel bewegte. Den NATO-Doppelbeschluss und die Stationierung der Pershing-II-Raketen und der Cruise-Missile auf deutschen Boden hatten sie nicht verhindern können. Dennoch gab ihr die Teilnahme an den Friedensmärschen das Gefühl, nicht ganz und gar untätig zuzusehen, wie der Wahnsinn der atomaren Aufrüstung den Kalten Krieg immer weiter vorantrieb. Das Bewusstsein, dass die in Ost und West bereitstehenden Atomwaffen genügten, die Menschheit zigmal vollständig auszulöschen, verursachte ihr ein permanentes Angstgefühl. Im normalen Alltagsleben trat dieses Gefühl zwar in den Hintergrund ihres Bewusstseins, aber sobald sie zur Ruhe kam oder wenn in den täglichen Nachrichten von den weltweiten Kriegsschauplätzen berichtet wurde, kam diese Angst wieder an die Oberfläche und trübte ihr ansonsten positives Lebensgefühl.

»Auf jeden Fall müssen wir bis zur Kundgebung heute Nachmittag wieder da sein. Sie soll um 16.00 Uhr stattfinden«, sagte Marie.

»Das schaffen wir leicht«, beruhigte Andreas sie. »Bis nach Moorbrügge sind es nur dreißig Kilometer. Und wir sind ja schon zum Mittagessen eingeladen.«

Marie freute sich auf den Besuch bei der Familie Weidenfeld, die ihren Hof gekauft hatte. Ein, zwei Mal im Jahr fuhr sie in das Dorf, in dem sie so lange gelebt hatte, und schaute nach dem Rechten. Es war das erste Mal, dass Andreas sie begleitete.

»Ich bin gespannt auf Moorbrügge, Marie. Nachdem du dort so viele Jahre gelebt hast, verbinden dich sicher viele Erinnerungen mit dem Haus.«

Marie lächelte. »Ja, das stimmt«, sagte sie

***

Am späten Vormittag hörte der Regen auf und die Wolken lichteten sich. Zwar war es immer noch empfindlich kalt und es blies ein scharfer Wind aus Nordwest, aber hin und wieder zeigte sich die Sonne, und man spürte sofort ihre frühlingshafte Kraft.

Andreas stellte den VW an der Straße vor dem Haus in Moorbrügge ab, und Marie und er gingen über den schmalen Fußweg, der den großen Gemüsegarten von dem Blumengarten trennte, auf das Bauernhaus zu. In den Beeten vor der breiten Giebelfront wuchsen unzählige goldgelbe Osterglocken und bunte Tulpen, der vom Winter noch unansehnliche Rasen war durchsetzt mit violetten, orangefarbenen und leuchtend gelben Krokussen, und unter den Birn- und Apfelbäumen, die den Garten zur Straße hin abgrenzten, wuchsen wie ein weiß-grüner Teppich die Schneeglöckchen. Im Gemüsegarten waren schon die ersten Arbeiten vorgenommen worden. Frisch aufgeworfenes Erdreich, neben dem mehrere Haufen Mist lagen, zeigte, dass das Ehepaar Weidenfeld damit begonnen hatte, die Erde für die Frühjahrsbestellung vorzubereiten.

Marie trat vor die schmale Eingangstür und klingelte.

»Einen schönen guten Morgen«, begrüßte Monika Weidenfeld ihre Besucher fröhlich. »Kommen Sie schnell herein, das Wetter ist ja nicht gerade freundlich.«

Sie war eine füllige, mütterlich wirkende Frau Anfang vierzig mit lockigem blondem Haar und einem hübschen runden Gesicht, in dem die blauen Augen lebhaft funkelten. Sie trug eine eng anliegende schwarze Stoffhose mit unten ausgestellten Beinen und ein weite bunte Hemdbluse mit Schulterpolstern, darüber eine weiße Küchenschürze mit altmodischen Volants. Anscheinend war sie gerade mit der Zubereitung des Mittagessens beschäftigt, dessen Wohlgerüche Marie gleich in die Nase stiegen, als sie den schmalen Flur des Hauses betrat.

»Guten Morgen, Frau Weidenfeld, und ein frohes Osterfest! Darf ich Ihnen meinen Mann vorstellen? Andreas

Heinrichs. Wir sind seit fast drei Jahren verheiratet. Er war neugierig auf Ihren Bauernhof. Ich habe ihm schon viel von Ihrer alternativen Art zu wirtschaften erzählt.«

Monika gab Andreas die Hand und lächelte ihn freundlich an.

»Wenn Sie wollen, zeige ich Ihnen nachher alles. Aber legen Sie erst einmal ihre Mäntel ab und nehmen Sie Platz, am besten in unserem Esszimmer. Dort ist schon für das Mittagessen gedeckt. Mein Mann besucht mit unseren Gästen die Messe in der Dorfkirche. Sie müssten aber jeden Moment zurückkommen.«

Sie führte ihre Besucher in den zentralen Raum des Bauernhauses, der mit einem langen, jetzt weiß gedeckten Tisch, auf dem ein bunter Tulpenstrauß für frühlingshafte Atmosphäre sorgte, und etwa zehn schlichten Holzstühlen ausgestattet war. Vor den Fenstern hingen duftige weiße Gardinen und bunte Vorhänge, auf einem Nebentisch standen verschiedene Topfpflanzen und an den Wänden hingen zartfarbige Aquarelle mit Landschafts- und Blumenmotiven. Die Wände und der eingelassene Wandschrank waren weiß gestrichen, sodass der Raum einen hellen, freundlichen Eindruck machte.

»Wie viele Gäste haben Sie im Moment, Frau Weidenfeld?«, fragte Marie, nachdem sie und Andreas sich einen Platz am Esstisch gesucht hatten.

»Nur vier Personen«, antwortete Monika, »ein Ehepaar aus Bochum mit seinen zwei kleinen Töchtern. Die Kinder sollen auf unserem Hof sehen, woher die Milch und das Fleisch wirklich kommen. Aber vor allem sind sie wegen der sprichwörtlichen Landluft hier.« Sie lachte. »Was ich gut verstehen kann, wenn man aus dem Ruhrpott kommt«, fügte sie hinzu.

Die Weidenfelds hatten sich mit dem Kauf des Resthofes einen lang gehegten Wunsch erfüllt. Monika war gelernte Hauswirtschafterin und Köchin und hatte jahrelang in einer Großküche in Gelsenkirchen gearbeitet, ihr Mann war als Installateur in einer mittelständischen Firma beschäftigt gewesen, die jedoch in Konkurs gegangen war. Als er arbeitslos wurde, hatte das kinderlose Ehepaar alle Ersparnisse und die kleine Erbschaft, die es von den schon verstorbenen Eltern erhalten hatte, genommen und mit Hilfe eines langfristigen Kredits von ihrer Bausparkasse den Resthof von Marie gekauft. Sie waren Selbstversorger und lebten auf traditionelle Art von dem, was sie durch das dazugepachtete Land und die bäuerliche Tierhaltung erwirtschafteten. Durch die Vermietung von zwei Gästezimmern verdienten sie sich ein kleines Zubrot, ebenso durch den Verkauf von frischem Gemüse, Milch und Eiern in ihrem winzigen Hofladen. Ihr Hof stellte eine Alternative zu der immer mehr wachsenden Massentierhaltung dar. Marie war unendlich froh gewesen, als sie nach Johannes' Tod diese Möglichkeit gefunden hatte, sein Lebenswerk zu erhalten.

»Was möchten Sie trinken«, fragte Monika ihre Gäste, und nachdem sie ihnen das gewünschte Mineralwasser gebracht hatte, entschuldigte sie sich, um in der angrenzenden Küche nach dem Essen zu sehen.

»Du musst dir nachher unbedingt die Tiere ansehen, Andreas. Hier leben sie noch so, wie sie eigentlich sollten.«

Sie hörten das Motorengeräusch eines Autos, und kurz darauf stürzten zwei kleine Mädchen lachend ins Zimmer. Überrascht hielten sie inne, als sie die Besucher sahen. Die Ältere war vielleicht sieben Jahre alt, die jüngere fünf. Beide hatten runde braune Augen und offene dunkle Haare, die mit bunten Spangen aus den vom Wind geröteten hübschen Kindergesichtern gehalten wurden. Hinter ihnen betraten nun ihre Eltern mit Christian Weidenfeld das Esszimmer. Andreas stand zur Begrüßung auf, und Christian, ein breitschultriger, hochgewachsener Mann mit einem gutmütigen Gesicht und Stirnglatze, stellte ihnen das Ehepaar aus dem Ruhrgebiet vor. Es war ein junges Lehrerehepaar, beide schlank, gut aussehend und modisch gekleidet. Sie wirkten, als hätten sie diesen Landurlaub bitter nötig, dachte Marie, während sie beobachtete, wie nervös die junge Mutter ihre Kinder dazu ermahnte, die Mäntel auszuziehen, sich die Hände zu waschen und ihre Plätze einzunehmen.

Christian Weidenfeld hingegen war die Ruhe selbst.

Monika steckte ihren Kopf zur Tür herein und bat ihren Mann, ihr in der Küche zur Hand zu gehen, und alsbald wurde ein köstliches Ostermenü serviert. Es gab als Vorspeise eine Spargelcremesuppe, als Hauptgericht Lammbraten mit Kartoffelknödeln, Möhrenpüree und Prinzessbohnen und als Nachtisch Birne Helene. Man merkte, dass hier eine professionelle Köchin am Werk gewesen war, und alle waren voll des Lobes. Mit geröteten Wangen, aber glücklich nahm Monika Weidenfeld den Dank entgegen.

Nach dem Essen, als die Feriengäste sich in ihre Zimmer zurückzogen, führten die Weidenfelds Andreas und Marie durch das Haus und die Ställe. Wie in alter Zeit gab es alle Tierarten, die man auf einem Bauernhof erwartete: Kühe, Schweine, Schafe, Hühner, Enten, Gänse, sogar zwei Ponys und zwei Pferde zum Reiten. Die Tiere wurden so gehalten, wie es ihrer Art entsprach: Die Schweine hatten eine Weide zum Grasen und Wühlen, die beiden Kühe eine Wiese, auf der sie geruhsam ihr Futter suchten, die Hühner, Enten und Gänse liefen in ihrem Gehege frei herum. Zum Entzücken der Ferienkinder gab es Kaninchen, einen treuherzigen Hofhund und mehrere Katzen, die als

Mäusefängerinnen gute Dienste leisteten. Die Gäste wurden vollständig in den Alltag mit einbezogen. Sie halfen beim Füttern der Tiere, sogar manchmal beim Ausmisten, und je nach Jahreszeit bei der Feld- und Gartenarbeit.

Alles war wohlorganisiert. Das Futter, das nicht durch die gepachtete Ackerfläche erzeugt werden konnte, wurde von der landwirtschaftlichen Genossenschaft gekauft. Die Jungtiere, die nicht zur Nachzucht gebraucht wurden, wurden verkauft. Wenn es an der Zeit war, wurden die Tiere, die als Fleischlieferanten dienten, von einem Hausschlachter geschlachtet und vollständig verwertet. Der Mist, den die Tiere produzierten, wurde auf dem Acker und in dem riesigen Gemüsegarten als Dünger genutzt. Monika verarbeitete den Ertrag der Obstbäume und Beerensträucher zu Kompott, Marmeladen und Gelees. Das nicht sofort verwendete oder verkaufte Gemüse lagerte sie tiefgefroren in der riesigen Gefriertruhe, die in der modern eingerichteten Küche stand. Da all dies in einem nur kleinen, überschaubaren Rahmen geschah, war die Arbeit durch das Ehepaar gut zu bewältigen, und die Feriengäste stellten eher eine willkommene Abwechslung dar als eine Belastung.

»Wirklich beeindruckend«, sagte Andreas, als Marie und er auf dem Heimweg waren. »Eine wunderbare Idylle, die in unserer heutigen Welt eine absolute Ausnahme darstellt. Was eigentlich sehr schade ist«, fügte er bedauernd hinzu.

»Ja«, sagte Marie. »Natürlich kann sich nicht jeder auf diese Art selbst mit Nahrung versorgen. Aber muss deswegen die Produktion von Fleisch immer fabrikmäßiger werden? Und darf die Erhaltung der intakten Umwelt nicht auch eine Rolle bei der Herstellung von Getreide und Gemüse spielen? Wir müssten nur bereit sein, einen angemessenen Preis für unsere Lebensmittel zu bezahlen.«

»Ja, und genau da liegt, glaube ich, der Hase im Pfeffer. Es geht um Gewinnmaximierung der Produzenten und Vermarkter und um die Versuchung der Verbraucher, möglichst wenig für das Notwendige auszugeben, um möglichst viel für das Überflüssige übrig zu haben.«

»So ist es«, sagte Marie abschließend.

***

Der Marktplatz um das alte Rathaus herum und der Schlossplatz waren zum Bersten gefüllt, als Marie und Andreas kurz vor vier Uhr über die Kreuzung am Schlosswall zur Schlusskundgebung des Sternmarsches gingen. Bis vor den Haupteingang der Lambertikirche drängten sich die Demonstranten. Sie schlängelten sich vorsichtig durch die Menschenmenge, um einen Blick auf das Podium werfen zu können, das man auf dem Platz neben der barocken Figurengruppe aus Bronze aufgebaut hatte. Als sie einen guten Platz gefunden hatten, entrollten sie ihr Plakat.

Marie blickte sich um. Sie sah Menschen jeden Alters, Männer und auffallend viele Frauen, auch zahlreiche, meist kleinere Kinder an den Händen ihrer Mütter. Etliche trugen Transparente mit den Friedensparolen, besonders mit Aussagen, die sich gegen die atomare Hochrüstung richteten. Einige Jugendliche waren als Punks oder Rocker zu erkennen, auch Alt-Hippies mit langen Haaren und bunt zusammengewürfelter Kleidung waren zu sehen. Aber die meisten Demonstranten sahen wie ganz normale Bürger aus. Sie alle einte ein gemeinsames Anliegen: in einem dauerhaften, stabilen Frieden ohne Angst leben zu können.

Auf dem Podium wechselten sich die Redner ab, die sich in vielen Variationen gegen das Wettrüsten in Ost und West, gegen die Ausweitung der Atomkraft, für mehr Umweltbewusstsein, für eine vernünftige Ökologie und vor allem für die Ächtung des Kriegsgeschehens in aller Welt aussprachen. Marie dachte an die Berichte, die der Club of Rome schon vor zehn Jahren veröffentlicht hatte. ›Grenzen des Wachstums‹ und ›Menschheit am Wendepunkt‹ hießen die vielsagenden, der Dramatik des Inhalts jedoch nicht gerecht werdenden Überschriften. Immer wieder fragte sie sich, wie es nur möglich sein konnte, dass die Verantwortlichen in der Welt, die diese Warnungen doch kannten, sie so konsequent ignorieren konnten. Wie oft hatte sie mit Andreas darüber diskutiert, aber natürlich wusste auch er keine Antwort.

***

»Ich werde in die grüne Partei eintreten«, verkündete Marie am Abendbrottisch.

»Aha.«

»Ich glaube, man muss mehr tun als nur demonstrieren. Nur wenn man in der Politik mitreden kann, hat man die Macht, etwas zu verändern.«

»Meinst du denn, dass die Grünen reif sind, in der Bundespolitik mitzuwirken? Denk nur mal daran, dass sie den Austritt aus der Nato fordern.«

»Das stimmt, in diesem Punkt bin ich unsicher. Aber was die anderen Programmpunkte der Grünen betrifft, bin ich vollkommenen einverstanden. Und da sie jetzt auch im Bundestag vertreten sind, möchte ich mich gerne für sie starkmachen. Es kann doch so nicht weitergehen. Wir Bürger müssen etwas tun gegen diese Fehlentwicklungen. Gegen das Waldsterben, gegen die Atomkraft, gegen diesen Wahnsinn des Kalten Krieges, gegen den Raubbau an der

Natur und gegen die Missachtung der Tiere. Bist du nicht meiner Meinung?«

»Ja, Marie, natürlich.«

Andreas schien nicht recht bei der Sache zu sein.

Eine Pause entstand. Marie fing an, das Abendbrotgeschirr abzuräumen.

»Marie?«

»Ja?«

»Ich habe eine Überraschung für dich.«

»Eine Überraschung?«

»Ich kann sie dir nur sagen, wenn du mir versprichst, nicht böse zu werden.«

»Jetzt machst du mich aber neugierig, Andreas.«

Marie setzte sich wieder auf den Stuhl Andreas gegenüber.

»Versprichst du's?«

»Es ist hoffentlich nichts Schlimmes?«

»Nein, im Gegenteil. Du wirst dich sicher darüber freuen.«

Marie war inzwischen wirklich beunruhigt. Bisher hatten Andreas und sie nie Geheimnisse voreinander gehabt. War vielleicht irgendetwas mit seiner Arbeit? Seit er als Dozent für Geschichte an der Oldenburger Universität tätig war, zusätzlich zu seiner Arbeit am Gymnasium, war Andreas hin und wieder etwas abgespannt gewesen. Wollte er sich vielleicht beruflich verändern? Ratlos sah sie ihn an.

»Nun rück schon heraus damit, Andreas.«

»Erst, wenn du versprichst, mir nicht böse zu sein.«

»Na gut, ich verspreche es.«

Andreas holte tief Luft. Dann nahm er ihre Hände in seine und sah sie liebevoll an.

»Du hast mir doch erlaubt, deine alten Gedichte zu lesen. Und auch die, die du in den letzten Jahren geschrieben hast.«

Alarmiert setzte Marie sich auf. Die Gedichte waren das Persönlichste und Intimste, was sie hatte. Sie hatte lange gebraucht, bis sie sich entschlossen hatte, sie Andreas zu zeigen.

»Ja?«

»Ich habe einige der schönsten Gedichte ausgesucht, sie abgetippt und an verschiedene Verlage geschickt, mit der Anfrage, ob sie sich nicht zur Veröffentlichung eignen.«

Marie spürte, wie ihr Herz aussetzte und dann mit erhöhter Kraft wieder anfing zu schlagen. Ihr Gesicht fühlte sich plötzlich heiß an. Mit einer abrupten Bewegung entriss sie Andreas ihre Hände. Ihre Gedichte! Ausgesetzt den Augen fremder Menschen! Die sie sicher in Grund uns Boden kritisieren würden! Wie hatte er das nur tun können!

Entsetzt starrte sie ihn an.

»Nun guck nicht so, Marie! Du hast versprochen, nicht böse zu werden.«

Er stand auf und ging zu seinem Schreibtisch, öffnete eine der Schubladen und holte einen Brief heraus.

»Hier, das ist am letzten Samstag von dem berühmten Verlag aus Frankfurt gekommen. Lies selbst.«

Er reichte Marie den geöffneten Umschlag. Mit zitternden Händen ergriff sie ihn, nahm das Schreiben heraus und las den kurzen Brief.

»Sie wollen drei meiner Gedichte in einer Anthologie über zeitgenössische Lyrik abdrucken. Zusammen mit den Werken anderer Autoren.«

Sie ließ den Brief sinken und starrte Andreas fassungslos an.

»Soll das heißen, dass ihnen meine Gedichte gefallen haben? Dass sie sie gut finden?«

»Ja, und nicht nur das. Lies weiter!«
Marie las die restlichen Zeilen.
»Sie fragen an, ob ich noch mehr Arbeiten habe und ob sie vielleicht ausreichen für einen eigenen Gedichtband.«

Sie stand auch und fing an, im Wohnzimmer hin und her zu gehen. Schließlich blieb sie an ihrem Schreibtisch stehen und holte die schwarzen Schulhefte aus dem untersten Fach heraus. Sie breitete sie auf der Tischfläche aus. Wie viele waren es inzwischen? Fünfzig oder sechzig Hefte? Andreas trat hinter sie und legte seine Arme um sie.

»Marie, du bist eine Dichterin. Du hast etwas zu sagen, und die Menschen sollten lesen dürfen, was du sagst.«

»Welche Gedichte hast du ihnen geschickt?«

»Ich habe zwei von den ganz frühen ausgesucht und dann aus den Jahren danach sechs bis zu deinem Wegzug aus Moorbrügge. Und zwei aus deiner Oldenburger Zeit. Sie haben aus jeder Epoche eins ausgewählt für die Anthologie.«

»Ich kann es gar nicht glauben, Andreas. Und ich weiß nicht, ob ich mich darüber freuen soll. Die Gedichte waren für mich so etwas wie ein Tagebuch. Nicht für fremde Augen bestimmt. Es waren meine innersten Gedanken und Gefühle. Können andere Menschen überhaupt etwas damit anfangen?«

Andreas drehte sie zu sich herum und sah ihr in die Augen.

»Du weißt, ich verstehe etwas davon. Schließlich ist Literatur das, was ich studiert habe und seit Jahrzehnten lehre. Deine Gedichte sind gut. Sie haben etwas Einfaches, Schlichtes und dennoch Wahres. Etwas, was jeder, der sie liest, nachvollziehen kann. Deshalb solltest du sie nicht verstecken, sondern sie den Menschen zeigen. Du machst ihnen damit ein Geschenk.«

Ungläubig sah Marie ihn an.

»Und du meinst wirklich, ich sollte sie veröffentlichen lassen? Von diesem Frankfurter Verlag?«

»Ja, das meine ich. Du wirst sehen, es wird ein großer Erfolg werden.«

Andreas umarmte sie und drückte sie fest an sich.

»Ich bin ganz sicher, Marie, du bist eine Dichterin.«

Noch regiert der Frost.
Sonne glitzert auf weißem
Schnee. Kinder lachen.

1950

Ein kleines schwarz-weißes Foto, etwas unscharf. Zwei junge Männer in Uniform sitzen auf hohen Hockern in fast identischer Körperhaltung vor einem Tisch. Beide haben die Hände im Schoß übereinandergelegt, die Knie in entspannter Haltung gespreizt und die Füße fest auf den Boden gestellt. Sie schauen direkt in die Kamera. Ihre Uniformjacken mit den großen Brusttaschen und den Schulterklappen sind am Hals geöffnet, sodass ein helles Unterhemd zu sehen ist. Die Gesichter sind ruhig und ernst, mit der Andeutung eines Lächelns. Auf dem Tisch hinter den Männern ist ein kleiner Baum zu erkennen, der ohne erkennbare Ordnung über und über mit Weihnachtsschmuck behängt ist. An der Spitze des Baumes wurde ein Papierstern befestigt.

Das Foto zeigt Johannes Brinkhus und seinen Freund und Kriegskameraden Ewald Foss in Afrika Weihnachten 1944. Der Fotograf ist unbekannt.

7. Kapitel

Das schreckliche Schreien der Pferde! Wenn sie nur nicht so jämmerlich schreien und wiehern würden! Voller Panik versuchen sie immer wieder trotz der vielen tödlichen Wunden auf die Füße zu kommen, mit geblähten Nüstern und weit aufgerissenen Augen, in denen man das Weiße sehen kann.

Keine Zeit für Mitleid. Vorwärts, immer weiter. Das Gewehr im Anschlag. Ratatatata, bellt ein Maschinengewehr. Links und rechts pfeifen die Kugeln vorbei. Der Wüstensand spritzt auf. In Deckung gehen! Das Donnern der Geschütze, einmal, zweimal, immer wieder! Die Kameraden, wie sie brüllen! Getroffen! Verwundet! Nur weiter! Nicht hinsehen! Nicht hinhören! Sie rufen nach Hilfe! Sie bluten! So viel Blut! Immer mehr Blut!

Da ist Ewald! Er hält sich den Bauch, sein Gesicht ist verzerrt vor Schmerz. Sanitäter! Wieder Geschützdonner! Das Maschinengewehr rattert. Nein, Ewald, nein! Nicht sterben! Das Blut quillt unter seinen Fingern hervor. Ein Bauchschuss! Sanitäter! Nein, nicht sterben! Nein! Nein!

»Wach auf, Johannes, wach doch auf! Du träumst!«

Johannes fuhr im Bett hoch. Sein Herzschlag raste. Sein ganzer Körper war schweißüberstömt. Hatte er laut geschrien? Marie neben ihm richtete sich auf.

»Wieder dieser Traum?«, fragte sie.

Johannes versuchte sich zu beruhigen. Immer dieselben schrecklichen Bilder! Wann würde das endlich aufhören?

Seufzend ließ er sich auf das Kissen zurücksinken. Langsam beruhigte sich sein Herzschlag wieder. Nun war der Krieg schon fünf Jahre vorbei, und immer noch wurde er sie nicht los, diese furchtbaren Erinnerungen. Zwar waren seine Alpträume schon seltener geworden, aber wenn sie kamen, waren sie so intensiv und verstörend wie eh und je. Nichts wünschte er sich sehnlicher, als zu vergessen. Endlich vergessen zu können, was er im Krieg erlebt hatte. Er musste sich zwingen nicht mehr daran zu denken, sagte er sich. Sich auf die Gegenwart konzentrieren, an die Zukunft denken.

In der Schlafkammer war es dunkel. Die Luft war eisig kalt. Fröstelnd zog Johannes sich das Federbett über den feuchten Oberkörper. Marie strich ihm tröstend über den Arm. Seine Marie! Die Nähe ihres warmen Körpers tat ihm gut. Johannes schlang seinen Arm um sie und zog sie liebevoll an sich. Sie schmiegte sich an ihn und streichelte ihn. Er spürte ihre Hingabe, und mit einer Intensität, die aus der Verzweiflung geboren wurde, liebte er sie.

***

Noch immer war es dunkel in der kleinen Kammer. Schlaflos lag Johannes auf dem Rücken und lauschte auf die ruhigen Atemzüge seiner Frau. Mit offenen Augen starrte er in das undurchdringliche Dunkel. Er hörte, wie sich seine anderthalbjährige Tochter Hanna im Schlaf bewegte und etwas vor sich hin brabbelte. Sie teilte sich mit ihren beiden älteren Schwestern das zweite Bett hinter dem Vorhang in der engen Kammer. Seine kleine Hanna! Sie war das erste seiner Kinder, das er von der Geburt an aufwachsen sah.

Nie würde er den Augenblick vergessen, als er nach den endlosen Jahren der Gefangenschaft, die er in den Lagern der Engländer in Nordafrika zugebracht hatte, nach Hause kam. Zwei kleine Mädchen hatten sich angstvoll an die Schürze ihrer Mutter geklammert. Wie musste er für die Kinder ausgesehen haben, zerlumpt, abgemagert und mit struppigem Bart. Ein fremder Mann, der behauptete, ihr Vater zu sein.

Regina hatte er das letzte Mal gesehen, als sie anderthalb Jahre alt gewesen war. Die kleine Angela dagegen lernte er erst bei seiner Heimkehr kennen. Da war sie fünf Jahre alt.

So viele verlorene Jahre, dachte Johannes voller Bitterkeit. Sie hätten die schönsten sein sollen in ihrer Ehe, aber sie waren unwiederbringlich verloren.

Marie hatte sich nicht verändert, fand er, als sie ihm nach der ersten Schrecksekunde vor Freude weinend in die Arme gefallen war. Sie war so schön wie eh und je, die braunen Locken wie immer etwas unordentlich zusammengebunden, die blauen Augen trotz der Tränen strahlend vor Glück. Nur beim genauem Hinsehen, später, hatte er die winzigen Fältchen in ihren Augenwinkeln bemerkt und die kleinen Einkerbungen um ihrem schönen vollen Mund. Die Jahre der Entbehrungen waren auch an ihr nicht ohne Spuren vorbeigegangen, hatte er schmerzlich festgestellt.

Die siebenjährige Regina, ein blondes, hübsches Mädchen, war ihm mit einer kühlen Zurückhaltung begegnet, die sich im Laufe der folgenden Monate zu einer schüchternen Zuneigung entwickelt hatte. Inzwischen war sie neun Jahre alt, ernst und verständig, und von Tag zu Tag entdeckte Johannes in ihrem kindlichen Gesicht mehr Ähnlichkeit mit sich selbst. Sie war der erklärte Liebling ihrer Großmutter gewesen, die im vergangenen Jahr mit erst neunundfünfzig Jahren gestorben war. Der Husten, der Hermine mehr und mehr gequält hatte, hatte sich als unheilbare Lungenkrankheit erwiesen und sie vorzeitig in den Tod gerissen. Johannes vermisste sie, vermisste ihre raue, aber im Grunde herzliche Art und ihre alltägliche Gegenwart.

Seine zweite Tochter, die kleine Angela, war äußerlich das Ebenbild ihrer Mutter, allerdings hatte sie die braunen Augen ihres Großvaters geerbt. Für sie war die Abwesenheit des Vaters wohl weniger bedeutsam gewesen, denn sie lebte noch vollständig in der Gegenwart. Sie hatte sich schnell an den neuen Mann in der Familie gewöhnt, war lebhaft und fröhlich und freute sich über die kleinste Aufmerksamkeit von ihm. Besonders liebte sie es, wenn Johannes ihr die gefühlvollen alten Volkslieder vorsang oder auf der Mundharmonika spielte. Dann hörte auch Marie gerne zu, und ihre Augen bekamen diesen besonderen Blick.

Als Marie kurz nach seiner Heimkehr schwanger wurde, hatte Johannes ihre körperlichen Veränderungen mit unverhohlenem Interesse verfolgt und mit einer Anteilnahme, die für Marie vollkommen ungewohnt war, ihre Schwangerschaft begleitet. Die Entstehung eines neuen Lebens stand so sehr im Gegensatz zu der Allgegenwart des Todes, die er im Krieg erlebt hatte, das sie ihn mit ehrfürchtigem Staunen erfüllte. Und als die Hebamme, ein Fräulein Breisig aus Schlesien, das die Nachfolge der verstorbenen Emma Moorkamp angetreten hatte, ihm das Neugeborene in die Arme legte, war er fassungslos vor Staunen gewesen über das winzige, vollkommene Gesicht, die großen blauen Augen und die perfekten Finger und Zehen. Von Anfang an hatte er das Kind mit einer Inbrunst geliebt, die ihm bis dahin fremd gewesen war. Er hatte zugeschen, wenn Marie die Kleine stillte, hatte ihr beim Windelwechseln assistiert und war nachts aufgestanden, um das Kind zu trösten, wenn es weinte. Es war, als würde ihm mit diesem Kind die Freude am Leben wiedergegeben.

Johannes seufzte. An Schlaf war nicht mehr zu denken. Wie spät es wohl sein mochte? Vorsichtig, um Marie nicht aufzuwecken, schlug er das Deckbett zur Seite, griff im Dunkeln nach Hose und Pullover und schlüpfte in die Holzschuhe. Leise verließ er die Kammer.

In der Küche knipste er das Licht an und schaute auf die Küchenuhr. Erst halb sechs. Eigentlich viel zu früh zum Aufstehen. Erst recht am Weihnachtstag; heute war der 24. Dezember, Heiligabend. Johannes beschloss, das Feuer im

Herd anzumachen, dann würde es schön warm in der Küche sein, wenn Marie und die Kinder aufstanden. Als der Zunder auflöderte, legte er ein großes Stück Torf auf die Flammen und setzte den Wasserkessel auf. Er würde sich gleich eine Tasse Tee aufbrühen, bevor er das Vieh versorgte.

Er zog sich die Arbeitsjoppe über den Pullover und ging durch die Seitentür ins Freie, um sich zu erleichtern. Der Winterhimmel war bedeckt, es würde im Laufe des Tages sicher noch mehr Schnee geben. Johannes schaute über die weiß schimmernden Felder und Wiesen. Kein Laut war zu hören. Es war, als schliefe die ganze Welt noch und nur er, Johannes, wäre wach. Ihm fiel die Zeile aus dem Weihnachtslied ein: ›… alles schläft, einsam wacht …‹. Er musste an die Weihnachten an der Front denken. Einmal, in einer Gefechtspause, hatten Ewald und er einen kleinen Tannenbaum gefunden, ihn mit in die Baracke genommen und ihn mit allerlei Flitterkram geschmückt, den Ewald irgendwo aufgetrieben hatte. Aus einigen Pappresten hatten sie einen Stern gebastelt und ihn an der Spitze des Baumes befestigt. Dann hatten sie sich unter den Baum gesetzt, und ein Kamerad – Johannes konnte sich nicht mehr an den Namen erinnern – hatte ein Foto gemacht. Und dann hatten sie zusammen Weihnachtslieder gesungen.

Ewald Foss war wenig später gefallen, wie so viele seiner Kameraden. Johannes seufzte tief auf. Der verdammte Krieg! Wann würde er ihn endlich loslassen?

Es war kalt draußen. Johannes fröstelte. Schnell ging er ins Haus zurück und zog die Tür hinter sich zu. In der Küche hatte sich schon eine wohlige Wärme ausgebreitet und das Teewasser kochte. Johannes goss den Tee auf und bereitete sich eine Tasse zu.

Später, wenn die Arbeit im Stall erledigt sein würde,

könnte er die Mädchen mitnehmen in den nahen Wald und einen Christbaum schlagen, überlegte er. Der Wald gehörte zwar dem Bauern Meyerling, aber der würde eine kleine Fichte im Unterholz sicher nicht vermissen. Vielleicht hatte der Opa auch Lust mitzukommen. Ein wenig Aufheiterung würde seinem Vater sicher gut tun, dachte Johannes.

Seit Hermines Tod war Karl noch wortkarger geworden als vorher. Der Zusammenbruch des Dritten Reiches, auf das er so große Hoffnung gesetzt hatte, hatte ihn sehr mitgenommen. Er leugnete strikt, dass all die Gräueltaten, von denen die Nachrichten und die Zeitungen berichteten, tatsächlich geschehen waren. Karl wollte nichts davon hören und nicht davon sprechen. Johannes konnte es ja selbst kaum glauben, obwohl er an der Front so viel Furchtbares gesehen hatte. Nein, man durfte nicht zu viel darüber nachgrübeln. Jetzt musste man an die Zukunft denken.

***

»O ja, Papa, wir kommen mit!«

Die beiden Mädchen waren begeistert von der Idee, den Christbaum selber aussuchen und aus dem Wald holen zu dürfen.

»Kommst du auch mit, Vater?«, fragte Johannes. Der alte Mann nickte brummend und zog sich seine gefütterte alte Lederjoppe über. Die Mädchen schlüpften eilig in ihre Wintermäntel, setzten ihre Kapuzen auf und stiegen in die Gummistiefel.

Draußen fiel dünner Schnee, der Winterhimmel war bedeckt und grau, und ein leichter Nordwind blies nasse Flocken in die Gesichter der vier Menschen, die sich gut gelaunt auf den Weg zu dem nahen Forst machten.

Johannes hatte eine Handsäge mitgenommen und Karl schulterte eine Axt. Im Wald liefen die Mädchen von einem Baum zum anderen und überprüften kritisch, ob er sich zum Weihnachtsbaum eignete. Der eine war zu hoch, der nächste zu breit, der dritte zu ungleichmäßig. Schließlich hatten sie ein Bäumchen entdeckt, das ihren Anforderungen genügte, und winkten den Männern eifrig herzukommen. Johannes beobachtete seine Töchter gerührt. Wie unbeschwert und fröhlich sie waren! Er musste ihre Zukunft sichern. Die Verantwortung für die Familie lastete schwer auf ihm. Er dachte an die Pläne, die er in den letzten Wochen und Monaten gemacht hatte. Heute, nach der Bescherung, wollte er sie Marie und Karl unterbreiten.

»Es ist doch ein Glück, Kinder zu haben, was, Vater?«

Wieder brummte Karl zustimmend. Sie stapften durch den hohen Schnee auf die Kinder zu. Mit seiner Axt hieb Karl die unteren Zweige der Fichte ab, um den Stamm freizulegen, damit Johannes die Säge ansetzten konnte. Anschließend packten die Männer den Baum am Stamm, während die beiden Mädchen die Spitze fassten, und zusammen trugen die vier die Fichte nach Hause.

»Das wird der schönste Weihnachtsbaum, den wir jemals hatten«, meinte Regina, und Angela bestätigte: »Ja, der allerschönste.«

***

»So«, wandte sich Marie an ihre beiden großen Töchter, nachdem Johannes nach dem Abendessen das Tischgebet gesprochen hatte, »ihr beide geht jetzt mit Opa hinaus und und schaut, ob ihr im Dorf irgendwo das Christkind entdeckt. Es ist ja jetzt unterwegs und bringt den Kindern kleine Geschenke. Papa und ich bleiben hier, für den Fall, dass es auch zu uns kommt und wir ihm beim Schmücken des Baums helfen müssen.«

Johannes schmunzelte darüber, wie überzeugend Marie argumentierte, um ungestört Zeit zur Vorbereitung der Bescherung zu haben, und staunte, wie bereitwillig die Kinder das Märchen vom Christkind glaubten.

Aufgeregt und voller Vorfreude schlüpften die beiden Mädchen eilig in ihre Wintersachen, nahmen beide eine Hand des Opas und zerrten ihn zur Tür hinaus. Es hatte aufgehört zu schneien, der Himmel hatte aufgeklart und die Landschaft schimmerte hell im Sternenlicht. Johannes sah den dreien lächelnd nach, wie sie munter in Richtung des Dorfes davonstapften.

In der Wohnküche hatte Marie inzwischen die Pappschachteln mit dem Christbaumschmuck bereitgestellt, der noch von Johannes' Eltern stammte: silberne Glaskugeln, Lametta, weißes Engelshaar und die Strohsterne, die sie mit den Kindern zusammen hergestellt hatte. Dazu hatte sie stabile Strohhalme aus dem Futterstroh für die Kühe ausgesucht, sie auf die richtige Länge zugeschnitten und mit dem Bügeleisen platt gebügelt. Dann hatte sie den Mädchen gezeigt, wie man je vier Halme mit Bindfaden und Klebstoff zu einem Stern zusammenfügt.

Johannes schleppte die Fichte in die Küche. Sie verbreitete einen angenehm frischen Waldduft. Er hatte vorher einen Holzeimer mit feuchtem Sand gefüllt, den Stamm des Baumes hineingestellt und die Erde fest angedrückt, sodass die Fichte gerade und stabil dastand.

Marie und er mussten den Küchentisch und die Bank ein wenig zur Seite rücken, um Platz zu schaffen für den Weihnachtsbaum.

Die kleine Hanna, die das Geschehen interessiert von ihrem Laufställchen aus beobachtete, krähte fröhlich. Johannes nahm sie auf den Arm und drückte sie zärtlich an sich. Das Gewicht des Kindes lastete angenehm auf seinem Arm, der kleine Körper fühlte sich weich, aber auch kompakt und kräftig an. Ein süßer Duft nach Babypuder und warmer Milch ging von dem Kind aus. Johannes' Herz zog sich zusammen.

Das kleine Mädchen griff mit ungelenken Fingern nach den Zweigen der Fichte.

»Schau, Hannchen, das ist der erste Weihnachtsbaum, den wir beide zusammen schmücken, nicht wahr?«

Während Johannes die Kerzenhalter an den Zweigen des Baumes befestigte, die weißen Wachskerzen darin aufsteckte und den Christbaumschmuck anbrachte, beobachtete er seine Frau, die mit einem Ausdruck stillen Vergnügens die Bescherung vorbereitete. Marie deckte den Gabentisch mit sechs bunten Papptellern. Auf jeden Teller legte sie einige von den Weihnachtskeksen, die sie am Vortag gebacken hatte, eine Handvoll Haselnüsse, zwei kleine Äpfel und eine Apfelsine und, als besondere Leckerei, eine Tafel Schokolade. Dann verteilte sie die Geschenke auf den Plätzen. Für Regina und Angela hatte sie an den vorangegangenen Abenden neue Wollmützen mit passenden Fäustlingen gestrickt, dazu noch einen Schal, für Regina aus roter Wolle, für Angela in Hellblau. Außerdem hatte sie für die Puppen der beiden Mädchen neue Kleidchen genäht. Neben Hannas Teller legte sie eine Stoffpuppe mit einem rosa Hemd, braunen Wollfäden als Haare und Augen aus blauen Knöpfen. Wo hatte sie nur die Zeit her genommen, um all diese Dinge herzustellen, fragte sich Johannes verwundert. Hoffentlich hatte sie nicht zu viel Geld ausgegeben für Garn und Stoff, dachte er mit leichter Sorge; sie würden jeden Pfennig brauchen, wenn sie seine Pläne verwirklichen wollten.

Auf Karls Platz legte Marie ein Paar selbst gestrickte Socken aus gelblich weißer Wolle und ein paar neue, braun karierte Filzpantoffeln. Für Johannes hatte sie einen neuen Arbeitskittel gekauft, ebenfalls ein Paar Wollsocken und einen schönen, blau und grün gestreiften Schal gestrickt.

»Woher hast du denn das Geld für die Wolle und all diese schönen Geschenke?«, konnte Johannes sich nicht enthalten zu fragen.

»Du hast es gar nicht bemerkt, Johannes, ich habe von dem Eiergeld immer ein bisschen zurückgelegt für Weihnachten. Wenigstens an diesem Tag wollen wir mal nicht auf den Pfennig sehen.«

Johannes sah Maries leuchtende Augen und sagte nichts mehr. Er setzte das Baby ab und nahm seine Frau in den Arm. Wie schlank und zart sie war! Und doch so kraftvoll und stark. Mit einem Gefühl tiefer Dankbarkeit und Liebe drückte er Marie an sich. Dann löste er sich von ihr, ging in die Schlafkammer und legte, als er zurückkam, zuerst eine Schachtel Zigarren neben den Teller seines Vaters. Dann ordnete er geheimnistuerisch zwei flache Päckchen links uns rechts neben Maries Weihnachtsteller an.

Überrascht blickte Marie ihn an.

»Die werden erst am Ende der Bescherung aufgemacht«, bestimmte Johannes, der sich über die unverhohlene Neugier seiner Frau freute. Maries Augen glänzten.

»Ich höre die anderen kommen, Johannes, halte sie bitte in der Diele auf, bis ich die Kerzen angezündet habe.«

***

»Am Weihnachtsbaume die Lichter brennen…«, sangen die sechs Menschen, die sich in der engen, aber wohlig warmen Küche um den im Kerzenlicht schimmernden

Christbaum versammelten. Mit vor Kälte geröteten Wangen waren die Kinder voller Ungeduld ins Haus gestürmt, aber erst, nachdem sie die Mäntel abgelegt und die Stiefel ausgezogen hatten, erlaubte Johannes ihnen ins Weihnachtszimmer einzutreten. Mit offenen Mündern und glänzenden Augen bestaunten die Kinder den nun völlig veränderten Baum. Während die Familie zusammen die wunderbaren alten Weihnachtslieder sang, bemerkte Johannes, wie die Blicke der Mädchen schon auf die Herrlichkeiten auf dem Gabentisch gerichtet waren. Lächelnd beobachteten die Eltern die ausgelassene Freude der beiden über ihre Geschenke. Karl nahm sofort eine der fünf Zigarren aus der Schachtel, schnitt sie umständlich an und steckte sie in Brand, wozu er drei Streichhölzer benötigte. Sofort erfüllte anheimelnder Zigarrenduft den Raum.

»Willst du denn deine Geschenke gar nicht öffnen?«, fragte Johannes. Marie nahm eines der Päckchen in die Hand und nestelte aufgeregt an der Verpackung herum. Zum Vorschein kam eine neue Schürze mit einer besonders hübschen Stickerei am Brustteil und am Saum.

»Wie schön!«, sagte sie, »die erste Schürze, die ich nicht selbst genäht habe. Vielen Dank, Johannes!«

»Mach doch mal das andere Paket auf, Marie«, drängte Johannes.

Marie nahm das Päckchen in die Hand und befühlte es. Fragend sah sie Johannes an.

»Es fühlt sich hart an. Was kann das denn sein?«

»Mach's auf, dann weißt du es.«

Gespannt beobachtete Johannes Maries Gesicht. Sie riss das Packpapier ab und hielt ein dünnes Buch mit einem schlichten Leineneinband in der Hand.

»Joseph von Eichendorff: Gedichte«, las sie.

Marie sah Johannes an. Ihre Augen füllten sich mit Tränen.

Dann stand sie auf, setzte sich auf seinen Schoß und umarmte ihn.

»Das ist das schönste Geschenk, das ich jemals erhalten habe«, flüsterte sie.

Johannes räusperte sich.

»Kein Grund zum Weinen, Marie. Wenn du Lust hast, kannst du uns ja später ein paar von den Gedichten vorlesen.«

Er nahm seine Mundharmonika und fing an, Weihnachtslieder zu spielen. Die Mädchen waren dabei, ihren Puppen die neuen Kleider anzuziehen, die kleine Hanna freundete sich mit ihrer Stoffpuppe an, indem sie an den Knopfaugen zog, und der schweigsame Karl paffte zufrieden an seiner Zigarre, die neuen Pantoffeln an den Füßen.

***

Später, als die Kinder schliefen, nahm Johannes eine Handvoll Briefe und Papiere aus der Schublade des Küchenschrankes und setzte sich damit an den inzwischen leer geräumten Tisch. Sorgsam breitete er die Papiere auf der Tischplatte aus.

»Vater, Marie, schaut mal her, was ich hier habe«, sagte er. Die beiden setzten sich zu ihm und sahen gespannt auf die Schriftstücke.

Johannes räusperte sich. Er hatte sich seit Langem zurechtgelegt, was er nun sagen wollte.

»Ihr wisst ja, wir haben schon so oft überlegt, dass es schön wäre, einen eigenen kleinen Bauernhof zu besitzen. Das war auch immer Mutters Wunsch, nicht wahr, Vater?«

Der alte Mann nahm einen Zug aus seiner Zigarre und hüllte sich in den Rauch ein. Er brummte zustimmend.

»Nun gibt es neuerdings die Möglichkeit, sich auf den noch unbebauten Flächen im Norden anzusiedeln. Der Staat will damit vor allem den vielen Ostflüchtlingen helfen, eine Existenz aufzubauen, aber auch wir Heuerleute können einen Antrag auf eine Siedlerstelle stellen. Wir müssten dazu natürlich ein langfristiges Darlehen aufnehmen, aber zu einem günstigen Zinssatz. Solche Siedlerstellen haben in der Regel zwanzig Hektar Grundbesitz, ein Teil von dem Land muss natürlich noch urbar gemacht werden. Jeder Siedler bekommt auf seinem Land ein Bauernhaus hingestellt, das eine schöne Wohnung, eine Diele und Ställe enthält. Die Häuser werden aus Steinen gebaut und haben ein Dach aus roten Ziegeln. Hier, ich habe mir die Pläne vom Siedlungsamt geben lassen. Es sind auch Fotos dabei, wie die Häuser aussehen.«

Er breitete die Unterlagen auf dem Tisch aus, sodass Marie und Karl die Grundrisse und Abbildungen darauf betrachten konnten. Erwartungsvoll sah Johannes in ihre Gesichter. Monatelang hatte er sich mit diesem Vorhaben gedanklich auseinandergesetzt, hatte gerechnet und kalkuliert und war zu dem Schluss gelangt, dass der Traum vom eigenen Hof tatsächlich in greifbare Nähe gerückt war.

»Aber«, Marie sah Johannes voller Skepsis an, »werden wir uns denn so ein Haus und das Land überhaupt leisten können?«

»Ich habe mir das alles schon ganz genau überlegt, Marie. Du weißt doch, ich bin gelernter Schlachter und habe in den letzten Jahren viele Hausschlachtungen durchgeführt. Das Geld dafür habe ich zum größten Teil zurückgelegt. Und wir haben ja auch sonst jeden Pfennig gespart und uns nichts gegönnt. Wir können also eine kleine Anzahlung auf das Darlehen leisten. Und danach kann der Hof genug erwirtschaften, dass wir davon leben und das Darlehen abtragen können Und wir hätten eigenen Grund und Boden, Marie!«

Johannes merkte, dass seine Begeisterung für das Vorhaben überhandnahm, und bemühte sich, realistisch zu bleiben.

»Natürlich werden wir zuerst sehr sparsam sein müssen, das ist richtig, aber mit der Wirtschaft in Deutschland geht es jetzt bergauf, das sagen alle. Du wirst sehen, Marie, bald geht es uns gut. Milch und Eier und Fleisch, das ist es, was die Menschen brauchen, jetzt mehr denn je.«

Karl, der lange geschwiegen hatte, räusperte sich und fragte:

»Wo sollen denn diese Siedlungen liegen, Johannes?«

Johannes verzog das Gesicht.

»Ja, das ist vielleicht der Wermutstropfen, Vater. Die Stellen, die jetzt noch frei sind, liegen im Norden bei Ostfriesland. Dort gibt es noch große Moorgebiete und meist sandiges Land, von dem erst ein Teil kultiviert ist. Das wird erst nach und nach geschehen.«

»Das sind doch bestimmt hundert Kilometer von hier aus, oder? Was ist mit unseren Verwandten und Freunden? Die leben doch alle hier in Kirchdorf und Zweikirchen.« Der alte Mann wies mit dem Kinn auf seine Schwiegertochter. »Und Maries Eltern und Geschwister. Die leben auch alle hier.«

»Ja, das stimmt«, sagte Marie. Johannes sah, wie sich ihre Stirn in Falten legte. Er versuchte ihre Bedenken zu zerstreuen:

»Adelheid hat ihre eigene Familie mit den fünf Kindern und ihrem Mann, der als Schuster in seiner Werkstatt gut zu tun hat. Hedwig ist mit ihrer Schneiderei beschäftigt,

Hannes und seine Frau haben den Hof schon vergrößert und werden die Eltern im Alter sicher gut versorgen; vielleicht kommen zu den beiden Jungen ja noch mehr Enkelkinder hinzu. Robert arbeitet bei Bauer Meyerling und macht noch keine Anstalten zu heiraten, Edith, Ferdinand, Ida und Edeltraud haben alle ihre eigenen Familien.«

Nachdenklich lehnte Marie sich auf dem Stuhl zurück. Sie strich sich eine Haarsträhne aus der Stirn.

»Sicher, ich werde sie alle vermissen. Aber meine eigentliche Familie, das seid ihr, du Johannes, du, Karl, und die Mädchen.« Ihr Lächeln war Johannes noch nie so hinreißend erschienen wie jetzt, als sie ergänzte: »Wie heißt es doch so schön: Wo du hingehst, da will auch ich hingehen. Wenn du es für richtig hältst, dann komme ich natürlich mit, Johannes.«

Er sah seine Frau dankbar an. Was würde er nur ohne sie machen?

Sein Vater paffte weiter an seiner Zigarre. Sein stacheliger grauer Schnurrbart zitterte erregt. Schließlich setzte er zu einer längeren Rede an.

»Ich bin jetzt fünfundsechzig Jahre alt, und ich habe mein ganzes Leben in Kirchdorf verbracht. Ich kenne hier jeden und jeder kennt mich. Ja, es ist richtig, Mutter hat sich immer einen eigenen Hof gewünscht, aber sie hätte nie daran gedacht, so weit wegzuziehen. Dort oben im Norden sind die Menschen alle evangelisch, wie sollen wir denn dort heimisch werden? Außerdem: Einen alten Baum soll man nicht verpflanzen.«

Johannes seufzte und strich sich mit der Hand über das Gesicht.

»Du hast recht, Vater. Ich weiß, es ist für dich viel schwerer als für mich oder Marie. Doch sieh mal: Hier haben wir keine Aussicht auf eine Zukunft. Das ganze Land ist im Besitz der Bauern, als Schlachter reicht mein Einkommen nicht aus und die Heuerwirtschaft soll in den nächsten Jahren abgeschafft werden. Jetzt schon braucht der Bauer die vielen Heuerleute nicht mehr, weil immer mehr Maschinen in der Landwirtschaft eingesetzt werden. Ich sehe keine andere Möglichkeit für uns. Überlege es dir. Du könntest natürlich auch bei Emilie, Thea oder Alma leben, die würden dich sicher alle gerne aufnehmen.«

»Damit setzt du mir die Pistole auf die Brust, Johannes.« Karl schüttelte ungehalten den Kopf. Ärgerlich paffte er dicke Zigarrenschwaden in die Luft.

Johannes senkte den Blick und wurde rot. Er war sich bewusst, dass er seinen Vater unfair unter Druck setzte. Seine Geschwister waren für seinen Vater keine ernsthafte Alternative.

Sein Bruder Gottfried war in Handrup Priester im Herz-Jesu-Orden und unterrichtete die Internatsschüler. Die hübsche Emilie hatte, nachdem ihr Verlobter im Krieg gefallen war, einen Witwer mit zwei Söhnen geheiratet, einen Gastwirt, und war mit ihm ins Rheinland gezogen. Die blonde, schüchterne Reinhild hatte sich mit zwanzig Jahren entschlossen ins Kloster zu gehen, und war in den Orden der Benediktinerinnen eingetreten. Johannes jüngste Schwester, Alma, pummelig und lebhaft, hatte einen Handelsvertreter geheiratet und lebte mit Sohn und Tochter in Osnabrück. Nur Thea, die Zweitälteste, wohnte mit ihrem Mann, der schwer verwundet aus dem Krieg zurückgekehrt und seitdem pflegebedürftig war, in einem kleinen Häuschen im Dorf. Sie besserte die karge Invalidenrente ihres Mannes auf, indem sie halbtags als Verkäuferin in dem neu eröffneten Gemischtwarenladen arbeitete. Eigentlich hatte sein Vater also gar keine echte Wahl. Johannes wusste, dass die Landwirtschaft sein Ein und Alles war und dass er ohne die Arbeit auf dem Feld und im Stall nicht leben konnte.

»Es ist ja noch nicht so weit, Vater, du kannst dir alles noch einmal in Ruhe überlegen«, versuchte er den alten Mann zu beruhigen. »Selbst wenn wir uns entschließen, den Antrag beim Siedlungsamt zu stellen, wird es sicher noch ein, zwei Jahre dauern, bis es so weit ist.«

Die Kerzen am Weihnachtsbaum waren inzwischen eine nach der anderen erloschen, das Feuer im Herd zeigte nur noch wenig Glut. In der Küche wurde es langsam kühl.

Karl stand mühsam auf. Er warf den Rest seiner Zigarre in das Herdfeuer und öffnete die Tür zu seiner Schlafkammer.

»Ich werde mir die Sache durch den Kopf gehen lassen«, sagte er. »Gute Nacht!«

Johannes und Marie sahen sich an.

»Es ist nicht leicht für ihn«, sagte Marie mitleidig. »Aber schließlich wird er doch mitkommen.«

»Ja, bestimmt«, bestätigte Johannes, »es bleibt ihm gar nichts anderes übrig.«

Er nahm Maries Hand in seine beiden und drückte sie.

»Und du, Marie, was meinst du dazu?«

Marie sah ihm liebevoll und mit tiefem Ernst in die Augen.

»Ich glaube, es wird ein neuer Anfang für uns werden, Johannes. Ein neues Leben. Ich freue mich darauf.«

Draußen in der kalten Frostnacht war der Mond aufgegangen und breitete sein sanftes Licht über eine makellose Schneelandschaft aus.

Tiefschwarz das Wasser.
Mit Blüten weiß wie Watte
wächst am Rand das Schilf.

1961

Das Haus auf dem Foto ist ein großes, aus Ziegelsteinen gemauertes Wohn- und Stallgebäude mit einer zweistöckigen Giebelfront, die an der Spitze in einem kleinen, abgeschrägten Walmdach endet. An den Längsseiten reicht das tief herabgezogene, mit Pfannen bedeckte Dach bis zur Wand, in die vier kleine, quadratische Sprossenfenster eingelassen sind. Der Wohntrakt wird durch ein schmales Flurfenster und die Eingangstür kenntlich gemacht. Das Gesicht des Hauses bestimmen sechs große Sprossenfenster im Erdgeschoss und vier um eine Sprosse kleinere Fenster im Obergeschoss. Einige der Oberlichter in den unteren Fenstern sind geöffnet, ebenso die oberen Fensterflügel, denn es ist offenbar Sommer.

Im Vordergrund sind üppig wachsende Kräuter und Gräser zu sehen, die das Grundstück von der Straße abgrenzen. An der Längsseite des Hauses verläuft ein breiter Sandweg, der durch einen Holzzaun von dem angrenzenden Gemüsegarten abgetrennt ist. Im Hintergrund ist eine langgestreckte Remise auszumachen.

Durch die Entfernung zum Fotografen nur sehr klein abgebildet, steht ein Mann mit einem Kleinkind auf dem Arm in der geöffneten Haustür, neben ihm ein kleines Mädchen.

Das Foto zeigt das neue Siedlungshaus der Familie Brinkhus in Moorbrügge. Vor dem Haus steht Johannes Brinkhus mit seinem Sohn Martin und seiner Tochter Michaela.

Das Foto wurde von Regina Brinkhus im Jahr 1955 aufgenommen, kurz nach Bezug des Hauses.

8. Kapitel

Es ändert sich alles viel zu schnell, dachte Karl Brinkhus, Maries Schwiegervater. Er stand am Rand des Kartoffelfeldes und schützte mit der Hand seine Augen gegen die helle Oktobersonne. Gerade hatte er die lange Reihe der Kartoffeln abgeschritten und in fünf Teilstücke unterteilt, die er jeweils durch einen großen Weidenzweig gekennzeichnet hatte. Für jedes Teilstück hatte er zwei junge Kartoffelsucher eingeteilt, die die Erdäpfel einsammeln sollten.

Es waren Kinder und Jugendliche aus der Nachbarschaft, die sich jetzt in den Herbstferien durch das Kartoffelsuchen ein paar Mark verdienen wollten. Darunter auch seine Enkelinnen Regina, Angela, Hanna und die erst neunjährige Michaela.

Karl hatte darauf geachtet, dass jeweils ein älteres und ein jüngeres Kind zusammen arbeiteten, denn die vollen Kartoffelkörbe waren für die Kleinen viel zu schwer. Der Wagen, der zum Abtransport der Kartoffeln bereitstand, war in der Mitte des Feldes abgestellt worden. Es war ein moderner Kastenwagen mit einem gefederten Kutschbock, einer großen Ladefläche und gummibereiften Rädern. Johannes hatte ihn erst vor Kurzem angeschafft. Er war für die Pferde ungleich leichter zu ziehen als die Wagen mit den großen, eisenbeschlagenen Holzrädern.

Jetzt gab Karl das Signal, dass die Arbeit beginnen konnte. Johannes, bekleidet mit Gummistiefeln, Arbeitshose und kariertem Baumwollhemd, lenkte das Pferdegespann geschickt über das Feld. Die beiden Warmblüter zogen schwer an dem eisernen Kartoffelroder, der mit seinen rotierenden Gabeln die Erde samt der Kartoffelpflanze mit den daran locker haftenden Knollen aufwarf, sodass die Erdäpfel in weitem Bogen auf das Land flogen. Voller Eifer klaubten die Kinder die Kartoffeln auf und legten sie in ihre Drahtkörbe. Die vollen Körbe entleerten sie anschließend auf den Wagen. Es war eine schwere Arbeit, die dauerndes Bücken und Aufstehen, Heben und Tragen erforderte, allerdings auch immer wieder kleine Pausen erlaubte.

Bei dem warmen, freundlichen Herbstwetter waren die meisten Kinder barfuß; ihre Füße und Waden waren bald schwarz von der Erde. Schnell entspann sich einer kleiner Wettstreit darüber, welches von den Arbeitspaaren am schnellsten mit seinem Abschnitt fertig wurde. Fröhliches Rufen und Lachen begleitete die Arbeit. War eine Kartoffelreihe fertig eingesammelt, rodete Johannes die nächste.

Wenn der Wagen voll beladen war, spannte er die Pferde davor und fuhr ihn zum Hof, wo hinter der Remise am Vortag eine lange flache Grube ausgehoben worden war. Dort wurden die Kartoffeln zu einem langgestreckten, dreieckig geformten Haufen aufgeschichtet, der Kartoffelmiete, die später mit einer dicken Schicht Stroh und einer Lage Erde bedeckt werden würde. So waren die Kartoffeln vor Frost geschützt und konnten im Winter portionsweise zu Schweinefutter gekocht werden. Ebenso wurde mit den Zucker- und Steckrüben verfahren, die im Winter neben Heu und Stroh das Hauptfutter der Kühe ausmachten.

Karl half den Kindern beim Hochheben und Entleeren der vollen Körbe und sorgte dafür, dass nicht allzu viele Kartoffeln in der Erde übersehen wurden. Mit dem Holzrechen harkte er die Karoffelranken zu Haufen zusammen.

Später, gegen Abend, wenn die Arbeit beendet sein würde, würde er die Ranken in Brand stecken. Der Rauch des Kartoffelfeuers gehörte zu den charakteristischen Herbstgerüchen auf dem Land.

Wenn gerade einmal nichts zu tun war, stützte Karl sich auf den Stiel des Rechens, schnitt sich mit seinem Taschenmesser ein Stück von seinem Kautabak ab und stopfte es zwischen die Innenseite seiner Wange und die Zähne. Genüsslich drehte er anschließend den Priem im Mund hin und her, kaute darauf herum und spuckte hin und wieder den braunen Tabaksaft in hohem Bogen auf die Erde. Er beobachtete die jungen Arbeiter und sann darüber nach, wie viel sich in den paar Jahren, seit die Familie nach Moorbrügge im Norden gezogen war, verändert hatte.

Das moderne Wohn- und Stallgebäude aus roten Steinen und braunen Dachziegeln, das zusammen mit zehn anderen, ganz ähnlichen Gebäuden die Eulenhofsiedlung bildete, hatte Karl sehr gefallen, als er es zum ersten Mal betreten hatte. Es war solide und geräumig. Im Erdgeschoss befanden sich die Wohnküche, die gute Stube, das Elternschlafzimmer und seine eigene Schlafkammer. Das Obergeschoss, zu dem eine moderne Holztreppe hinaufführte, hatte Platz für zwei Zimmer, in denen die vier Mädchen schliefen. Die kleinen Jungen, die erst sechs und vier Jahre alt waren, schliefen bei ihm in dem großen Ehebett.

Die Wohnküche, in deren Hauptwand sehr zur Freude Maries ein moderner, überaus praktischer Wandschrank mit großen und kleinen Fächern und einer Reihe Schubladen eingelassen war, bot Platz für das Küchenbüfett, den großen Esstisch mit der Bank und den Stühlen, den Kohleherd mit dem Torfkasten daneben sowie für die neue Chaiselonge, auf der Johannes seinen kurzen Mittagsschlaf hielt.

Von der Küche führte eine Tür zur Waschküche, die mit einem Spülstein und einer Pumpe ausgestattet war. Das Wasser kam aus einer unterirdischen Zisterne, und das Spülwasser wurde durch ein Rohr in den Wassergraben an der Straße abgeleitet. Besonders sinnvoll war die mit dem Schornstein verbundene, mit Schamottesteinen ausgekleidete Räucherkammer, in der nach dem Schlachtfest im Herbst die Schinken und Mettwürste geräuchert wurden. In dem kleinen Erdkeller, zu dem eine fünfstufige, schmale Holztreppe hinabführte, lagerte Marie ihr Eingemachtes und alles, war im Sommer gekühlt werden musste.

Von der Waschküche aus führte eine kräftige Holztür zur Kleinen Diele. Dort standen rechts mittlerweile acht schöne Milchkühe auf dem Kuhstand und links waren drei Schweineställe für die Sauen mit ihren Ferkeln angeordnet. Ein schmaler Gang führte links an den Ställen vorbei durch eine weitere Tür auf die Große Diele, wo rechts der Pferdestall angeordnet war und links weitere Ställe für Kälber oder Ferkel vorgesehen waren. Hier befanden sich auch der Kornboden und die Mühle, die von einem modernen Motor angetrieben wurde. Auf dem riesigen Dachboden, der nur über eine hölzerne Leiter zu erreichen war, wurden das Heu und das Stroh für den Winter gelagert.

Unter den kleinen quadratischen Fenstern der Diele hatte Johannes sich eine Werkstatt eingerichtet mit einem Schraubstock und zahlreichen Werkzeugen. An der Wand aufgereiht hingen die Forken, Spaten und Rechen, die auf einem Bauernhof nicht fehlen durften.

Für Karl war das Haus die Erfüllung eines lang gehegten, für nahezu unerfüllbar gehaltenen Lebenstraumes. Oft wünschte er sich, Hermine hätte den Umzug noch erleben dürfen. Alles war neu, sauber und solide. Die Wände hatten schön gemalte Muster, der Boden in den Zimmern bestand aus stabilen Holzbrettern, die Fenster hatten Oberlichter und Flügel, die sich weit öffnen ließen. Der Abtritt, der in einem Anbau neben dem Kuhstall untergebracht war, bestand aus glattem neuen Holz, hatte eine Tür, die man verriegeln konnte, einen passenden Deckel für die Sitzöffnung über der Jauchegrube und sogar ein kleines Fenster zum Lüften.

In der Remise auf der anderen Seite des Hofes standen die Ackergeräte und Wagen. In einem abgetrennten, holzverschalten Teil wurde der Torf untergebracht, den Johannes abbaute und der im Winter zum Heizen gebraucht wurde.

In den letzten Jahren war noch ein Hühnerstall hinzugekommen, in dem Marie ihre Hühner hielt. Ein runder Silo aus abgerundeten Betonsteinen für die Maissilage war geplant, um das Winterfutter für noch mehr Kühe sicherzustellen. Neben dem Anbau, der als Futterküche diente, wurde gerade ein Schweinestall gebaut, der Platz bieten sollte für sechs große moderne Laufställe für Mastschweine. Jetzt überlegte Johannes sogar, ob nicht ein Traktor anstelle der beiden Pferde die Arbeit schneller und einfacher machen würde. Und eins dieser neuen VW-Käfer-Autos war auch im Gespräch.

Karl schüttelte unmerklich den Kopf. Es ging alles zu schnell. In den letzten zehn Jahren hatte sich mehr verändert als in Karls ganzem Leben zuvor. Auf den Straßen fuhren immer mehr Autos, in der Küche stand ein neues Radio, das jeden Abend Musik spielte, einige Nachbarn hatten sogar schon einen dieser neumodischen Fernsehapparate.

Alles wäre besser, wenn Regina ein Junge gewesen wäre, überlegte Karl. Der wäre jetzt neunzehn Jahre alt und hätte als Jungbauer mit anpacken, planen und gestalten können.

Die beiden älteren Mädchen, Regina und Angela, die jetzt die Haus- und Landwirtschaftsschule absolvierten, würden sicher bald heiraten und wären damit aus dem Haus, die beiden kleinen Mädchen, Hanna und Michaela, gingen noch zur Schule. Sie konnten zwar schon ordentlich mithelfen bei der Feldarbeit oder bei der Versorgung des Viehs, aber der Hauptteil der schweren Landarbeit wie das Pflügen, Eggen und Säen oder das Ausmisten der Ställe lag doch bei Johannes. Und der wurde mit seinen einundfünfzig Jahren auch nicht jünger. Er selbst, Karl, war zwar noch rüstig, aber die schwereren Arbeiten machten ihm doch schon zu schaffen. Karl machte sich Sorgen. Würde Johannes so weiter arbeiten können, bis der kleine Martin, der gerade erst in die Schule kam, die Arbeit übernehmen konnte?

Karl sah Marie mit einem großen Korb vom Haus aufs Feld kommen. Versperzeit. Sie brachte die beiden Jungen mit, Martin und den kleinen Alfred, dessen Geburt sie fast das Leben gekostet hätte. Marie war nun vierundvierzig Jahre alt und noch immer hübsch anzusehen, fand Karl. Sie hatte ihre langen Haare zu einem Zopf geflochten und am Hinterkopf zu einem Knoten zusammengesteckt. In Pulli und Rock und ihrer bunten Kittelschürze sah sie trotz der klobigen Arbeitsschuhe adrett aus. Sie stellte den großen Korb auf den Boden, rief die Kinder zusammen und fing an, die mit Leber- und Mettwurst belegten Butterbrote zu verteilen. Der verständige kleine Martin reichte jedem der Kartoffelsucher einen Henkelbecher und Marie schenkte reihum gesüßten Tee mit Milch aus der großen Kanne ein. Alle bissen hungrig in ihre Brote, ungeachtet der Erde, die von den schmutzigen Händen daraufgeraten war. Johannes raufte ein paar Kartoffelranken zusammen, damit Marie sich daraufsetzen konnte, und ließ sich neben ihr nieder.

Der pummelige kleine Alfred kletterte auf seinen Schoß, und Johannes ließ den Jungen von seinem Leberwurstbrot abbeißen.

»Es ist ein Brief vom Siedlungsamt gekommen«, erzählte Marie. »Sie wollen noch diesen Herbst anfangen tiefzupflügen.«

»Das ist eine gute Nachricht.« Johannes freute sich. »Vater, hast du das gehört? Dann können wir vielleicht noch dieses Jahr den Winterroggen einbringen!«

Zu Marie gewandt, fragte er:

»Stand in dem Brief, wie viel Hektar sie pflügen wollen?«

»Nein«, sagte Marie, »das richtet sich wohl danach, wie viel Zeit noch bleibt vor dem ersten Frost, wenn sie auf dem Land, auf dem sie jetzt arbeiten, fertig sind. Sie wollen uns noch genaueren Bescheid geben.«

Karl war froh über diese Nachricht. Er wusste, Johannes war auf gutes Ackerland angewiesen. Zwar konnte er den Torf, den er aus dem Moor gewann, für die Befeuerung der Öfen im Winter gut gebrauchen, aber die größten Moorflächen lagen unnütz da. Erst durch das Tiefpflügen mit den gigantischen, von PS-starken Raupen gezogenen Pflügen konnte das Land urbar gemacht und bewirtschaftet werden. Denn dadurch wurden die fruchtbaren Erdschichten an die Oberfläche geholt und Moor und Sand verschwanden. Und erst durch die neuen Ackerflächen, die das nötige Futter lieferten, war es möglich, den Viehbestand zu erhöhen.

***

Es war schon nach sieben Uhr am Abend, die Sonne ging mit einem herrlichen Farbenspiel am westlichen Himmel unter, als das letzte Fuder Kartoffeln in der Kartoffelmiete abgeladen war. Die Rankenhaufen brannten, und die Kinder holten mit Stöcken die Kartoffeln heraus, die darin geröstet worden waren. Sie warfen die heißen Knollen von einer Hand in die andere und pusteten darauf, um sie etwas abzukühlen, bevor sie die verkohlte Kruste abpellten und in die dampfende Pellkartoffel bissen, ein Genuss, der nach jeder Kartoffelernte neu entdeckt wurde. Es dämmerte schon, die Kartoffelfeuer warfen ihren Feuerschein in die hereinbrechende Dunkelheit und der Rauch verbreitete einen anheimelnden Duft, als die gesamte Arbeitsgemeinschaft zum Hause Brinkhus ging.

Marie hatte eine riesige Pfanne Bratkartoffeln mit geräuchertem Speck und Zwiebeln gebraten, dazu gab es für jeden der hungrigen Kartoffelsucher zwei Spiegeleier und reichlich Essiggurken. Frische gekühlte Buttermilch stillte den Durst der jungen Leute, die sich schwatzend und lachend um den gedeckten Küchentisch drängten. Nach dem Essen erhielt jedes der Nachbarskinder sechs Mark für die Arbeit des Nachmittags, bevor sie sich müde, aber glücklich auf den Heimweg machten. Am nächsten Tag würden sie sich bei einem der anderen Siedler wieder einfinden zur nächsten Kartoffelernte.

***

Später, nachdem das Vieh versorgt war und Marie die beiden Kleinen ins Bett gebracht hatte, versammelte sich die Familie in der Wohnküche zum wohlverdienten Feierabend. Im Radio sang Freddy Quinn den Schlager ›Junge, komm bald wieder‹, das Lieblingslied der kleinen Michaela, und anschließend wurde ein niederdeutsches Hörspiel übertragen, dem die Familie mucksmäuschenstill lauschte.

Johannes las nebenbei die Zeitung, wobei seine besondere Aufmerksamkeit den Nachrichten über die aktuellen Preise für Schweinefleisch, Milch und Eier galt. Der Rauch seiner Zigarette vermischte sich dabei mit dem der Zigarre, die Karl stückchenweise jeden Abend rauchte. Marie strickte an neuen Socken für Johannes; Regina und Angela nähten an einer Handarbeit für die Hauswirtschaftsschule, Hanna träumte vor sich hin und Michaela blätterte in einem Schulbuch.

Alle hoben überrascht den Kopf, als ein Motorengeräusch näher kam und ein Auto an der Straße vor dem Haus anhielt.

»Wir bekommen Besuch«, stellte Marie überflüssigerweise fest. »Wer kann das denn sein, um diese Uhrzeit?«

Sie sprang auf, band sich die Schürze ab und strich ein paar braune Locken aus dem Gesicht. Dann eilte sie in den Flur, um dem späten Besucher das Licht vor der Haustür anzumachen und ihn in Empfang zu nehmen.

»Guten Abend, Frau Brinkhus!«

»Guten Abend, Herr Eilertsen! Bitte treten Sie näher. Das ist ja ein seltener Besuch.«

Maries Stimme war die Überraschung anzuhören, und als sie jetzt mit dem Gast in die Wohnküche trat, sahen alle dem kleinen, rundlichen Mann in Überzieher, Anzug und Krawatte, der seinen Hut in der Hand hielt, erstaunt entgegen.

Paul Eilertsen war seit Jahren der Leiter der kleinen Volksschule im Dorf, außerdem Organist und Leiter des Kirchenchores. Hanna und Michaela, die bei ihm Unterricht in Religion, Heimatkunde, Musik und Zeichnen hatten, bekamen vor Verlegenheit hochrote Gesichter. Eilertsen lächelte die Mädchen freundlich an, nickte Karl zu und wandte sich dann an Johannes, der aufgestanden war und ihm zur Begrüßung die Hand reichte.

»Ich will gar nicht lange stören, Herr Brinkhus«, sagte er mit seiner melodischen, vollen Stimme, die gut zu seiner korpulenten Gestalt passte, »ich würde gerne mit Ihnen und Ihrer Frau eine schulische Angelegenheit besprechen.«

»Dann gehen wir am besten in die Stube, Herr Eilertsen, dort sind wir ungestört.«

Johannes ging voraus und wies dem Besucher den Weg. Marie begleitete sie.

»Bitte geben Sie mir Ihren Hut und den Mantel, Herr Eilertsen, ich hänge sie an die Garderobe im Flur. Und darf ich Ihnen eine Tasse Tee anbieten? Oder lieber einen Schnaps?«, fragte Marie.

Der Lehrer schälte sich aus seinem Mantel und reichte ihn ihr.

»Ein Tee wäre schön, wenn es nicht zu viel Mühe macht. Danke, Frau Brinkhus.«

Marie gab Regina ein Zeichen, sie solle Wasser aufsetzten und den Tee vorbereiten, dann folgte sie Johannes und dem Lehrer in die gute Stube. Karl erhob sich ebenfalls aus seinem ledernen Ohrensessel, drückte seine Zigarre im Aschenbecher aus und zwinkerte seinen kleinen Enkelinnen zu.

»Na, ihr müsst ja was Schlimmes ausgefressen haben, wenn der Schulrektor schon zu uns nach Hause kommt.«

Die beiden Mädchen sahen sich ratlos an. Anscheinend konnten sie sich nicht erklären, was die Ursache dieses Besuches sein könnte.

Als Karl die Stube betrat, hatte Johannes seinem Gast schon einen Platz auf dem braun gemusterten Plüschsofa angeboten und Marie war dabei, das gute Teeservice aus dem Stubenbüfett zu holen und den Tisch zu decken. Man sprach über das milde Herbstwetter, das die Kartoffelernte begünstigte, und stellte fest, dass es gegen Abend doch schon ziemlich kühl würde.

Marie nahm einige der Butterplätzchen, die sie am letzten Sonntag gebacken hatte, aus der geblümten Keksdose und stellte sie in einer Glasschale auf den Tisch. In einem Stövchen entzündete sie ein Teelicht. Regina kam und stellte die Teekanne auf das Stövchen. Marie schenkte den Tee ein, reichte Milch und Zucker herum und bot die Plätzchen an. Eilertsen nahm einen der süßen Kekse, biss hinein und kaute genüsslich.

»Sehr lecker, Frau Brinkhus«, sagte er. Er nahm einen Schluck Tee und stellte mit leisem Klirren seine Tasse auf den Untertasse.

»Nun, Sie sind sicher neugierig zu hören, was mich zu Ihnen führt«, eröffnete er das Gespräch. Lächelnd sah er in die gespannten Gesichter, in denen sich leise Besorgnis spiegelte. »Es geht um Ihre Tochter Michaela.«

Marie und Johannes sahen sich erstaunt an. Karl war verblüfft. Was konnte die kleine Michaela denn bloß angestellt haben, fragte er sich. Sie war ein braves, gehorsames Mädchen, das fleißig arbeitete und in der Schule nie Schwierigkeiten gehabt hatte. Eilertsen schmunzelte.

»Keine Angst, es ist nichts Schlimmes«, sagte er beruhigend, »im Gegenteil. Michaela ist eine sehr gute Schülerin, die Beste in ihrer Klasse. Deshalb meinen Herr Darlinghaus und ich, Darlinghaus ist Michaelas Klassenlehrer, wie Sie sicher wissen, also, Herr Darlinghaus und ich meinen, dass Michaela die Höhere Schule besuchen sollte.«

Johannes fand als Erster die Sprache wieder.

»Sie meinen, sie sollte aufs Gymnasium gehen, in Niestadt?«, fragte er ungläubig. Er wechselte einen Blick mit Marie, die glänzende Augen bekommen hatte.

Sie hatte sich in ihrem Sessel aufgerichtet und blickte mit wachsendem Interesse in das Gesicht der Lehrers.

»Glauben Sie denn, dass Michaela intelligent genug ist, um das Abitur zu machen?«, fragte sie. Ungläubigkeit, aber auch Freude klang in ihrer Stimme mit.

»Aber ganz sicher«, antwortete Eilertsen, »sie ist klug und lernt schnell. Sie ist gut im Rechnen und sie hat eine besondere Begabung für die Sprache. Das sieht man an ihren Aufsätzen. Außerdem zeigt sich ihre Fantasie beim Zeichnen und Gestalten. Insgesamt ist sie den meisten ihrer Klassenkameraden weit voraus. Sie kennen ja das Halbjahreszeugnis. Es zeigt nur Einsen und Zweien. Michaela sollte unbedingt aus Gymnasium gehen.«

Er nahm noch einen von den Keksen und trank einen Schluck Tee.

»Aber«, wandte Johannes ein, »Niestedt ist fünfzehn Kilometer von Moorbrügge entfernt. Wie soll sie denn jeden Tag den weiten Weg zu der Schule zurücklegen?«

»Das würde kein Problem darstellen«, meinte Eilertsen. »Bis zur Hauptstraße sind es nur etwa zwei Kilometer, die könnte sie mit dem Fahrrad fahren, und an der Hauptstraße hält der Schulbus, mit dem sie morgens zur Schule hin- und nachmittags wieder zurückfahren könnte.«

»Aber kostet das nicht viel Geld?«

»Die Busfahrkarte kostet in der Woche vier Mark. Aber Sie könnten einen Fahrtkostenzuschuss beantragen bei der Gemeinde.«

»Das kommt nicht in Frage, wir wollen bei niemandem betteln.«

Johannes Gesicht verschloss sich. Marie nahm seine Hand und drückte sie.

»Wie viele der Schüler aus Michaelas Klasse sollen denn zum Gymnasium gehen, Herr Eilertsen? Sicher sind einige ihrer Freundinnen darunter? Dann wäre sie nicht so allein in der fremden Stadt und der großen Schule dort.«

Der Lehrer holte zu einer längeren Erläuterung aus.

»Es ist folgendermaßen: Zunächst müssen die ausgewählten Schülerinnen, es sind außer Michaela nur noch drei andere Mädchen aus dem jetzigen Jahrgang«, er nannte die Namen, darunter war auch Hannelore Weber, Michaelas beste Freundin und Tochter eines der größten Bauern im Dorf, »einen einwöchigen Probeunterricht auf dem Gymnasium absolvieren. Die Lehrer dort werden sie in allen Fächern probeweise unterrichten und prüfen, ob sie für die Höhere Schule geeignet sind. Danach können Sie Ihre Tochter an dem Gymnasium anmelden, wenn sie die Prüfung besteht. Aber davon gehe ich mit aller Bestimmtheit aus. Dann wird sie zu Ostern nach der Versetzung in die fünfte Klasse die neue Schule besuchen.«

Karl, der sich bis jetzt nicht an dem Gespräch beteiligt hatte, beugte sich vor und räusperte sich.

»Aber Herr Eilertsen, Michaela ist ein einfaches Bauernmädchen, so gut ihre Noten auch sein mögen. Sie wird bald einen Landwirt heiraten, oder einen Handwerker. Was soll sie denn auf dem Gymnasium? Was sie für die Arbeit auf dem Lande braucht, lernt sie viel besser auf der Landwirtschaftsschule. Die Höhere Schule setzt ihr nur Flausen in den Kopf.«

»Sie haben sicher Recht mit dem, was Sie sagen, Herr Brinkhus. Das trifft für die meisten der Mädchen in der Volksschule auch zu. Aber andererseits: Die Zeiten haben sich geändert. Immer mehr junge Frauen machen das Abitur und studieren. Sie werden Lehrerinnen, Ärztinnen, Rechtsanwältinnen und sogar Richterinnen. Man nennt das heute Emanzipation. Und wenn ein Mädchen das

Zeug dazu hat, so wie Michaela, dann sollte man ihm auch die Möglichkeit dazu bieten, meinen Sie nicht?«

Karl war nicht überzeugt. So ein Unsinn, dachte er. Wozu so viel Aufwand treiben mit der Ausbildung, wenn das Mädchen dann doch heiratete? Und wenn erst eine Schar Kinder da war, wer sollte denn für sie sorgen, wenn die Mutter einem Beruf nachging? Unwillig schüttelte er den Kopf.

»Aber sieh mal, Vater«, wandte sich Marie an ihren Schwiegervater, «Gottlieb hat doch auch studiert. Und er war auch nur ein einfacher Bauernjunge.«

»Das ist was anderes«, wischte Karl Maries Einwand ärgerlich zur Seite, »Gottlieb war ein Junge, und die Kirche hat seine Ausbildung bezahlt. Er ist ein Mann Gottes geworden, vergiss das nicht.«

Wie konnte Marie so etwas nur vergleichen! Erbost lehnte er sich in seinem Sessel zurück und verschränkte die Arme vor der Brust.

»Vater hat nicht ganz unrecht, Marie«, sagte Johannes vermittelnd, »es ist doch etwas anderes, ob ein Mädchen oder ein Junge studiert. Ein Mann muss schließlich später mit seinem Beruf die Familie ernähren, wenn die Frau Kinder bekommt.«

Hilfesuchend blickte Marie den Lehrer an, der inzwischen die Kekse aufgegessen hatte.

»Nun«, sagte Eilertsen, »Sie haben ja noch Zeit, sich das Ganze durch den Kopf gehen zu lassen. Der Probeunterricht ist im November. Es wäre schön, wenn Sie uns nach den Herbstferien Bescheid geben könnten, wie Sie sich entschieden haben, Herr und Frau Brinkhus.«

Er nahm den letzten Schluck aus seiner Teetasse und stand auf.

»Bedenken Sie aber bitte, dass Sie Ihrer Tochter die

Möglichkeit zum Abitur und Studium nicht verwehren sollten. Es liegt ja dann bei Michaela, welchen Weg sie später einschlägt.«

Eilertsen verabschiedete sich, und Marie begleitete den Lehrer zu Tür, reichte ihm Hut und Mantel und dankte ihm für seinen Besuch.

»So ein Unsinn«, wetterte Karl, als Marie in die Stube zurückkam und anfing das Geschirr abzuräumen, »ein Mädchen und studieren! Das hat es hier bei uns ja noch nie gegeben.«

Johannes steckte sich eine Zigarette an und blies den Rauch nachdenklich in die Luft.

Marie wandte sich an ihren Schwiegervater.

»Aber denk nur mal, Vater, unsere Michaela würde als eine der Ersten auf die Höhere Schule gehen! Wir können doch stolz auf sie sein. Und Bauer Weber schickt die kleine Hannelore sicher auch hin. Was der kann, können wir auch, was meinst du?«

Karl brummte. Er war noch immer nicht überzeugt. Allerdings: Der Gedanke, es dem Großbauern gleichzutun, hatte etwas Verlockendes. Trotzdem, es war nicht richtig.

»Und was ist mit den Kosten?«, wandte er ein. »Die Busfahrt kostet viel Geld, und dann die teuren Bücher und Hefte und was sie sonst noch brauchen wird? Wir haben doch so schon viel zu viel Schulden!«

»Das werden wir schon schaffen«, sagte Marie entschlossen, »ich werde einfach mit dem Haushaltsgeld etwas sparsamer sein. Wenn unsere Michaela die Möglichkeit hat, das Abitur zu machen und zu studieren, dann werden wie ihr diese Möglichkeit nicht nehmen. Stellt euch doch nur einmal vor, was sie alles werden könnte! Und sie würde ihr eigenes Geld verdienen. Das ist doch etwas wert, oder, Johannes?«

Johannes hatte ruhig dagesessen und den Wortwechsel zwischen seinem Vater und seiner Frau zugehört. Jetzt drückte er mit einer abschließenden Geste die Zigarette im Aschenbecher aus, erhob sich und sagte:

»Dann soll es also so sein. Michaela geht aufs Gymnasium.«

Ein Zug rast vorbei.
Am zitternden Grashalm ein
Marienkäfer.

1995

Das Foto zeigt den Blick in einen Wald. Es ist Frühling, die Blätter an den Laubbäumen zeigen ein zartes Hellgrün. Es sind vor allem Buchen, Eichen, Kastanien, Ulmen und Ahornbäume. Einige sind schon alt. Ihre Stämme sind kaum mit zwei Armen zu umfassen; andere noch jung und dünn. Breite Wege führen zwischen den Bäumen hindurch; der Hauptweg, von dem schmalere Pfade abzweigen, überquert mit einer Holzbrücke einen kleinen Bach.

Es ist kein gewöhnlicher Wald, durch den die wenigen Spaziergänger wandern. Es ist ein Friedwald. An vielen Baumstämmen sind kleine, schmucklose schwarze Metallschilder befestigt, auf denen mit weißer Farbe ein Name steht. Es ist der Name des Verstorbenen, dessen Urne unter diesem Baum begraben wurde. Außer dem Namen sind nur noch die Daten von Geburt und Tod dieses Menschen auf der Tafel vermerkt.

Das Foto zeigt eine Momentaufnahme von dem Friedwald bei Oldenburg, auf dem Andreas Heinrichs Urne bestattet ist.

9. Kapitel

Was für ein herrlicher Frühlingstag, dachte Marie. Sie stand auf dem Balkon ihrer Wohnung, eingehüllt in ihren dicken Morgenmantel, und blinzelte in die helle Morgensonne. Zufrieden betrachtete sie die wolkenlose

Weite des blauen Himmels, stellte fest, dass die Kastanien im Schlossgarten ihre Kerzen geöffnet hatten und zupfte die ein oder andere verwelkte Blüte von den verschwenderisch wuchernden, zinnoberroten Geranien in den Blumenkästen vor ihr. Gewohnheitsmäßig überprüfte sie die Arthroseschmerzen in ihren Kniegelenken durch ein paar vorsichtige Beugungen und befand sie für durchaus erträglich. Tief atmete sie die frische Morgenluft ein.

Sie beschloss, ihr Frühstück auf dem Balkon einzunehmen. In der Küche füllte sie zwei Löffel des koffeinarmen Kaffees und entsprechend viel Wasser in die Kaffeemaschine, steckte zwei Scheiben Weißbrot in den Toaster und und stellte ihren Kaffeebecher mit dem Smiley und der Aufschrift ›Du bist meine Morgensonne‹, den Andreas ihr einmal geschenkt hatte, ein Frühstücksbrettchen, Butter, Marmelade und Honig sowie die Kaffeesahne auf ein Tablett. Den fertigen Kaffee füllte sie in eine Warmhaltekanne und trug alles auf den Balkon, wo sie sich in einer Ecke ihre ›grüne Oase‹ eingerichtet hatte.

***

Der Friedhof in der 8000-Seelen-Gemeinde, in der Hanna mit ihrer Familie gelebt hatte, war schwarz von Menschen gewesen an jenem kalten Tag im März, an dem Marie ihre Tochter zu Grabe getragen hatte. Es hatte unaufhörlich genieselt. Die Menschen in ihren dicken Mänteln drängten sich zu zweit unter einen Regenschirm und zogen fröstelnd ihre Schultern hoch. Als Mutter der Verstorbenen durfte sie zusammen mit Hannas Ehemann und ihren beiden halbwüchsigen Söhnen in der ersten Reihe der überfüllten Friedhofskapelle Platz nehmen, Andreas an ihrer Seite. In den noch kindlichen Gesichtern der Jungen stand die Fassungslosigkeit über den Verlust ihrer Mutter; noch hatten sie nicht begriffen, was der Tod bedeutete.

Lange hatte Marie an dem mit weißen Lilien geschmückten Sarg ihrer Tochter gestanden und das stille, noch so junge Antlitz betrachtet, das jetzt, jenseits von körperlichem Schmerz und Siechtum, eine eigentümliche Ruhe und Schönheit ausstrahlte. Sie war nur einundvierzig Jahre alt geworden, Johannes' Lieblingstochter. Blutkrebs hatte die tödliche Diagnose gelautet, alle ärztliche Mühen waren vergeblich gewesen.

Riesengroße Blumenkränze und Gestecke füllten den Raum um den Sarg herum nahezu aus, die seidenen Schleifen sprachen von dem Mitgefühl und der Anteilnahme der Verwandten, Nachbarn und Freunde und bezeugten, wie angesehen und beliebt Hannas Familie in der Gemeinde war. Nachdenklich lauschte Marie den Worten des Pfarrers, der von Auferstehung und dem ewigen Leben sprach, aber die Worte fanden keinen Widerhall in ihr. Ihr Gefühl sagte ihr, dass es nicht richtig war, wenn eine Mutter ihr Kind beerdigen musste; die Natur hatte es so nicht vorgesehen. Sie konnte keinen Trost mehr in den Verheißungen der Kirche finden.

Andreas hatte ihren Arm gedrückt, als sie hinter dem Pfarrer hergingen und zusahen, wie der Sarg mit dem Leichnam ihrer Tochter in das tiefe Loch hinabgelassen wurde. Anschließend hatte sie zahllose Hände geschüttelt und zu den wohlmeinenden Beileidsbekundungen genickt. Erst abends, allein im Bett, hatte sie sich, den Trost ihres Mannes verweigernd – was konnte er schon wissen von dem Schmerz einer Mutter, die ihr Kind hergeben muss? – in den Schlaf geweint.

***

Es ist merkwürdig mit der Trauer, dachte Marie, als sie ihr Frühstück auf dem Balkon in ihrer ›grünen Oase‹ beendete. Zuerst scheint der Schmerz geradezu unerträglich zu sein, wie ein brennendes, heißes Feuer, das auch durch eine Flut von Tränen nicht zu löschen ist. Doch dann wird aus dem Feuer eine sanfte Glut, die zwar immer noch wehtut, an die man sich aber nach und nach gewöhnt und mit der man lernt zu leben. Und schließlich bleibt von der Glut nur noch die Wärme der Erinnerung an die glücklichen Momente oder Jahre, die man mit dem geliebten Menschen erleben durfte.

Sie lächelte versonnen. Ich werde ein Gedicht schreiben über die Banalität der menschlichen Trauer, dachte sie. Und über die Rituale, die sich die Menschen geschaffen haben, um mit den Verlusten, denen sie nicht entrinnen können, fertigzuwerden.

Marie seufzte tief auf und erhob sich mit etwas Mühe. Sie beschloss einen Ausflug zu machen. Der Tag war wie geschaffen dafür. Ohne Eile räumte sie ihr Frühstücksgeschirr zusammen, trug es in die Küche und stellte es in den Geschirrspüler. Während sie duschte, überlegte sie, was sie an diesem schönen, aber noch frischen Maitag anziehen sollte. Schnell entschied sie sich für eine lange, beigefarbene Stoffhose, einen gleichfarbigen Pulli und ein leichtes dunkelblaues Jackett. Vor dem Spiegel prüfte sie ihr Aussehen. Ihr kurzes Haar war in den letzten Jahren schlohweiß geworden, die Runzeln in ihrer Haut wurden immer zahlreicher, ebenso die Altersflecken auf ihren Händen. Nun ja, dachte sie, schließlich bin ich nicht mehr die Jüngste. Sie legte einen Hauch Puder auf ihre Wangen und etwas rosa Lippenstift auf die schmal gewordenen Lippen. Andreas hatte es gern gesehen, wenn sie sich etwas zurechtgemacht hatte. Ein hübsches, beige-blau gemustertes

Halstuch verdeckte die Falten an ihrem Hals und vervollständigte ihre Garderobe. Marie nahm ihre Autoschlüssel und ihre Handtasche und verließ die Wohnung

Ihr dunkelblauer Fiat Punto stand auf dem zur Wohnung gehörenden Parkplatz hinter dem Haus. Marie liebte ihr kleines Auto genauso wie das Autofahren. Zwar hatte sie gehört, dass alten Menschen nahegelegt wurde, ihren Führerschein zurückzugeben, aber sie fühlte sich noch fit genug zum Fahren trotz ihrer achtzig Jahre. Sie brauchte noch keine Brille, und bisher hatte sie alle notwendigen Reisen zu Lesungen oder anderen Veranstaltungen, die ihr Verlag für sie organisierte, alleine bewerkstelligen können. Nur ihre Arthrose machte ihr zunehmend zu schaffen. Aber beim Autofahren störte sie noch kaum.

Marie legte eine Musikkassette mit ihren Lieblingsschlagern ein und lenkte das Auto über die Stadtautobahn Richtung Nordosten. Der Berufsverkehr hatte um diese Vormittagsstunde schon nachgelassen, und auf der Bundesstraße herrschte nur wenig Verkehr. Nach etwa einer halben Stunde hatte Marie ihr Ziel erreicht. Sie fuhr der Beschilderung nach und bog auf den kleinen Parkplatz am Rande des Waldgebietes ein. Nur ein weiteres Auto war hier abgestellt worden. Marie nahm ihre Handtasche, stieg aus und schloss das Auto ab. Blumen hatte sie nicht mitgenommen, die waren im Friedwald nicht erlaubt. Langsam schlenderte sie den breiten Hauptweg entlang durch den Wald. Sie genoss die Ruhe, die hier herrschte. Die hohen Bäume trugen frisches, neues Laub, das Gras spross kräftig zwischen den braunen Blättern des Vorjahres hervor, junge Farne entrollten ihre neuen Fächer. Eifriges Vogelgezwitscher begleitete Marie auf ihrem Weg zu dem besonderen Baum, den sie besuchen wollte. Sie bog vom Hauptweg ab, ging über eine schmale, hölzerne Brücke, die über einen

Bachlauf führte, und blieb an einer Buche stehen, deren Fuß von üppig wucherndem Efeu umrankt war. Noch waren die frischen Blättchen an den Zweigen der Buche winzig klein, aber ihr helles, zartes Grün bildete schon einen lebhaften Kontrast zu den dunkelbraunen, fast schwarzen Ästen. Die Sonne fiel durch die noch lichte Baumkrone und zeichnete helle Flecken auf den Waldboden. Marie trat näher an den kräftigen Stamm der Buche heran, um die Aufschrift auf dem kleinen schwarzen Metallschild lesen zu können, das mit einer einfachen Schraube daran befestigt war. ›Andreas Heinrichs‹, las sie. Und sein Geburts- und Todesdatum. Ein Jahr war seit seinem Tod vergangen. Es war Andreas' Wunsch gewesen, unter diesem Baum bestattet zu werden. Seine Asche würde mit der Urne, die sich mit der Zeit in der Erde auflösen würde, selbst wieder zu einem Bestandteil des Bodens werden, der wiederum neues Leben hervorbringen würde. Andreas hatte die Vorstellung gefallen, auf diese Weise wieder zu einem Teil des natürlichen Lebenskreislaufes zu werden. Marie liebte es, an diesem stillen, friedlichen Ort an ihn zu denken.

Er hatte von seinem Bauchspeicheldrüsenkrebs schon gewusst, als er Marie die Reise nach Amerika vorgeschlagen hatte. Die Ärzte hatten ihm noch sechs Monate gegeben, höchstens acht, wenn er gut auf die Medikamente reagierte. Das hatte er ihr erst gesagt, nachdem sie aus Amerika zurückgekehrt waren. Ihre Tränen und ihre Verzweiflung hatte er genauso wie ihren ohnmächtigen Zorn ruhig über sich ergehen lassen. Ich wollte unbedingt diese Reise nach Kalifornien mit dir machen, hatte er gesagt, auf den Spuren John Steinbecks, durch das Salinas Valley, wie du es dir gewünscht hast, damals, als wir uns kennenlernten in der Landesbibliothek.

Marie legte ihre Hand an die raue Rinde der Buche. Sie

erinnerte sich an das unbeschreibliche Glücksgefühl, das sie durchströmt hatte, als sie Hand in Hand mit Andreas die Schauplätze der Romane ihres Lieblingsschriftstellers erkundet hatten. Andreas hatte sich von seiner tödlichen Krankheit nichts anmerken lassen. Mit Medikamenten und Schmerzmitteln hatte er die ersten deutlichen Auswirkungen des Krebses unterdrückt, sodass Marie nichts aufgefallen war.

Später dann war alles ganz schnell gegangen. Andreas war immer schwächer geworden, während er auf erschreckende Weise abmagerte. Zum Schluss hatten die Schmerzmittel ihn in einen Dämmerzustand versetzt, aus dem er nicht mehr erwachte. Marie hatte nur noch ohnmächtig an seinem Bett gesessen und seine Hand gehalten, wie damals bei Johannes.

Eine Amsel sang ihr melodisches Lied direkt über Maries Kopf, hoch oben in den Zweigen von Andreas' Baum. In der Ferne hörte Marie einen Zug fahren. Es klang irgendwie sehnsüchtig. Es tut schon nicht mehr so weh, dachte sie. Die Zeit hatte auch in diesem Fall ihr heilsames Werk verrichtet. Sie wandte sich zum Gehen.

***

»Buon giorno, Senora!« In gewohnt herzlicher Manier begrüßte der Ober Marie, als sie in das um diese Mittagszeit schon gut gefüllte Restaurant ›O sole mio‹ eintrat. Sie suchte sich einen Platz in der Nähe der weit geöffneten Fenster, durch die sie auf den Vorplatz der Lambertikirche hinausschauen konnte. Wie oft hatte sie mit Andreas hier gesessen und die italienische Küche genossen, Wein getrunken und sich mit ihm über Literatur unterhalten.

Es war das erste Mal seit Andreas Tod, dass sie hierherkam. Sie wollte sich ihren Erinnerungen und ihrer Trauer stellen, nur so konnte sie neue Kraft schöpfen für die Jahre, die noch vor ihr lagen. Hör nicht auf zu schreiben, hatte Andreas ihr immer wieder eingeschärft, du hast noch so viel zu sagen. Ja, er hatte recht, sie musste schreiben. Es geschah so viel Neues, Aufregendes um sie herum, in Deutschland, in Europa, in der Welt. Ihr neuer Gedichtband sollte sich mit dem Zeitgeschehen auseinandersetzen, mit dem Zusammenbruch der politischen Blöcke und dem Triumph des Kapitalismus, mit der Wiedervereinigung Deutschlands und der Enttäuschung über das Ausbleiben der ›blühenden Landschaften‹, mit dem Zerfall der osteuropäischen Staaten und den ausbrechenden Hass- und Gewaltorgien dort, die in erschreckender Weise offenbarten, dass die menschliche Zivilisation nur wie ein dünner Firnis über den barbarischen Instinkten des Menschen lag. Es gab so viele Themen, denen sie sich sich widmen wollte. Ihr Verlag war schon dabei, die nächste Lesereise für sie zu organisieren.

Marie holte das kleine schwarze Schulheft aus ihrer Handtasche und legte es aufgeschlagen vor sich auf den Tisch. Noch immer benutzte sie einen Bleistift, um die erste Fassung einer Gedichtidee zu fixieren. Schnell flog der Stift über das Papier, als sie die Verse formulierte. Erst als der Kellner ihre noch brutzelnde Lasagne vor sie hinstellte, unterbrach sie ihren Gedankengang, legte ihren Bleistift beiseite und widmete sich ihrer Lieblingsspeise.

***

»Aber, Marie, du weißt, dass du dich bald entscheiden musst«, sagte Jonas mit leiser Ungeduld.

Marie musterte Andreas' Sohn unauffällig, während sie

ihm und seiner Frau noch einmal Kaffee einschenkte. Der Dreiunddreißigjährige hatte viel Ähnlichkeit mit seinem Vater. Dieselben hellbraunen, gewellten Haare, dieselben braunen Augen, jedoch waren seine Gesichtszüge kantiger, die Figur athletischer und kräftiger.

Jonas war ein ehrgeiziger Kopfmensch. Als Maschinenbauingenieur bei einer großen Firma in Berlin hatte er mit Technik und Wirtschaft zu tun; mit Literatur und Philosophie, die sein Vater so geliebt hatte, konnte er nichts anfangen. Seine Frau, eine gut aussehende, schlanke junge Frau mit einer modernen brünetten Lockenfrisur, studierte Wirtschaftswissenschaften und stand kurz vor ihrem Examen. Die beiden wollten sich in einem Vorort von Berlin ein Haus kaufen, um bald eine Familie gründen zu können. Das war auch der Grund, weshalb sie jetzt auf Maries Sofa saßen, ihren Kuchen mit den ersten frischen Erdbeeren des Jahres aßen, die sie auf dem Nachhauseweg vom ›O sole mio‹ auf dem Lambertimarkt an einem Obststand gekauft hatte, und dazu Kaffee tranken.

»Ja, ich weiß, Jonas«, sagte Marie beschwichtigend. »Aber du musst verstehen, dass es mir unglaublich schwerfällt, aus dieser Wohnung auszuziehen, in der ich so viele Jahre mit deinem Vater gelebt habe.«

»Das verstehen wir doch, Marie, aber du wirst sicher auch verstehen, dass wir das Geld jetzt brauchen und nicht erst in fünf oder zehn Jahren. Wenn Jennifer ihr Examen in der Tasche hat, wollen wir daran denken, Kinder zu bekommen. Vorher wollen wir uns aber ein Heim für unsere Familie schaffen, in dem die Kinder in aller Ruhe aufwachsen können. Deshalb können wir den Verkauf der Wohnung nicht mehr auf die lange Bank schieben. Wir haben sogar schon ein Objekt ins Auge gefasst, das uns geeignet erscheint und das wir finanzieren können.«

Jennifer setzte ihre Tasse ab, aus der sie gerade getrunken hatte.

»Denk doch an dich selbst, Marie«, sagte sie. »Jetzt bist du zwar noch unglaublich rüstig, aber gib doch zu: Mit deinen achtzig Jahren und deiner Arthrose geht dir die tägliche Hausarbeit, das Einkaufen, das Saubermachen nicht mehr so leicht von der Hand wie früher. Und was ist, wenn du mal krank wirst? Du bist hier ganz allein. Es braucht ja gar nichts Schlimmes zu sein. Schon eine kleine Grippe würde dich ans Bett fesseln. Wer würde dir deine Medizin holen oder dir dein Essen zubereiten? Es wäre nur vernünftig, wenn du den Umzug in ein Seniorenheim recht bald in Erwägung ziehen würdest.«

Es ärgerte Marie, zugeben zu müssen, dass Jennifer natürlich recht hatte. Im Stillen hatte sie sich die Gründe, die dafür sprachen, in ein Seniorenheim, wie die Altersheime neuerdings genannt wurden, umzuziehen, schon selbst ein Dutzend Mal klargemacht. Das letzte Jahr, in dem sie allein, ohne Andreas, in der schönen großen Wohnung gelebt hatte, hatte ihr vor Augen geführt, dass sie doch recht einsam lebte. Ihre Kinder wohnten mit ihren Familien nicht in unmittelbarer Nähe, sodass sie nicht greifbar waren, sollte ihr etwas zustoßen.

»Und du musst zugeben, dass die Wohnung für dich allein viel zu groß ist, Marie«, kam Jonas jetzt mit dem nächsten Argument. »Außerdem: Das Heim ›Zur Sonne‹ hat dir doch gut gefallen, oder? Du hättest dort alles, was du brauchst, und bräuchtest dir keine Sorgen machen um Krankheit oder Pflege. Dein Zimmer wäre groß genug, dass du einige deiner Möbelstücke, zum Beispiel deinen schönen Schreibtisch, mitnehmen könntest. Das Heim ist wunderbar gelegen, mitten in einem großen Park.« Er sah Marie aufmunternd an. »Was sagst du, Marie?«

Marie wusste, sie hatte verloren. Alles, was sie erwidern konnte, waren nur emotionale Gründe. Dass jeder einzelne Gegenstand in diesen Räumen ihr lieb und teuer geworden war, dass an allen Möbelstücken tausend Erinnerungen hafteten an glückliche, unwiederbringliche Momente, dass sie ihre ›grüne Oase‹ unsäglich vermissen würde. Wieder einmal stand sie vor einer einschneidenden Veränderung in ihrem Leben, aber diesmal ging es nicht um eine neue Chance, sondern nur um die Verwaltung ihres Alters.

Sie straffte die Schultern und hob den Kopf.

»Also gut«, sagte sie, »ihr habt mit allem Recht. Du kannst also den Verkauf der Wohnung in die Wege leiten. Mit meiner Hälfte werde ich mir einen Ruhesitz im Heim ›Zur Sonne‹ kaufen, dann ist für den Rest meines Lebens gesorgt.«

Sie stand auf. Jonas und Jennifer verabschiedeten sich. Die Erleichterung war ihnen anzusehen.

Allein zurückgeblieben, ging Marie langsam durch alle Räume und strich mit den Findern sanft über jedes Möbelstück. Zum Schluss setzte sie sich an ihren Schreibtisch, schlug eins ihrer schwarzen Hefte auf und begann, ein Gedicht zu schreiben. Der Titel lautete: Abschied.

Fußgänger hasten.
Hell leuchten Schaufenster.
Ein Vogel fliegt auf.

1970

Eine Serie von vier kleinformatigen Fotos aus einem Automaten. Zwei Frauen sind auf den Fotos zu sehen. Im Vordergrund das lachende Gesicht eines Mädchens von vielleicht zwanzig Jahren. Sie hat langes blondes Haar und trägt eine modische Brille mit großen Gläsern. Ihr hübsches Gesicht zeigt auf jedem Foto eine andere alberne Grimasse. Es macht ihr offensichtlich Spaß, sich auf diese Weise von der automatischen Kamera ablichten zu lassen.

Hinter ihr sitzt eine Frau mittleren Alters, die ihr über die Schulter schaut. Es ist eine gewisse Ähnlichkeit in den Gesichtern zu erkennen: beide werden durch eine hohe Stirn, eine kurze gerade Nase und ein etwas eckiges Kinn gekennzeichnet. Jedoch ist das Gesicht der Älteren schmaler, feiner und ausdrucksvoller. Einige dünne Fältchen sind in den Augenwinkeln und um den Mund herum zu sehen. Ihre streng aus der Stirn gekämmten dunkelbraunen Haare sind wellig, die großen, intensiv blauen Augen werden von feinen Brauen überwölbt. Sie zeigt auf allen Fotos fast unverändert ein zurückhaltendes Lächeln.

Die Fotos zeigen Michaela Brinkhus und ihre Mutter Marie 1970 anlässlich eines Besuches Maries bei ihrer Tochter in Braunschweig. Sie wurden in einem Automaten auf dem Braunschweiger Bahnhof gemacht.

10. Kapitel

»Wach auf, Jens, es ist schon nach neun!« Michaela rüttelte an der Schulter des jungen Mannes, der neben ihr in dem zerwühlten schmalen Bett lag.

»Um halb elf muss ich meine Mutter vom Bahnhof abholen. Steh auf, ich muss mich beeilen.«

Ein unwilliges Brummeln kam unter der Decke hervor, dann erschien ein völlig zerzauster dunkelblonder Haarschopf. Schlaftrunken hob Jens den Kopf und blinzelte Michaela an.

»Hallo Süße«, sagte er, »was machst du denn für einen Aufstand? Es ist doch noch mitten in der Nacht.«

Unwillkürlich musste Michaela lachen. Sie rollte sich über seinen nackten Körper hinweg und kletterte aus dem Bett.

Mit Schwung zog sie die Vorhänge auf.

»Es ist helllichter Tag, die Sonne scheint, die Vöglein zwitschern, und du musst aufstehen.«

Jens zog sich die Decke über den Kopf, um sich vor dem grellen Licht zu schützen. Es war spät geworden gestern in der Disco. Die Stimmung war ausgelassen gewesen, sie hatten Cola mit Rum getrunken und waren erst gegen zwei Uhr ins Bett gekommen.

Michaela schlüpfte in ihren schlabbrigen Frotteebademantel, nahm ihre Kulturtasche und ein Handtuch und ging zur Tür. Hoffentlich ist das Badezimmer nicht besetzt, dachte sie, als sie über den Flur ging. Die vier Zimmer in der obersten Etage des vierstöckigen Hauses waren an Studenten vermietet, die sich das Badezimmer teilen mussten. Michaela hatte Glück, das Bad war frei. Schnell schlüpfte sie unter die Dusche, putzte sich anschließend die Zähne und bürstete ihr Haar, sodass es in weichen blonden Wellen über ihren Rücken bis zur Taille fiel. Ein wenig Puder und Wimperntusche genügten, um die Spuren der letzten Nacht zu verwischen. Jetzt noch ein Becher Kaffee, und der Tag konnte beginnen.

Jens lag noch immer im Bett, als Michaela zurück in ihre kleine Studentenbude kam. Kaum zwölf Quadratmeter maß das Zimmer. Sie hatte es mit ausrangierten Möbeln von zu Hause ausgestattet und mit Postern von Che Guevara und Karl Marx geschmückt. Nicht dass sie sich mit diesen beiden Personen und deren Lebensgeschichte näher beschäftigt hätte, aber die Gesichter machten was her, fand sie. ›Das Kapital‹ von Karl Marx, Pflichtlektüre der politisch engagierten Studentenschaft, hatte sie nur bis Seite 56 gelesen, über den argentinischen Revoluzzer Che Guevara wusste sie nur, dass er vor drei Jahren im Alter von neununddreißig Jahren gestorben war und dass er unglaublich gut ausgesehen hatte.

Michaela sah sich im Zimmer um. Ich muss unbedingt aufräumen, bevor Mama kommt, dachte sie. Der kleine Schreibtisch, auf dem ihre orangefarbene Reiseschreibmaschine stand, war übersät mit aufgeschlagenen Büchern, Schreibutensilien und Zetteln mit Notizen zu ihrem Referat über Fontanes ›Effi Briest‹, an dem sie gerade arbeitete. In dem niedrigen Standregal, das sie eigenhändig in einem knalligen Rot gestrichen hatte, stapelten sich in einem bunten Durcheinander Fachbücher, Seminarunterlagen und Romane. Auf den beiden kleinen Sesseln und dem Schreibtischstuhl lag achtlos hingeworfen ihre und Jens' Kleidung vom Vortag.

Erst kommt der Kaffee, dachte Michaela, dann geht's ans Aufräumen. Mama bekommt ja einen Herzinfarkt, wenn sie das hier so sieht. Sie setzte den Wasserkessel auf die elektrische Herdplatte und drehte den Schalter auf drei, dann kramte sie ein Glas Nescafé, eine Dose Kondensmilch und eine Packung geschnittenes Graubrot aus dem kleinen Schrank unter der Elektroplatte hervor und deckte den wackeligen Tisch, der in der Mitte des Zimmers stand. Eine angebrochene Packung mit Fleischwurst, ein fast leeres Margarinepäckchen und ein Glas Marmelade vervollständigten das Frühstück. Nach einigem Suchen fand sie zwei saubere Becher, ihre beiden Frühstücksbrettchen und je zwei Messer und Löffel.

Sie füllte einen gehäuften Löffel des Kaffeepulvers in jeden Becher und goss das siedende Wasser darüber. Schon erfüllte Kaffeeduft den Raum.

»Komm jetzt, Jens, mein Schatz, Frühstück ist fertig.«

Angelockt durch das Kaffeearoma schälte Jens sich aus den Bettlaken, zog seine Shorts an und ließ sich in einen der Sessel fallen. Seine lockigen Haare reichten ihm bis auf die Schultern, er rieb sich wie ein Kind die Augen und grinste Michaela schief an.

»Toll, meine Süße, ein richtiges Frühstück!«

Michaela biss in ihr Marmeladenbrot und kaute genüsslich. Sie fühlte sich gut. Jetzt war sie schon seit sechs Wochen mit Jens zusammen, und sie waren immer noch sehr verliebt ineinander. Er studierte Maschinenbau an der TU, sie Germanistik und Geschichte. Eigentlich hatten sie nicht viele Berührungspunkte, dachte Michaela, aber das machte nichts. Unter der Woche ging jeder von ihnen seinen Vorlesungen und Seminaren nach, aber die Wochenenden verbrachten sie meistens gemeinsam. Dann gingen sie ins Kino oder in die Disco und genossen das unbeschwerte Beisammensein. Jens war nett und lustig, und wenn sie in der Clique zusammen waren, gab es immer etwas zu lachen.

»Also deine Mutter kommt heute? Sie will wohl mal sehen, was ihre brave Tochter so treibt, was?«

Jens rührte zwei Löffel Zucker in seinen Nescafé und trank vorsichtig einen Schluck. Er zeigte seine weißen Zähne in einem breiten Grinsen. Michaela fand es unwiderstehlich.

»Schade, dass ich nicht dabei sein darf.« Jens heuchelte Bedauern und verzog sein Gesicht.

Michaela musste lachen.

»Du und meine Mutter, das wärs gewesen.« Ernsthafter fügte sie hinzu: »Weißt du, Jens, ich möchte dieses Wochenende allein mit meiner Mutter verbringen. Ich will ihr Braunschweig zeigen und die Uni und so. Morgen Vormittag wird sie ja schon wieder abreisen. Danke übrigens, dass du mir deinen Schlafsack und die Luftmatratze leihst, sonst hätte ich mit meiner Mutter in einem Bett schlafen müssen. Das wollte ich nun doch nicht so gerne.«

Michaela wusste nicht recht, warum sie Jens nicht dabeihaben wollte. Vielleicht war ihre Beziehung noch zu frisch, oder vielleicht wollte sie nicht, dass ihre Mutter erfuhr, dass sie regelmäßig mit einem Mann schlief. Sie hatte noch nicht genauer über ihre Gefühle zu Jens nachgedacht. Im Moment wollte sie über nichts genauer nachdenken, sondern einfach nur ihre Jugend und ihre Freiheit genießen.

»Wenn du fertig bist mit dem Frühstück, Jens, hilf mir bitte, die Bude aufzuräumen. Das Bett muss neu bezogen und das Geschirr abgewaschen werden, und der Boden könnte einen Staubsauger vertragen.«

Komisch, dachte Michaela, meine Mutter kündigt ihren Besuch an und schon bin ich wieder das brave, ordentliche Töchterlein. Sie schüttelte über sich selbst den Kopf.

»Okay«, brummte Jens, fuhr sich mit allen zehn Fingern durch die Locken, schnappte sich seine Jeans und das T-Shirt und verschwand Richtung Bad.

»Bin gleich wieder da«, sagte er im Hinausgehen, »fang ruhig schon mal an.«

***

Michaela sah ihre Mutter schon von Weitem. Marie stand auf dem Bahnsteig zwischen den an ihr vorbeihastenden Fahrgästen, die gerade aus dem Zug aus Bremen ausgestiegen waren, und sah sich unschlüssig um. Michaela betrachtete sie einen Augenblick. Marie trug einen ausgestellten, knielangen blauen Rock, eine geblümte Bluse mit kurzen Ärmeln und halbhohe Sandalen. Obwohl es keine modischen Sachen waren, sah sie gut darin aus, fand Michaela. Auch die dünne Strickjacke, die sie über dem Arm trug, passte zu ihr. Man sieht ihr an, dass sie vom Lande kommt, dachte Michaela. Allein diese altmodische Frisur! Trotzdem sieht sie toll aus. Es hat mit ihrer aufrechten Haltung zu tun. Auch wenn es das erste Mal war, dass sie eine Reise mit dem Zug gemacht hatte und eine große Stadt betrat: Ihre Mutter zeigte Haltung und Würde.

Es war nicht üblich in ihrer Familie, dass man sich zur Begrüßung umarmte, deshalb reichte Michaela ihrer Mutter etwas förmlich die Hand.

»Da bist du ja, Mama. Wie war die Reise?«

Sie nahm ihrer Mutter den Koffer ab und hakte sich bei ihr ein, während sie die Bahnsteigtreppe hinuntergingen und durch die lange Bahnhofshalle dem Ausgang zustrebten. Marie sah sich neugierig um, ihre Augen glänzten wie die eines Kindes an Weihnachten.

»Ich musste in Oldenburg und Bremen umsteigen und jedes Mal ein paar Minuten auf den Zug warten, aber die

Fahrt war herrlich. Ich hatte einen Fensterplatz und konnte die ganze Zeit die wunderbare Sommerlandschaft an mir vorbeiziehen sehen.«

Michaela erinnerte sich an die vielen Fahrten nach Hause und wieder zurück nach Braunschweig, während derer sie nur ungeduldig auf die Ankunft gewartet hatte. Auf die Landschaft hatte sie dabei noch nie besonders geachtet.

Vor dem Bahnhofsgebäude blieb Marie stehen und betrachtete den Anblick des weiten Berliner Platzes, des modernen Atrium-Hotels und des altehrwürdigen Backsteingebäudes der Hauptpost. Die breiten Straßen, die hohen Bauten, die vielen Taxis, Busse und Autos schienen sie sehr zu beeindrucken. Gerade fuhr eine Straßenbahn mit lautem Klingeln und kreischenden Bremsen über den Bahnhofsvorplatz.

»Diese vielen Geräusche, Michaela! Wie laut es hier ist!«

Michaela, die sich inzwischen an den Lärm der Großstadt so gewöhnt hatte, dass sie ihn kaum noch wahrnahm, erinnerte sich gut daran, wie erschlagen sie gewesen war, als sie das erste Mal in Braunschweig angekommen war.

»Ja«, sagte sie, »das hier ist etwas anderes als Moorbrügge. Komm, wir gehen zu Fuß zu meiner Bude. Es ist nicht weit. Die Wolfenbütteler Straße liegt ganz in der Nähe.«

Sie zog ihre Mutter mit sich und überquerte den großen Platz. Arm in Arm bogen sie nach links ab auf den Büssing-Ring und wanderten ihn hinunter bis zur Wolfenbütteler Straße, die direkt am Schlosspark entlangführte. Die Junisonne bescherte ihnen einen warmen, aber nicht zu heißen Sommertag, und an diesem Samstagvormittag waren viele Ausflügler und Wochenendbesucher unterwegs. Michaela freute sich darauf, ihrer Mutter die traditionsreiche Innenstadt Braunschweigs mit ihren historischen Gebäuden und ihren lebendigen Einkaufsstraßen zu zeigen. Besonders, da

Marie eine kindliche Art hatte, alles Neue begeistert und neugierig aufzunehmen, wie sie schon bemerkt hatte.

In ihrer kleine Studentenbude angekommen, die sie unter Jens' nicht sehr effektiver Assistenz auf Vordermann gebracht hatte, bot sie ihrer Mutter eine Tasse Tee an. Während sie Teewasser aufsetzte und je einen Teebeutel in die sauber gespülten Becher hängte, packte Marie ihren Koffer aus. Neben einer neuen Garnitur Bettwäsche und zwei Frotteehandtüchern hatte sie einen kleinen, selbst geräucherten Schinken, eine Mettwurst und zwei Stück Butter mitgebracht.

»Das kannst du sicher alles gut gebrauchen, Michaela, ich weiß doch, wie wenig Geld du hast.«

Es war Michaela etwas peinlich, die Geschenke von ihrer Mutter anzunehmen, da sie wusste, wie knapp es zu Hause war. Dennoch freute sie sich sehr darüber. Es stimmte, ihr Stipendium nach dem Honnefer Modell reichte hinten und vorne nicht. Von den 290.- Mark, die sie im Monat bekam, musste sie allein für ihr Zimmer 120.- Mark Miete bezahlen. Mit den restlichen 170 Mark musste sie den ganzen Monat auskommen. Das war nicht leicht, wenn allein ein notwendiges Fachbuch oft schon 15 oder 20 Mark kostete. Deshalb war sie froh darüber, dass ihre Mutter ihr nicht nur hin und wieder mit ihren Briefen einen Zwanziger schickte, sondern ihr auch jetzt diese kostbaren Dinge mitgebracht hatte.

»Wenn du dich etwas ausgeruht hast, werden wir mit der Straßenbahn zur Uni fahren. Ich zeige dir, wo ich studiere. Und ich lade dich zum Mensa-Mittagessen ein.«

***

Noch nie in ihrem Leben war Marie mit einer Straßenbahn gefahren. Michaela beobachtete belustigt, wie ihre Mutter unschlüssig vor dem Entwertungsautomaten stand und nicht wusste, wie sie den Fahrschein einstecken musste. Als Michaela es ihr zeigte, lachte Marie über ihre eigene Unerfahrenheit. Die Straßenbahn Nr. 3, die sie direkt vor Michaelas Haus bestiegen hatten, bog am Kennedy-Platz nach links Richtung Europaplatz ab, sodass sie in die Eins umsteigen mussten. Aufgeregt rannte Marie hinter Michaela her, um die Bahn, die gerade klingelnd angefahren kam, noch zu erwischen. Lachend und außer Atem ließen sie sich auf die Plastiksitze fallen. Die Fahrt zur Universität führte über den Bohlweg am Zentrum Braunschweigs vorbei, und Michaela wies Marie immer wieder auf die Besonderheiten der Stadt hin. Sie erhaschten einen Blick auf das Staatstheater, als die Straßenbahn am Steinweg hielt, fuhren am Regierungsgebäude vorbei und an zahlreichen Geschäften und Kaufhäusern. Marie saß kerzengerade auf ihrem Sitz und folgte mit ihren Blicken Michaelas Hinweisen. Ihre Augen leuchteten.

Am Rebenring stiegen sie aus und gingen in das recht schmucklose Gebäude der Mensa.

»Mal sehen, was es heute Schönes gibt«, sagte Michaela. Sie kaufte zwei Essensmarken und reihte sich mit ihrer Mutter in die Schlange ein, die sich wie üblich vor der Essensausgabe gebildet hatte. Heute, am Samstag, war die Schlange nicht ganz so lang wie an den Werktagen, aber es dauerte doch eine ganze Weile, bis Michaela und ihre Mutter an der Reihe waren. Sie hatten sich je ein Tablett genommen und ließen sich das Standardessen geben.

»Hmm, gebratener Leberkäse mit Sauerkraut und Kartoffelpüree. Dazu kann man sich entweder eine Hühnersuppe als Vorspeise oder einen Schokoladenpudding als Nachtisch nehmen. Was willst du, Mama?«

»Ich nehme den Nachtisch. Und ein Mineralwasser, bitte.«

Die Tische in dem großen Speisesaal waren wie üblich mit Flugblättern übersät. Da wurde zu Semesterfeten, zu Konzert- und Theaterbesuchen eingeladen oder zu Protestaktionen und Demonstrationen aufgerufen. Michaela schob die Blätter zur Seite und machte den Tisch für sich und ihre Mutter frei.

»Guten Appetit, Mama, ich bin gespannt, wie es dir schmeckt.«

Marie, die zum ersten Mal Leberkäse probierte, schob vorsichtig ein Stück des eher in Bayern heimischen Fleischgerichts in den Mund.

»Hmm, das schmeckt gut! Aber warum heißt so etwas ›Leberkäse‹? Es hat doch weder etwas mit Leber noch mit Käse zu tun. Weißt du, warum?«

Michaela lachte.

»Als ich hier zum ersten Mal Leberkäse gegessen habe, habe ich das auch gefragt. Und ein schlauer Kommilitone aus Bayern hat es gewusst. Leber kommt von Laib, weil der ganze Leberkäse ungeschnitten aussieht wie ein Laib Brot. Und Käse ist irgendwie bayrisch für eine kompakte Masse. Und Leber ist nur in Leberkäse drin, der nicht aus Bayern stammt. Das ist das wirklich Komische.«

Sie aß ein großes Stück und kaute mit Genuss.

»Hauptsache, er schmeckt dir. Ich mag ihn jedenfalls ganz gerne«, fügte sie mit vollem Mund hinzu.

Nach dem Mittagessen führte Michaela ihre Mutter über das Universitätsgelände zur Bibliothek, die Marie gerne sehen wollte. Die Junisonne brannte vom Himmel, sodass der Schatten der großen Laubbäume entlang der

Katharinenstraße eine willkommene Abkühlung bot. In der großen Halle der Universitätsbibliothek war es kühl und still; nur wenige Studenten nutzen am Wochenende die Möglichkeit, mit den teuren Fachbüchern zu arbeiten.

»Wie gut es hier riecht!« Marie schnupperte und lächelte Michaela an. »Irgendwie nach Wissen und Gelehrsamkeit.«

Sie sagt das, als ob sie es ernst meint, dachte Michaela und schaute ihre Mutter verwundert an. Sie selbst fand, es roch nur nach Papier und Staub. Sie lachte verlegen und nahm ihre Mutter am Arm.

»Komm, ich zeige dir die Abteilung für Literatur und Geschichte, wo ich meistens arbeite. Pädagogik ist auch ganz in der Nähe.«

Marie stand vor den hohen Regalen und ging mit dem Blick die einzelnen Buchtitel durch. Hin und wieder nahm sie einen Band aus dem Regal und blätterte darin herum. Auf ihrem Gesicht lag ein seltsamer Ausdruck, den Michaela nicht genau deuten konnte. War es Begeisterung, Neugier oder einfach nur Staunen über die Vielzahl der Bücher? Plötzlich fielen ihr die vielen kleinen schwarzen Schulhefte ein, die sie in der Nachttischschublade ihrer Mutter entdeckt hatte, als sie nach einer Spange für ihre Haare gesucht hatte. Sie waren voll gewesen mit handgeschriebenen Zeilen: Verse, Gedichte oder Erzählungen. Sie hatte sie schnell wieder zurückgelegt, weil es ihr unrecht erschienen war, in den persönlichen Dingen ihrer Mutter herumzuschnüffeln.

Nachdenklich musterte Michaela ihre Mutter. Wie sie da stand, total versunken in ein schmales Bändchen mit Gedichten von Heinrich Heine, mit diesem entzückten Ausdruck auf dem Gesicht. Michaela hatte in Marie nie etwas anderes gesehen als ihre Mutter, die ihr die Schulbrote schmierte und in Pergamentpapier einwickelte, die ihr die Kleidung zurecht legte und mit dem Bus zum Elternsprechtag fuhr. Trotz ihrer etwas kühlen, distanzierten Art war Marie doch immer für sie da gewesen, hatte ihr das Fahrgeld für den Bus gegeben und ihr manches Mal eine Mark extra zugesteckt. Michaela hatte sie als selbstverständlich betrachtet, jemand, der immer da war, wie das Haus oder die Möbel darin. Nie hatte sie sich gefragt, ob ihre Mutter glücklich war, hatte nie darüber nachgedacht, ob sie verborgene Wünsche oder Sehnsüchte hatte. Wie klein und zierlich sie ist, dachte sie mit einer plötzlichen Aufwallung von Zärtlichkeit. Sie schreibt heimlich Gedichte, und keiner weiß davon.

»Weißt du was, Mama, jetzt fahren wir in die Innenstadt, ich zeige dir, wie schön Braunschweig ist, und wir essen im italienischen Eiscafé ein leckeres Eis.«

Marie stellte den Gedichtband sorgfältig an seinen Platz zurück und wandte sich ihrer Tochter zu.

»Diese Bibliothek ist herrlich, Michaela«, sagte sie, »das müssen ja Tausende von Büchern sein! Hier könnte ich Tage verbringen nur mit Schmökern.«

»Ja, aber draußen ist so schönes Wetter. Und ich will dir noch so viel zeigen.«

***

»Unglaublich, so viele Menschen!«

Marie ließ sich erschöpft auf den kleinen Metallstuhl fallen. Mit Mühe und Not hatten Michaela und sie zwei gerade frei gewordene Plätze auf dem Bürgersteig vor der Eisdiele ergattert. Ein Sonnenschirm spendete willkommenen Schatten, und Michaela seufzte: »Hier kriegt mich so schnell keiner mehr weg.«

Die Besichtigungstour war anstrengend gewesen. Marie hatte alles ganz genau anschauen wollen, besonders die Löwenfigur auf dem Burgplatz und der Dom hatten es ihr angetan. Dann waren sie an den bunten Schaufenstern vorbeigebummelt und hatten schließlich das Café gefunden.

»Weißt du eigentlich, wie sehr ich dich beneide, Michaela?«, fragte Marie, nachdem sie ihre Bestellungen bei dem flinken italienischen Kellner aufgegeben hatten. Michaela sah ihre Mutter überrascht an. Marie musste lachen, als sie das erstaunte Gesicht ihrer Tochter sah.

»Du brauchst mich gar nicht so ungläubig anzuschauen, Michaela. Wenn ich das alles hier sehe, beneide ich dich wirklich. Darum, dass du studieren kannst, was du möchtest, dass du allein und unabhängig leben kannst, dass du alles genießen kannst, was die Großstadt dir bietet.«

Michaela schwieg. Bisher war ihr nicht in den Sinn gekommen, dass sie besonders privilegiert sei. Und noch weniger wäre sie auf die Idee gekommen, dass ihre Mutter sich etwas anderes für sich vorstellen könnte als das Leben, das sie führte: zu Hause, auf dem Hof, in dem kleinen Dorf.

Der Kellner brachte die Eisschokolade für Marie und das Erdbeereis mit Sahne für sie. Dankbar, nicht sofort auf die Äußerungen ihrer Mutter antworten zu müssen, widmete Michaela sich ihrem Eis.

Verstohlen betrachtete sie ihre Mutter, die mit unverhohlenem Interesse ihre Umgebung beobachtete. Sie schaute aufmerksam umher, lächelte hin und wieder amüsiert und genoss ihre Schokolade. Am Nebentisch hatte eine junge Familie Platz genommen. Der etwa dreijährige Junge rutschte auf seinem Stuhl hin und her und krähte immer wieder »Ich möchte ein Spaghettieis, ich möchte ein Spaghettieis!«, während sein gestresst wirkender Vater versuchte, den Kinderwagen, in dem ein Baby friedlich an seinem Schnuller nuckelte, so nahe an den Tisch zu schieben, dass er den Gästen nicht den Durchgang versperrte. Die junge Mutter ließ sich echauffiert auf ihren Stuhl fallen und versuchte die Speisekarte zu lesen, während der Kleine immer weiter nach dem Spaghettieis rief. Einen Tisch weiter saß ein junges Pärchen Händchen haltend dicht nebeneinander, völlig in sich versunken. Beide hatten langes, gewelltes Haar, beide trugen Jeans und T-Shirt im gerade modernen Partnerlook, der junge Mann unterschied sich nur durch seinem struppigen Vollbart von seiner Freundin.

Michaela versuchte nachzuempfinden, was Marie so intensiv wahrnahm: den unaufhörlich vorbeiflutenden Autoverkehr, das Zischen der pneumatischen Türöffner der Busse, das Rattern und Klingeln der Straßenbahnen, das Lachen und die Rufe der hastenden oder müßig bummelnden Menschen, die Musik aus der Musikbox, die aus der weit geöffneten Tür der Eisdiele erklang, die Sonne, die die Haut wärmte, den Geruch des warmen Asphalts und der Abgase.

Konnte es sein, dass ihre Mutter all diese Dinge vermisste? Sie hatte sich bisher noch nie Gedanken darüber gemacht, wie das Leben ihrer Mutter eigentlich verlaufen war oder wie es jetzt aussah. Mit einer plötzlichen Hellsichtigkeit wurde ihr bewusst, wie eng und beschränkt das Leben einer Frau auf dem Dorf war, erst recht, wenn man sich die letzten Jahrzehnte vorstellte. Wie alt war Marie jetzt? Fünfundfünfzig Jahre. Sechs Kinder hatte sie zur Welt gebracht und großgezogen, dazu die nie enden wollende Arbeit auf dem Hof, im Garten und im Haushalt... Die Kriegszeit und die schwere Zeit danach. Immer Geldsorgen, nie Urlaub, nie eine schöne Reise oder etwas Ähnliches. Gern hätte Michaela einem Impuls folgend die Hand ihrer Mutter gedrückt, unterließ es jedoch. Eine solche Geste wäre zu ungewöhnlich gewesen zwischen ihr und ihrer Mutter.

»Wie geht es eigentlich zu Hause?«, fragte sie. Ein Schatten flog über Maries Gesicht. Sie saugte an dem Strohhalm und trank einen großen Schluck des kalten Getränks.

»Papa geht es nicht gut. Sein Husten wird immer schlimmer. Der Arzt sagt, es ist ein Lungenemphysem, das langsam das Herz in Mitleidenschaft zieht. Ich glaube, es ist dieselbe Krankheit, die seine Mutter hatte.«

Michaela hatte zwar gewusst, dass ihr Vater nicht gesund war, aber sie hatte sich bisher keine großen Gedanken darüber gemacht.

»Wie schafft er denn die ganze Arbeit noch?«

»Sie fällt ihm immer schwerer. Und die Landwirtschaft, so wie sie bisher war, hat sowieso keine Chance mehr. Alle Bauern müssen sich vergrößern und spezialisieren, um konkurrenzfähig zu bleiben. Wir wollen uns auf die Kälbermast spezialisieren, aber auf die Dauer können wir nicht mithalten mit den Großen.«

Marie war sehr ernst geworden. Michaela spürte ihre Besorgnis. Die unbeschwerte Heiterkeit des Nachmittags war mit einem Mal verflogen.

»Es wäre nicht so schlimm, wenn Martin oder Alfred schon älter wären. Aber sie gehen ja noch zur Schule. Außerdem zeigt keiner von beiden Interesse an der Landwirtschaft. Martin will unbedingt Elektriker werden, und Alfred möchte etwas mit Autos zu tun haben. Papa meint auch, die beiden sollten besser ein Handwerk erlernen, das ihnen eine berufliche Zukunft sichert.«

»Aber was wird dann aus dem Hof?«

»Es wird wohl so kommen, dass wir den Hof aufgeben müssen. Wir können das Land verpachten und nur eine geringe Anzahl an Vieh behalten. Ich könnte mit der Kälbermast ein wenig Geld dazuverdienen, wenn Papa vorzeitig in Rente geht.«

Fassungslos sah Michaela ihre Mutter an. Den Hof aufgeben? An dem ihr Vater doch mit Leib und Seele hing? Ihr war nicht klar gewesen, mit welchen Sorgen sich ihre Eltern herumschlugen. Sie wagte nicht zu fragen, wie es Marie bei diesen Überlegungen ging. Das beherrschte Gesicht ihrer Mutter zeigte keine Gefühle. Als Marie die bekümmerte Miene ihrer Tochter sah, lächelte sie.

»Mach dir nur keine allzu großen Sorgen, Michaela. Du hast dein eigenes Leben. Wir kommen schon zurecht.«

Michaela dachte an die derzeitige Situation in ihrem Elternhaus. Großvater Karl war vor fünf Jahren im Krankenhaus gestorben, nachdem er gestürzt war und sich einen Oberschenkelhalsbruch zugezogen hatte. Regina und Angela hatten beide sehr jung geheiratet, kaum zwanzig Jahre alt. Zum Leidwesen und Kummer ihrer Eltern waren es sogenannte ›Mussheiraten‹ gewesen, die im Dorf für Gerede hinter vorgehaltener Hand sorgten. Die Ehemänner waren junge Landwirte aus Moorbrügge; das war zu erwarten gewesen. Inzwischen hatte Regina zwei Kinder, das dritte war unterwegs, und Angela hatte zwei. Sicher würden es noch mehr werden. Hanna war auch verheiratet, hatte aber noch keine Kinder. Michaela dankte Gott für die wunderbare Erfindung der Anti-Baby-Pille, die sie davor bewahrte, schwanger zu werden. Zwar hatte sie als streng katholisch erzogenes Mädchen ständig Gewissensbisse deswegen, aber sie war dabei, die Prinzipien ihres Katholizismus ihrem Leben als moderne junge Frau anzupassen, wie sie sich nicht ohne Selbstironie sagte. Natürlich hütete sie sich, davon zu Hause etwas zu erwähnen. Wahrscheinlich war das auch ein Grund, weshalb sie ihrer Mutter ihr Verhältnis mit Jens verschwieg, wurde ihr mit einem Mal klar.

»Und nun erzähl: Was hast du denn noch Schönes für uns geplant, meine Kleine?«

***

»Komm, wir lassen uns fotografieren, Mama.«

Michaela zog ihre leicht widerstrebende Mutter zu dem automatischen Fotoapparat, in dem man für zwei Mark Fotos zum Mitnehmen anfertigen lassen konnte. Zu zweit zwängten sie sich in die kleine Kabine, wobei Michaela sich auf Maries Schoß setzen musste. Die ungewohnte körperliche Nähe verursachte einen Moment der Verlegenheit, den Michaela schnell überspielte, indem sie ihrem Konterfei auf der schwarz glänzenden Scheibe die Zunge ausstreckte, was beide zum Lachen brachte. Michaela zog den Vorhang zu, Marie setzte ihr Fotolächeln auf und Michaela machte alberne Grimassen. Ungeduldig wie Kinder warteten sie anschließend auf die Entwicklung der Bilder, und kaum dass der Apparat den Streifen ausgespuckt hatte, beugten sie sich gespannt über das Ergebnis. Beide lachten laut auf, als sie Michaelas feixendes Gesicht sahen.

»Die Bilder möchte ich gerne behalten«, sagte Marie, »als Andenken an dieses schöne Wochenende.«

Sie faltete den Streifen sorgfältig zusammen und steckte ihn in ihre Handtasche.

Am Vorabend hatte Michaela ihre Mutter in das kleine italienische Restaurant geführt, das Jens und sie häufig besuchten, wenn sie das Mensaessen nicht mehr sehen konnten. Die Speisen dort waren lecker und preiswert, und Michaela hatte amüsiert beobachtet, wie Marie die Pizza Margherita misstrauisch betrachtete.

»Probier nur, ich bin sicher, sie wird dir schmecken«, hatte sie ihre Mutter ermuntert. Marie, die noch nie vorher diesen italienischen Fladen mit Käse und Tomaten gegessen hatte, schnitt vorsichtig ein Stück ab und schob ihn in den Mund.

»Gut«, sagte sie kauend, »wirklich lecker!« Sie tranken billigen Rotwein dazu und genossen den knackigen grünen Salat. Michaela empfand das Zusammensein mit ihrer Mutter auf eine neue, ihr bisher ungekannte Weise. Fast, als wäre sie eine Freundin, der sie mit der Freude der Wissenden Dinge zeigen konnte, die diese noch nicht kannte. Aus der Musikbox erklang die Stimme von Adriano Celentano, der voller Inbrunst ›Azzurro‹ schmetterte. Das kleine gemütliche Lokal, das bis auf den letzten Platz besetzt war, und die italienischen Laute der Bedienung verbreiteten zusammen mit den Gerüchen nach aromatischer Tomatensauce, Parmesankäse und Gewürzen wie Basilikum, Oregano und Thymian eine südländische Atmosphäre.

Anschließend, in ausgesprochen guter Laune, waren sie ins Kino gegangen und hatten den Film ›Love Story‹ mit Ali Mac Graw und Ryan O'Neil angesehen, aus dem sie wie alle anderen Besucher mit verheulten Gesichtern wieder auf die Straße traten. Da der Abend wunderbar mild war, hatten sie den Weg durch den Stadtpark nach Hause zur Wolfenbüttelerstraße genommen. Unterwegs hatte Michaela verbotenerweise ein paar Zweige von den herrlich duftenden, riesigen Fliederbüschen im Park abgebrochen, um sie in ihrem kleinen Zimmer in ein Wasserglas zu stellen.

»Ich habe ja keinen Blumengarten, aus dem ich mir jederzeit Blumen holen kann wie du«, hatte sie auf die Bedenken Maries geantwortet, »die Stadt Braunschweig wird den Verlust schon verschmerzen, Mama.«

Als der Zug nach Bremen einfuhr, reichte Marie ihrer Tochter die Hand.

»Auf Wiedersehen, Michaela. Pass auf dich auf. Studiere fleißig und genieße die Zeit.«

Michaela nahm die ausgestreckte Hand ihrer Mutter. Dann jedoch schlang sie die Arme um Maries Hals und drückte sie fest an sich. Sie spürte, wie Maries Körper erstarrte, zu ungewohnt war eine so offen gezeigte Zärtlichkeit für ihre Mutter. Doch nach einem Moment entspannte sich Maries Oberkörper und sie erwiderte die Umarmung. Mit einem verlegenen Lächeln löste sie sich nach einer Weile von Michaela und stieg in den Zug.

Michaela winkte ihr lange hinterher. Dann schaute sie auf die Uhr. Jens wartete sicher schon auf sie.

Die große Buche.
Kraftvoll streckt sie ihre
Arme gen Himmel.

1974

Ein farbiges Polaroidfoto. Sechs junge Menschen, die offenbar nicht bemerkt haben, dass sie fotografiert werden, sitzen um einen mit Kaffeegeschirr und Kuchen gedeckten Tisch. Es sind zwei Männer und vier Frauen. Alle tragen schwarze Trauerkleidung. Die Gesichter sind ernst, niemand lächelt.

Ganz links, im Sessel am Kopfende des Tisches, ist eine schlanke Frau Mitte dreißig zu sehen. Sie hat ihre blonden Haare zu einer hohen Frisur toupiert. Das strenge schwarze Kostüm lässt sie älter erscheinen, als sie ist. Sie ist gerade dabei, Kaffee einzuschenken, und hat sich dazu halb aus ihrem Sessel erhoben.

Auf dem Sofa links neben ihr sitzt in entspannter Haltung ein sehr junger Mann, fast noch ein Junge. Er hat seinen Blick auf das Stück Kuchen auf seinem Teller gerichtet, von dem er gerade mit der Kuchengabel ein mundgerechtes Stück abteilt. Er trägt eine schwarze Jeans und einen Rollkragenpullover. Sein dunkelblondes Haar ist militärisch kurz geschnitten. Sein Gesicht hat die Rundlichkeit der Jugend noch nicht verloren und auf den vollen Wangen und der Stirn sind leichte Aknespuren zu sehen.

Die junge Frau neben ihm ist vielleicht dreiundzwanzig Jahre alt. Sie reicht gerade ihre Kaffeetasse zu der Frau links hinüber. Ihr hübsches Gesicht wird nahezu zur Hälfte von einer großen Brille verdeckt. Die langen gewellten Haare fallen ihr offen über die Schultern. Das helle Blond kontrastiert lebhaft mit dem Schwarz ihres Pullovers.

Ihr gegenüber hat auf einem gepolsterten Stuhl der zweite Mann in der Runde Platz genommen. Er ist im Profil zu sehen, da er sich in einem lebhaften Gespräch mit der dunkelhaarigen Frau befindet, die am diesseitigen Kopfende des rechteckigen schmalen Couchtisches in einem Sessel sitzt. Der Mann mag vielleicht Mitte zwanzig sein. Seine üppige blonde Mähne und der rötliche Vollbart machen es schwer, sein Alter zu schätzen. Sein etwas rustikales Aussehen passt nicht so recht zu seinem korrekten schwarzen Anzug.

Die Frau, mit der er redet, hat sich aus dem Sessel nach vorn gebeugt und ihm zugeneigt. In der Hand hält sie eine Tasse, aus der sie wohl gerade getrunken hat. Ihre weichen Züge tragen einen besorgten Ausdruck.

Eine weitere junge Frau lauscht offenbar dem Dialog der beiden. Sie ist eher dünn als schlank, mit halblangen, dunkelblonden Haaren. Ihr hageres Gesicht mit den großen blauen Augen und der spitzen Nase wirkt kränklich. Sie trägt eine Hemdbluse, einen modischen, wadenlangen Rock und hohe Stiefel mit Plateauabsätzen.

Von dem Wohnzimmer, in dem die Gruppe sich befindet, kann man nur die weißen Gardinen am Fenster, einige Zimmerpflanzen und ein Gemälde mit einer Meereslandschaft an der Wand sowie ein Kruzifix erkennen.

Das Foto wurde von Marie Hoffstede gemacht. Es zeigt ihre Kinder Regina, Angela, Hanna, Michaela, Martin und Alfred anlässlich des Sechs-Wochen-Seelenamtes zum Gedenken ihres verstorbenen Vaters Johannes Brinkhus.

11. Kapitel

Marie stand vor den weit geöffneten Türen ihres Schlafzimmerschrankes. Ihr Blick glitt unschlüssig über die Reihe der Anzüge, Mäntel und Hemden, die akkurat auf den Bügeln hingen, und blieb an den zwei Hüten hängen, die auf der oberen Ablage lagen. Sie nahm den blaugrauen Filzhut mit dem glänzenden Hutband herunter und drehte ihn in der Hand hin und her. Wie gut Johannes mit diesem Hut ausgesehen hatte! Sie hatte es geliebt, wenn er sonntags zur Messe oder bei anderen Ausgehgelegenheiten diesen Hut getragen hatte. Irgendwie hatte er damit so seriös ausgesehen, aber auch keck und unternehmungslustig, ganz anders als im Alltag, wenn er seine grüne Schirmkappe getragen hatte. Zärtlich strich Marie über den weichen Filz. Sie würde ihn behalten, entschied sie, und legte den Hut beiseite.

Dann nahm sie entschlossen die Anzüge einen nach dem anderen von den Bügeln und legte sie in den Wäschekorb, den sie dafür bereitgestellt hatte. Es kostete sie einige Überwindung, denn an jedem Kleidungsstück hingen Erinnerungen, und sie wegzugeben bedeutete, Abschied zu nehmen von einem Leben, das es nicht mehr gab. Der Zylinder fiel ihr als Letztes in die Hand: ein echter Chapeau claque. Sie ließ ihn aufspringen und wischte den Staub von dem glatten Deckel. Ein wehmütiges Lächeln flog über ihr Gesicht. Der Zylinder hatte Johannes immer etwas Französisches gegeben, einen pariserischen Charme, wie Johannes Heesters in seinen Filmen. Das hatte ihr gefallen. Sie überlegte, wann Johannes ihn zuletzt getragen hatte. Sie wusste es nicht mehr. Er hatte sich lustig gemacht über diesen Hut. Er meinte, er sähe mit ihm aus wie ein Leichenbestatter. Ach ja, richtig, jetzt fiel es ihr ein. Als Sargträger bei der

Beerdigung ihres Nachbarn, des alten Hans Meerbusch, hatte Johannes ihn das letzte Mal getragen. Langsam legte Marie den Zylinder zu den anderen Kleidungsstücken, die sie zur Kleiderkammer der Caritas bringen wollte.

Sie musste an Johannes' Beerdigung denken.

Es war ein frostiger Tag im Februar gewesen, eine dünne Schneedecke hatte die kahlen Äcker und Felder bedeckt. Dicke Wolken, die den Himmel grau und trüb erscheinen ließen, hatten weiteren Schnee angekündigt. Die Menschen in ihren schwarzen Mänteln und Jacken hatten ausgesehen wie die Saatkrähen auf den Feldern.

Eine Unmenge an großen Kränzen und Blumenbuketts war neben dem aufgebahrten Sarg in der Friedhofskapelle aufgestellt worden. Die Seidenschleifen mit den letzten Grüßen zeigten, von wem die Blumen stammten. ›Deine dich liebende Frau Marie‹ stand auf dem Kranz mit den weißen Lilien, den Marie bestellt hatte. Sie hatte in der ersten Reihe gesessen, die Nachbarinnen hatten mit monotonen Stimmen den Rosenkranz gebetet, und Pastor Hoffmann hatte die ritualisierten Gebete gesprochen.

Sie hatte alles wie durch einen Nebel wahrgenommen. Etwas in ihr war wie betäubt gewesen. Die Worte des Priesters am Grab, als der Sarg in die tiefe Grube hinabgelassen wurde, klangen in ihr nach: ›Wir übergeben den Leib der Erde. Christus, der von den Toten auferstanden ist, wird auch unseren Bruder Johannes Brinkhus zum Leben erwecken.‹

Marie wusste nicht, wie weit sie diesen Worten Glauben schenken konnte, dennoch hatten sie eine tröstliche Wirkung.

Der anschließende Gottesdienst lief nach dem ihr wohlbekannten Schema ab; nur die Nennung seines Namens wies darauf hin, dass diese Totenmesse Johannes' wegen abgehalten wurde. Nach dem Gottesdienst schüttelte Marie viele Hände und nahm die Beileidsbezeigungen der Dorfbewohner entgegen.

Im Gemeindehaus war von den Nachbarinnen die Kaffeetafel gedeckt worden. Es gab Kaffee oder Tee zum Butterkuchen; auch belegte Brote mit Schinken und Käse wurden angeboten. Es dauerte nicht lange und die Trauerstimmung löste sich, die Gespräche wurden lebhafter und hier und da flog ein unbedachtes Lachen auf. Die Verwandten, die von weither gekommen waren, freuten sich über das gegenseitige Wiedersehen und nutzten die Gelegenheit, sich wieder einmal ausgiebig miteinander zu unterhalten. Maries Geschwister, soweit sie noch lebten, und die Geschwister von Johannes waren gekommen. Sie kamen nacheinander an ihren Tisch, um zu kondolieren. Marie lächelte höflich, nahm das Kuvert mit der Beileidskarte und dem Geldobolus für die Bewirtung dankend entgegen und versuchte Haltung zu bewahren. Erst abends, als sie allein in dem großen Doppelbett lag, war sie in Tränen ausgebrochen und hatte hemmungslos in ihr Kissen geschluchzt.

Marie schüttelte den Gedanken an die Beerdigung ab. Johannes war jetzt seit einem halben Jahr tot. Der anfänglich brennende Schmerz war in einen leisen Kummer übergegangen. Oft musste Marie an die letzten Monate im Leben ihres Mannes denken: daran, wie er sich gequält hatte mit dem Husten, der ihn zu ersticken drohte, wie er nach jedem Anfall schwächer in die Kissen zurückgesunken war. Sein qualvolles Ringen nach Luft in der Nacht, wenn auch der Inhalator keine Linderung mehr brachte, und der Verfall des einst kraftvollen Körpers, der immer magerer und hinfälliger wurde. Sie hatte ihn gepflegt und mit angesehen, wie er dem Tod Schritt für Schritt näher kam. Das Ende war wie eine Erlösung gewesen.

Energisch schüttelte Marie den Kopf. Sie wollte nicht mehr an diese schreckliche Zeit denken. Sie hatte doch auch so viel Gutes und Schönes mit Johannes erlebt. So wollte sie ihn in Erinnerung behalten. Und sie musste an die Zukunft denken.

***

Das Familientreffen nach dem Gedenkgottesdienst fiel ihr ein. Ihre Kinder waren zusammengekommen, um über ihr, Maries, ferneres Leben auf dem Hof zu beratschlagen.

»Wie soll es nun weitergehen?«, hatte Regina die Diskussion eröffnet. Man merkte ihr an, dass sie als Älteste es gewöhnt war, Wortführerin zu sein. »Wie ihr alle wisst, hat Papa in seinem Testament verfügt, dass der gesamte Besitz zunächst an Mama übergeht, die dann entscheiden soll, was aus dem Hof und dem Land wird. Auf die Dauer kann Mama aber hier nicht allein leben und den Hof bewirtschaften. Lasst uns mal überlegen, welche Möglichkeiten es für unsere Mutter gibt.«

Merkt sie eigentlich nicht, wie unhöflich es ist, von mir zu sprechen, als wäre ich gar nicht da?, fragte sich Marie im Stillen. Aber das ist typisch Regina. Immer forsch und vorneweg, dachte sie unwillig.

Sie räusperte sich vernehmlich und setzte sich in ihrem Sessel auf.

»Lass mich erst einmal klarstellen, wie die Sachlage ist, Regina.«

Alle Augen wandten sich ihr zu. Sie blickte nacheinander in die Gesichter ihrer Kinder. Wie unterschiedlich sie waren! Sechzehn Jahre lagen zwischen Regina, der Ältesten, und Alfred, der gerade erst achtzehn geworden war. Nach seiner Lehre als Maschinenschlosser war er gleich zur

Bundeswehr eingezogen worden, wo er jetzt seinen Grundwehrdienst ableistete.

»Also: Ihr wisst, die Landwirtschaft hat euer Vater vor ein paar Jahren aufgelöst, als klar wurde, dass weder Martin noch Alfred sie übernehmen würden. Den größten Teil des Landes hat er verkauft, um damit die Schulden, die noch auf dem Anwesen lasteten, abzulösen. Im letzten Jahr hat er alle Kühe und Schweine verkauft, ebenso alle Gerätschaften, Ackergeräte, Wagen und Maschinen, die zum Hof gehörten. Auch den Trecker. Ihr könnt euch gar nicht vorstellen, wie schwer ihm das gefallen ist. Aber seine Krankheit ließ ihm ja keine Wahl.« Ein bedrücktes Schweigen entstand.

»Was ist denn noch übrig von dem Hof?«, fragte Martin schließlich.

»Es sind noch sechs Hektar gutes Ackerland da, das verpachtet ist. Von der Pacht und von Papas kleiner Rente haben wir in den letzten Jahren gelebt. Und natürlich von der Kälbermast. Dafür, dass ich die sechzig Kälber füttere und versorge und den Boxenstall zur Verfügung stelle, bekomme ich monatlich ein kleines Gehalt von dem Großmäster. Darüber hinaus gibt es noch dieses Haus, den Schweinestall und die Remise. Das ist alles.«

Alle schwiegen. Marie konnte regelrecht hören, wie sich die Gedanken in den Köpfen ihrer Kinder drehten.

»Weißt du, welchen Wert das Ackerland, die Gebäude und das Grundstück, auf dem sie stehen, ungefähr haben?« Typisch Martin. Pragmatisch und realistisch.

»Der Notar hat den Wert auf ungefähr 200 000 DM taxiert. Es ist natürlich die Frage, ob man diesen Wert bei einem Verkauf auch erlösen kann.«

Wieder Schweigen.

»Was wäre dir denn am liebsten, Mama? Du hast doch

die ganzen Jahre hier gelebt und gearbeitet. Es ist doch dein Haus und dein Hof. Hast du dir schon etwas überlegt?«

Die Frage kam von Michaela. Marie dankte ihr mit einem Lächeln dafür.

»Ehrlich gesagt, ich weiß es nicht. Einerseits ist dies natürlich mein Zuhause. Andererseits sehe ich keine Zukunft in der Bewirtschaftung des Resthofes. Und das Haus ist viel zu groß für mich allein.«

Alfred meldete sich zu Wort.

»Also, ich werde auf keinen Fall in Moorbrügge bleiben. Wenn ich meine Dienstzeit bei der Bundeswehr beendet habe, werde ich mich nach einem Arbeitsplatz in Westerstede, Oldenburg oder Bremen umschauen. Als Maschinenschlosser habe ich gute Chancen, dort in den großen Firmen einen ordentlichen Job zu finden. Hier in der Nähe gibt es nichts für mich. Oder ich verpflichte mich bei der Bundeswehr als Zeitsoldat. Dann muss ich allerdings damit rechnen, dass man mich an verschiedene Standorte schickt. Jedenfalls bleibe ich nicht hier in Moorbrügge.«

Er verschränkte in einer abschließenden Geste die Arme vor der Brust und lehnte sich im Sofa zurück.

»Bei mir ist es ähnlich«, sagte Martin. Bedächtig strich er sich über seinen Bart. Die Geste ließ ihn älter erscheinen als seine dreiundzwanzig Jahre. »Ich möchte meinen Meister machen in Elektrotechnik, und meine Firma hat schon angekündigt, dass sie mich dann zur Montage ihrer Baustellen ins Ausland schicken wird. Selbst wenn ich hier wohnen würde, hätte Mama nicht viel von mir, weil ich meistens weg wäre.«

»Wie sieht es bei dir aus, Michaela? Könntest du nicht nach deinem Examen hierherziehen?«, fragte Regina.

Michaela rückte ihre Brille zurecht.

»Wenn ich das erste Staatsexamen in der Tasche habe,

muss ich abwarten, wo man mir eine Referendarstelle zuweist. Am liebsten wäre es mir, wenn ich in Braunschweig bleiben könnte. Schließlich studiert Jens auch dort.« Sie sah Marie offen an. »Allerdings würde ich dich jederzeit bei mir aufnehmen, wenn du bereit wärst, zu mir zu ziehen, Mama.«

»Das würden wir auch, Mama«, sagte Hanna. Sie setzte ihre Kaffeetasse ab und beugte sich nach vorne. »Hans-Hermann will sich selbstständig machen als Heizungsmonteur, und wir haben sowieso vor, das Haus umzubauen und zu erweitern. Wir könnten von vorneherein eine Einliegerwohnung für dich einplanen. Wenn du das Anwesen verkaufen würdest, hättest du ja das Kapital, um dich an dem Umbau zu beteiligen. Allerdings müsstest du dann von hier wegziehen.« Sie schlug ihre dünnen Beine mit den hohen Stiefeln elegant übereinander. Marie sah ihre Tochter nachdenklich an. Hanna war immer der Liebling von Johannes gewesen, aber sie hatte eine schwache Gesundheit. Ihr Mann, Hans-Hermann, war ehrgeizig und geschäftstüchtig. Sicher würde er es einmal weit bringen. Hoffentlich konnte Hanna mit seinem Unternehmungsgeist mithalten, dachte Marie mit leiser Besorgnis.

»Wie wäre es denn, wenn wir, Günther und ich, mit den Kindern hierherziehen würden, Mama?«, schlug Regina vor. Sie wurde lebhaft. »Wir könnten unseren Hof durch die sechs Hektar erweitern und ihn von hier aus bewirtschaften. Dann könnten wir die Stallungen nutzen und uns auf die Schweinemast spezialisieren. Nur durch die Spezialisierung hat man heute noch eine Chance, auf dem Markt mitzuhalten. Du könntest hier wohnen bleiben und hättest eine Familie, die für dich sorgt. Schließlich wirst du auch nicht jünger, und du musst an dein Alter denken.«

»Dasselbe Angebot können Reinholt und ich dir auch machen, Mama«, wandte Angela ein. »Du brauchtest dir für dein Alter keine Sorgen mehr zu machen.«

Marie rührte nachdenklich in ihrem Tee.

»Aber ich müsste den Hof dann an euch überschreiben, nicht wahr? Und mich sozusagen aufs Altenteil zurückziehen? Und eine von euch würde alles erben, oder?«

»Du könntest bestimmen, wie viel die anderen Kinder als Erbe nach deinem Tod erhalten sollen. Man nennt so etwas einen Erbvertrag. Jedenfalls würde der Hof nicht in fremde Hände kommen, und du hättest keine Sorgen mehr.« Regina hatte sich offenbar schon genau erkundigt.

Marie nickte. Sie hatte verstanden. Es ging nicht nur darum, wie sie den Rest ihres Lebens verbringen würde, sondern auch um das Vermögen, das Johannes und sie erarbeitet hatten.

»Ich muss mir das alles gründlich durch den Kopf gehen lassen, Kinder. Fürs Erste hat es ja noch keine allzu große Eile damit.«

Damit hatte sie die Diskussion beendet.

***

Marie legte die letzten Kleidungsstücke in den Wäschekorb und schloss die Tür des Schlafzimmerschrankes. Der hohe Spiegel in der Schranktür warf ihr Bild zurück. Sie hielt inne und betrachtete sich. Unversehens tauchte eine Frage in ihr auf: Wer war sie eigentlich? Sie trat näher an den Spiegel heran, so nahe, dass sie nur noch ihr Gesicht deutlich sah, und starrte sich in die Augen. Wer bin ich? Hatte sie sich diese Frage jemals gestellt, geschweige denn, sie beantwortet? Sie trat wieder zwei Schritte zurück und betrachtete ihre Gestalt.

Einem plötzlichen Impuls folgend, den sie selbst nicht verstand, fing sie an, ein Kleidungsstück nach dem anderen auszuziehen: zuerst die schwarz gemusterte Sommerbluse und den schlichten Rock. Beides ließ sie achtlos zu Boden fallen. Dann den Unterrock, die Strumpfhose und die Schuhe. Durch das Fenster fiel das helle Licht des Sommervormittages auf ihren Körper. Sie öffnete den Büstenhalter und ließ ihn fallen. Zuletzt streifte sie die Unterhose ab. Jetzt stand sie nackt vor dem großen Spiegel.

Sie konnte sich nicht erinnern, sich jemals auf diese Art und Weise betrachtet zu haben. Ihr Körper war ihr immer als etwas Selbstverständliches erschienen, etwas geradezu Banales, dem man keine besondere Aufmerksamkeit zu schenken brauchte. Der zu funktionieren hatte, egal, was von ihm verlangt wurde.

Sie ließ ihren Blick langsam über ihren Körper gleiten. Johannes hatte ihr manchmal gesagt, dass er sie schön fand, in der ersten Zeit. War sie schön? Jetzt, im Alter von fast sechzig Jahren, erschien ihr diese Frage geradezu absurd. Das Alter hatte längst seine Spuren auf ihrem Körper hinterlassen. Ihr Blick registrierte mit kühler Objektivität die Schlaffheit der Haut am Bauch, an den Oberarmen und den Schenkeln, das Hängen der schweren Brüste, die für ihren immer noch schlanken, eher zierlichen Körperbau viel zu groß erschienen, die Streifen am Bauch, die von den sechs Schwangerschaften erzählten.

Sie streckte den Rücken, hob die Arme über den Kopf und stellte sich auf die Zehenspitzen Noch war ihre Taille schmal und hob den Schwung der Hüften hervor, noch waren ihre Beine schlank und gerade. Noch!, dachte sie. Ich werde sechzig Jahre! Ein Großteil meines Lebens ist vorbei. Mir bleiben noch zwanzig, vielleicht fünfundzwanzig Jahre, wenn ich Glück habe.

Marie trat näher an den Spiegel heran und erforschte ihr Gesicht. Fast sechzig Jahre, unübersehbar. Die beiden Falten zwischen den Augenbrauen, das feine Geflecht um die Augen herum, das sich beim Lächeln deutlich vertiefte, die schmaler gewordenen Lippen, die Einkerbungen in den Mundwinkeln und die weicher gewordene Kontur der Kieferlinie: deutliche Spuren der vergangenen Lebensjahre.

Ihre Augen blickten sie prüfend unter den schmalen, dunklen Brauen an. Sie strich sich über ihr Haar. Langsam zog sie den Kamm und die Haarnadeln aus ihrer Frisur und ließ das Haar über die Schultern und den Rücken fallen. Weiche, volle Wellen dunkelbraunen Haars, von einigen weißen Fäden durchzogen. Sie trat wieder einen Schritt zurück und erfasste das Gesamtbild ihrer Gestalt im Spiegel. Langsam drehte sie sich nach links und nach rechts.

Sie spürte, wie ein Entschluss in ihr reifte. Noch vage zwar, nicht konkret oder auch nur grob umrissen, aber doch deutlich. Sie wollte ihr Leben ändern. Es war noch nicht zu spät dafür. Noch hatte sie Jahre, vielleicht sogar Jahrzehnte vor sich. Zeit, etwas anderes zu sein als bisher. Zwar wusste sie nicht, was dieses andere sein könnte, aber sie spürte ganz deutlich, das da etwas war, was sich zu entdecken lohnte.

Sie wandte sie sich vom Spiegel ab und verließ, so wie sie war, das Schlafzimmer.

Im hellen Tageslicht wanderte sie, vollständig nackt, durch die Räume des leeren Hauses. Mit ungewohnter Schärfe nahm sie die Sinneseindrücke auf. Ein Lufthauch aus den geöffneten Fenstern streifte ihre Haut und verursachte für einen kurzen Moment eine Gänsehaut. In einem breiten Sonnenstreifen, der durch einen Spalt des Vorhangs im Flur fiel, tanzten feine Staubkörnchen. Die Holzdielen unter ihren nackten Sohlen in der Wohnküche fühlten sich rau und warm an. Das Zwitschern der Vögel im Garten erschien ihr unnatürlich laut, und von den halb verblühten Rosen in der Vase auf dem Küchentisch stieg ein betörender Duft auf.

Die ungewohnte Nacktheit verursachte ein seltsam befreiendes Gefühl, das Marie bisher noch nie empfunden hatte. Sie kam sich ein wenig schamlos vor, so nackt herumzulaufen, aber sie genoss es, wie sie es genossen hatte, wenn sie als Kind heimlich von den Süßigkeiten genascht hatte, die ihre Mutter im Küchenschrank für besondere Gelegenheiten aufbewahrt hatte. Sie streckte die Arme aus und drehte sich im Kreis. Ein Lachen stieg in ihr auf, und auf einmal platzte ein lautes Gelächter aus ihr heraus. Erschrocken über sich selbst hielt sie inne.

Sie kehrte ins Schlafzimmer zurück, stellte sich wieder vor den großen Spiegel und versuchte sich zu sammeln. Was hatte sie da gerade erlebt? Ihr Verstand bemühte sich zu verstehen, was in ihr vorging. Ihr Gesicht im Spiegel zeigte Ratlosigkeit, aber dahinter lauerte immer noch ein glückliches Lächeln. Wieso lächelte sie so unmotiviert?

Plötzlich fiel ihr ein Gedicht von Hermann Hesse ein. Wie hieß es noch? ›Stufen‹? Ja, es hieß ›Stufen‹. Sie versuchte sich an den Text zu erinnern, aber es fielen ihr nur Bruchstücke ein. Schnell hob sie ihre Kleidungsstücke vom Boden auf und zog sich an. Ihre Haare fasste sie zu einem langen Zopf im Nacken zusammen, drehte ihn ein paar Mal und befestigte ihn mit dem Kamm auf ihrem Hinterkopf. In der guten Stube ging sie an ihr Bücherregal, in dem sich im Laufe der Jahre eine Anzahl von Romanen, Biografien und Lyrik gesammelt hatte, und suchte den Gedichtband von Hermann Hesse heraus. Sie fand das Gedicht. ohne lange zu suchen. Die Zeilen, die ihr besonders bedeutsam erschienen, entdeckte sie gleich in der ersten Strophe:

Es muss das Herz bei jedem Lebensrufe
Bereit zum Abschied sein und Neubeginne,
um sich in Tapferkeit und ohne Trauern
In andre, neue Bindungen zu geben.

Marie schien es, als wären diese Zeilen nur für sie geschrieben worden, in ihrer jetzigen Lebenssituation. Mit klopfendem Herzen las sie die beiden folgenden Zeilen:

Und jedem Anfang wohnt ein Zauber inne,
Der uns beschützt, und der uns hilft, zu leben.

Ein Zauber!
Ja, es war ein Zauber, was sie empfand! Ein Gefühl, frei zu sein, tun und lassen zu können, was sie wollte. Hatte sie jemals in ihrem Leben die Wahl gehabt, über ihr Leben selbst bestimmen zu können? So wie jetzt? Ihre Kinder waren erwachsen, sie brauchten sie nicht mehr. Ihr Mann war tot. Sie war ihm immer treu gefolgt, hatte ihm beigestanden und ihn gepflegt bis zu seinem Ende. Sie war ihm nichts mehr schuldig. Es war niemand mehr da, der ihr sagen würde, was sie tun oder wie sie sich verhalten musste.
Sie war frei.

***

Der Wäschekorb mit Johannes' Kleidungsstücken stand noch immer auf dem Boden neben dem großen Doppelbett. Das Bett würde sie nicht mehr brauchen, ging es Marie durch den Kopf. Sie hob den Korb auf und trug ihn in den Flur. Am späten Nachmittag, wenn Alfred mit dem Auto vom Dienst nach Hause kommen würde, würde sie die Sachen ins Dorf zur Kleiderkammer bringen. Gut, dass Johannes darauf gedrängt hatte, dass sie einen Führerschein machte; das Autofahren gab ihr ein Stück Selbstständigkeit. Selbstständigkeit: Das war das Stichwort! Sie ging in die Küche und setzte Teewasser auf. Sie musste über sich selbst lächeln. Ein Tasse Tee war offenbar in allen Lebenslagen hilfreich. Nachdem sie Tasse und Untertasse, Milch und Zucker bereitgestellt und den Tee aufgegossen hatte, holte sie aus dem Schreibtisch, der in der Alltagsstube neben dem großen Ohrensessel von Opa Karl stand, einen Schreibblock und einen Bleistift. Es half, die Gedanken zu ordnen, wenn man sie zu Papier brachte, hatte sie gelernt.

Zunächst skizzierte sie zwei Möglichkeiten, die ihr, wie es schien, für ihr ferneres Leben offenstanden: Die erste bedeutete, einen Erbvertrag mit Regina oder Angela einzugehen, die zweite bestand darin, das Anwesen zu verkaufen und sich an dem Ausbau des Hauses von Hanna und ihrem Mann zu beteiligen, oder aber bei Michaela zu wohnen. Die beiden Jungen kamen nicht in Frage, dafür war ihre berufliche Zukunft zu unbestimmt. Sie schrieb auf ihren Block: Erbvertrag oder Verkauf.

In allen Fällen wäre sie für ihr Alter abgesichert, auch was eine eventuelle Pflegebedürftigkeit anging. Sie würde mit den jungen Familien leben, ihre Enkelkinder groß werden sehen und im Alter nicht allein sein. Wenn sie einen Erbvertrag mit Regina oder Angela einging, könnte sie hier, in dem Haus, das Johannes und sie aufgebaut hatten, weiterhin leben. Sie könnte ihren geliebten Blumengarten pflegen, ein wenig im Haushalt und im Betrieb mithelfen und sich bei der Erziehung der Kinder nützlich machen. Bei den beiden jüngeren Töchtern würde ihr Leben ähnlich aussehen, nur dass sie dann in einem anderen Ort wohnen würde.

Sie notierte: Sicherheit, Pflege im Alter und bei Krankheit, Familie.

Am ehesten kam wohl ein Erbvertrag mit Regina in Frage. Sie war die Älteste, hatte drei Söhne und für ihre Familie wäre ein Zusammenschluss des Resthofes mit dem eigenen Hof wirtschaftlich am sinnvollsten: Wirtschaftlichkeit.

Marie legte den Bleistift beiseite und bereitete sich ihren Tee zu. Vorsichtig trank sie einige Schlucke von dem heißen, aromatischen Getränk.

Das waren doch eigentlich verlockende Optionen, dachte sie. Warum nur war sie nicht richtig zufrieden damit? Sie würde das unbeschwerte Leben einer Großmutter führen, im Kreise der Familie. Großmutter! Es war das Wort Großmutter, das sie störte. In Großbuchstaben schrieb sie: GROSSMUTTER.

Hatte sie nicht gerade eben noch von Freiheit und Unabhängigkeit geträumt? Wie viel Freiheit würde ihr die Rolle der Großmutter lassen? Sie wäre in die Familie eingebunden, so wie sie es schon ihr ganzes Leben lang gewesen war. Ein Leben am Rande würde sie führen, als Zuschauerin. Wahrscheinlich würde sie in einen Handarbeitsverein eintreten oder für die Kirchengemeinde Plätzchen backen: Kirchengemeinde, Zuschauerin.

Nein. Dafür war sie noch nicht alt genug. Sie wollte sich Dingen widmen können, die sie bisher vernachlässigt hatte. Sie wollte lesen, Gedichte und Geschichten schreiben, lernen, studieren. Ihr fiel der Besuch in Braunschweig bei Michaela ein. Die große Bibliothek! Diese Menge an wunderbaren Büchern! Sie könnte nach Oldenburg oder in eine andere größere Stadt ziehen. Sich eine kleine Wohnung mieten oder kaufen. Ja, sie wollte allein sein, nur für sich. Auf niemanden Rücksicht nehmen müssen, für niemanden sorgen müssen. Nicht darauf achten müssen, ob das, was sie tat und sagte, vor den kritischen Augen der Dorfbewohner bestehen konnte. Dass sie die richtige Kleidung trug, am Sonntag zur Messe ging, ihre nachbarschaftlichen Pflichten erfüllte, ihren Garten in Ordnung hielt.

Marie markierte eine neue Spalte auf ihrem Zettel und notierte: Freiheit, Unabhängigkeit, Selbstständigkeit, Lernen, Studieren.

Sie atmete tief auf. Es war ihr bisher gar nicht bewusst gewesen, wie sehr sie unter der dörflichen Enge litt. Jetzt hatte ihr das Schicksal die einmalige Gelegenheit geschenkt, dieser Enge zu entfliehen und ein anderes, neues Leben zu führen.

Aber dann kamen ihr Bedenken. Wie würde es sein, allein zu leben? Würde sie nicht einsam sein? Jetzt war sie zwar noch gesund und fühlte sich allem Neuen gewachsen, aber was, wenn sie krank wurde oder, später, hilfsbedürftig?

Zögernd schrieb sie auf das Blatt die Worte: Risiko, Einsamkeit, Wagnis, Angst.

Ja, sie musste zugeben, es machte ihr Angst, solch eine ungewisse Zukunft zu riskieren. Schließlich war sie wirklich keine zwanzig mehr, und ein gewisses Maß an Sicherheit wurde mit zunehmenden Alter immer wichtiger. Andererseits: Ihr Auskommen würde durch ihre Witwenrente, die Pacht für die Ackerflächen und schließlich noch durch den Verkauf oder die Vermietung des Resthofes gesichert sein. Sie brauchte sich also in dieser Hinsicht keine Sorgen zu machen.

Auskommen gesichert, schrieb sie in die rechte Spalte.

Aber was würden ihre Kinder dazu sagen, wenn sie im Moment in keiner Weise profitieren würden von ihrem

Erbe? Besonders Regina würde sehr enttäuscht, vielleicht sogar wütend sein, denn sie würde von einem Erbvertrag am meisten Vorteile haben. Andererseits: Johannes hatte nicht ohne Grund sie, Marie, zur Alleinerbin bestimmt. Hatte er geahnt, dass sie noch mehr vom Leben erwartete, als aufs Altenteil gesetzt zu werden? Marie musste plötzlich an den Weihnachtsabend denken, an dem er ihr den Heine-Gedichtband geschenkt hatte. Sie hatten nie darüber geredet, aber vielleicht hatte er ihre Sehnsucht nach etwas anderem gespürt? Johannes wäre einverstanden, schrieb sie entschlossen auf das Blatt Papier.

Aber da war auch noch ihr soziales Leben. Was würde man im Dorf von ihr denken, wenn sie das, was Johannes in den dreißig Jahren so mühevoll aufgebaut hatte, in fremde Hände geben würde? Wenn sie die nachbarschaftlichen Bindungen einfach so aufgeben würde, ihre Mitgliedschaft im Katholischen Landfrauenverein und der Kirchengemeinde kündigen würde? Und ihre und Johannes' Freunde und Bekannten? Wie würden sie ihr Weggehen aufnehmen? Ihre beste Freundin und Nachbarin, Gesine Siewers, würde sie ihren Entschluss gutheißen, wo sie selber genau die Rolle der Großmutter, die sie, Marie, ausschlug, innehatte? Nachbarschaft, Freunde.

Lange starrte Marie auf die Worte, die sie zuletzt auf das Blatt geschrieben hatte. Was man im Dorf über sie denken würde, war ihr eigentlich nicht besonders wichtig, aber die über die Jahre gewachsenen engen Beziehungen zu Freunden und Bekannten aufzugeben: Das war schwer. Würde ihre Freundschaft mit Gesine Bestand haben? Sicher, sie könnten sich schreiben, miteinander telefonieren oder sich gegenseitig besuchen. Aber es wäre nicht mehr dasselbe. Jetzt konnten sie jederzeit auf eine Tasse Tee vorbeikommen und den neuesten Klatsch und Tratsch austauschen, ohne vorherige Anmeldung oder Verabredung. Dennoch: Mit ein wenig Mühe konnte eine Freundschaft auch eine gewisse räumliche Entfernung aushalten. Außerdem. Sie konnte neue Menschen kennenlernen, neue Bekanntschaften knüpfen, neue Freunde finden.

Alte Freundschaften pflegen, neue Freunde finden, schrieb Marie auf ihren Zettel.

Der Tee in ihrer Tasse war inzwischen kalt geworden. Marie fühlte, dass sie sich entschieden hatte. Sie stand auf und ging zum Telefon, das auf einem kleinen Tischchen in der Ecke des Wohnzimmers stand. In den gelben Seiten des Telefonbuches suchte sie nach der Telefonnummer eines Immobilienmaklers in der Nähe. In Niestadt fand sie zwei Namen. Sie nahm den Telefonhörer auf. Das Tuten des Freizeichens ertönte. Kurz zögerte sie, dann wählte sie entschlossen die erste Nummer.

Kinder spielen im
Garten. Ein Schmetterling setzt
sich auf meine Hand.

2005

Ein sauber aus der Zeitung ausgeschnittenes Farbfoto von relativ guter Qualität. Zwei Personen, ein Mann und eine Frau, sind als Halbfiguren im Profil zu sehen. Der Mann steht links im Bild, der Frau zugewandt. Er überreicht ihr mit respektvoller Geste einen riesigen, schön gebundenen Strauß aus Margeriten, roten Rosen und blauen Iris. Seine füllige Gestalt steckt in einem offenbar maßgeschneiderten dunkelgrauen Anzug, die rot-blau gestreifte Krawatte setzt sich von dem hellblauen Hemd dezent ab. Er ist etwa fünfzig, das volle, modisch kurz geschnittene dunkle Haar lässt ihn aber jünger erscheinen. Das rundliche, noch faltenlose Gesicht mit der randlosen Brille zeigt ein freundliches, joviales Lächeln.

Neben der massigen Gestalt des Mannes wirkt die Frau klein und zart, geradezu zerbrechlich. Sie ist alt, hält sich jedoch sehr gerade. Ihr noch kräftiges schneeweißes Haar ist kurz geschnitten und seitlich gescheitelt. Es betont die hohe Stirn des schmalen Greisinnenantlitzes. Mit einem anmutigen Lächeln nimmt die alte Dame den Blumenstrauß entgegen.

Das Foto zeigt Marie Hoffstede an ihrem neunzigsten Geburtstag, während Oldenburgs stellvertretender Bürgermeister ihr gratuliert. Das Foto erschien am 23.06.2005 in einer Regionalzeitung

12. Kapitel

»Das ist zu viel!« Marie Hoffstede protestierte energisch und versuchte, den hellblauen Lidschatten, den Kerstin Lamping ihr auf die Augenlider aufgetragen hatte, mit dem Zeigefinger wieder wegzuwischen. »Ich habe nicht vor, an meinem neunzigsten Geburtstag wie ein Clown auszusehen, meine liebe Kerstin, auch wenn du dich gerne als Malerin betätigst«, fuhr Marie fort.

Kerstin Lamping, die für die Haare der alten Damen im Seniorenheim ›Zur Sonne‹ zuständige Friseurin, schürzte die Lippen.

»Ach, warum denn nicht ein bisschen Lidschatten, Frau Hoffstede, das Blau würde die Farbe Ihrer Augen erst richtig zur Geltung bringen.«

Widerwillig nahm die Friseurin ein Kosmetiktuch und wischte den Lidschatten wieder weg.

»Aber wenigstens ein bisschen Puder und etwas Mascara, oder? Sie wollen doch hübsch aussehen heute.«

Die junge Frau mit den buschigen Haarschopf, der an den Seiten ihres Kopfes millimeterkurz geschnitten war, dafür aber oben in drei verschiedene Rottönen erstrahlte, kaute unwillig auf ihrem Lippenpiercing herum.

»Und ein bisschen Lippenstift, ja?«

Sie hatte Marie die Haare gewaschen und zu einer modischen Frisur mit Seitenscheitel geföhnt, sodass sie in weichen Wellen das feine Gesicht der Greisin umrahmten. Die noch immer dunklen, schön geschwungenen Augenbrauen hatte sie etwas nachgezogen und auf die faltigen Lippen zartrosa Lippenstift gelegt.

»Sie sehen wunderschön aus, Frau Hoffstede, sehen Sie

selbst«, sagte sie und hielt Marie wie vorhin den Handspiegel vor das Gesicht.

»Na ja, schön, das war einmal.« Marie seufzte und betrachtete prüfend ihr Aussehen im Spiegel. »Ja, so ist es in Ordnung. Danke, liebe Kerstin!«

Die junge Frau nahm ihr den Frisierumhang ab, packte ihre Friseurutensilien zusammen und verabschiedete sich. Marie tastete nach ihrem Stock, um aufzustehen. In den letzten Jahren war ihre Gelenkarthrose immer schlimmer geworden, besonders im rechten Knie.

›Wenn du schon einen Stock brauchst, Marie‹, hatte Andreas gesagt, ›dann soll es wenigstens ein schöner sein‹, und ihr den schwarz lackierten Handstock geschenkt, dessen Knauf die Form eines fein gearbeiteten silbernen Jaguarkopfes hatte. Seitdem benutzte Marie den Stock ständig beim Gehen und auch, wenn sie längere Zeit stehen musste. Zwar meinte Dr. Hallstedt, ihr Orthopäde, sie solle sich ein neues Knie einsetzen lassen, aber das lehnte Marie immer wieder kategorisch ab. Lieber ertrug sie die Schmerzen und nahm, wenn sie zu heftig wurden, ein paar Tabletten.

»Ich bin mit meinem Knie neunzig Jahre gut zurechtgekommen«, hatte sie ihm unwirsch erklärt, »dann wird es die restlichen paar Jahre wohl auch noch halten.«

Marie wusste, ihre Angst vor dem Krankenhaus verdeckte nur eine tiefer wurzelnde Furcht, der sie sich noch nicht stellen mochte. Die durchwachten Nächte und die grauen Tage am Bett von Andreas hatten in ihr diese Furcht geweckt, und der Anblick seines geliebten toten Gesichts wollte nicht aus ihrem Gedächtnis weichen, auch wenn sein Tod jetzt schon viele Jahre zurücklag.

Sie stützte sich auf den Stock und stellte sich vor den großen Spiegel in der Tür ihres Kleiderschrankes.

Prüfend betrachtete sie ihr Spiegelbild. Sie hatte sich

auf Drängen ihrer jüngsten Tochter für ihre unvermeidbare Geburtstagsfeier etwas Neues zum Anziehen gekauft. Michaela hatte mit ihr geduldig die Bekleidungsgeschäfte der Stadt durchforstet, um etwas Brauchbares zu finden. Obwohl Marie diese »Konsumtempel« hasste, wie sie die Kaufhäuser nannte, konnte sie doch nicht der Versuchung widerstehen, hin und wieder Dinge zu kaufen, die sie eigentlich nicht brauchte, um sich insgeheim an ihnen zu erfreuen, obwohl die Sparsamkeit, zu der sie von Kindesbeinen an erzogen worden war, ihr jedes Mal ein schlechtes Gewissen verursachte. Ein Anlass wie ihr neunzigster Geburtstag allerdings rechtfertigte die Geldausgabe allemal, hatte sie sich gesagt, und nach längerer Suche also, unter Michaelas sachkundiger Beratung, eine komplette Kombination erstanden. Sie bestand aus einem cremefarbenen, ärmellosen Seidenoberteil, einem gleichfarbigen, gerade geschnittenen Leinenrock und einer blauen, hüftlangen Tunika, die farblich wunderbar zu ihren Augen passte. Ihre immer noch schlanken Beine steckten in hautfarbenen Nylonstrümpfen, ihre Füße in Pumps mit halbhohem Absätzen von derselben Farbe wie Rock und Oberteil. Dazu trug Marie den goldgefassten Perlenschmuck, den Andreas ihr zum zehnten Hochzeitstag geschenkt hatte, sowie ihre beiden Eheringe, die sie niemals ablegte.

Sie betrachtete ihr Spiegelbild nicht ohne Genugtuung. Neunzig Jahre, und immer noch eine schlanke, aufrechte Gestalt, dachte sie. Selbst der Stock sah eher aus wie ein extravagantes Accessoire und nicht wie eine Gehhilfe. Amüsiert über die eigene Eitelkeit, lächelte Marie ihrem Konterfei zu.

Es klopfte an der Tür. Auf ihr »Herein« trat Thorsten, Michaelas Sohn, in ihr Zimmer. Der Raum schien um einiges kleiner zu werden, als ihr hochgewachsener Enkel ihn betrat. Thorsten überragte seine Großmutter um nahezu zwei Kopflängen.

»Hallo, Oma!« Der Dreißigjährige beugte sich zu ihr hinunter und gab ihr einen liebevollen Kuss auf die Wange. »Du siehst ja cool aus!«

Unwillkürlich musste Marie lachen. ›Cool‹, was für ein Ausdruck für eine alte Frau!

»Danke«, erwiderte sie. »Du aber auch!« Sie musterte ihn stolz.

Thorsten war der ältere von Michaelas zwei Söhnen. Er trug seine dunklen Haare modisch kurz, sein jugendlich glattes, gut geschnittenes Gesicht erinnerte Marie verblüffend an seinen Großvater Johannes, nur die Augen hatte er von seinem Vater. Sie waren von einem dichten, undurchsichtigen Grau. Jetzt trug Thorsten ein offenes weißes Hemd, eine dunkelblaue Jeans und einen schicken hellgrauen Blazer. Obwohl die Kleidung ihm gut steht, wirkt er irgendwie verkleidet, dachte Marie, die ihn bisher nie anders gesehen hatte als in verwaschenen Jeans und schlabbrigen T-Shirts oder Pullis. Man sah ihm nicht an, dass er gerade in Theoretischer Physik promoviert hatte und als Assistent an der Universität bei seinem Doktorvater angenommen worden war.

»Wollen wir gehen?«, fragte Thorsten.

»Gib mir bitte deinen Arm, mein Junge, dann kann ich so tun, als bräuchte ich den Stock gar nicht«, sagte Marie. Sie hängte ihre Handtasche elegant über den Ellbogen und zusammen gingen Großmutter und Enkel zur Tür hinaus.

***

Der große Raum war festlich beleuchtet. Obwohl es an diesem frühen Abend im Juni draußen noch taghell war, verbreiteten die Kronleuchter ein angenehmes, warmes Licht. Auf den weiß gedeckten Tischen glänzten feines Porzellan und Kristallglas im Kerzenlicht, die Blumen der Tischdekoration in Weiß und Orange leuchteten frisch und verbreiteten einen angenehmen Duft. Wie schön Michaela alles vorbereitet hatte, dachte Marie dankbar. Ihre Tochter hatte es übernommen, für sie die Geburtstagsfeier zu organisieren. Sie hatte das Lokal ausgesucht, die Tischordnung festgelegt und das Menü zusammengestellt.

Marie freute sich darauf, ihre Familie wieder zu sehen. Nachdem sie damals aus ihrem Heimatdorf weg gezogen war, hatte es lange gedauert, bis sich der Groll über ihre Entscheidung gelegt hatte und ihre Kinder ihre neue Lebensweise akzeptiert hatten.

Regina kam als Erste auf sie zu, begrüßte sie mit einem Händedruck und gratulierte ihr. Eigentlich seltsam, dachte Marie, Umarmungen sind in unserer Familie nie üblich gewesen, erst die Generation ihrer Enkel ging offener mit ihren Gefühlen um. Wir haben es in unserer Jugend eben nie gelernt, zärtlich miteinander umzugehen, dachte Marie nicht ohne Bedauern. Nachdenklich betrachtete sie ihre älteste Tochter. Sie ist in den letzten Jahren sehr gealtert, dachte sie. Nun ja, immerhin war sie ja schon vierundsechzig Jahre alt, ihre Regina, und selber schon Großmutter.

Marie setzte sich an das Kopfende der hufeisenförmigen Tischformation, auf den hübsch dekorierten Stuhl, der für sie vorgesehen war. Ihre Geschwister nahmen an ihren beiden Seiten Platz. Edeltraud, die jüngste ihrer Schwestern, war nur ein paar Jahre älter als ihre Tochter Regina. Zehn Geschwister waren sie gewesen, überlegte Marie, vier waren noch übrig. Robert, der ewige Junggeselle, hob sein Glas Wein und prostete ihr zu. Einundachtzigjährig, sah er immer noch vital und gesund aus. Ferdinand, ihr jüngster

Bruder, war im Pflegeheim, er litt an der Alzheimer Krankheit und lebte in seiner eigenen Welt. Ida, fast achtzehn Jahre jünger als Marie, pummelig und kraushaarig, war mit ihrem zweiten Ehemann gekommen, einem pensionierten Postbeamten.

Marie betrachtete nachdenklich die Gesichter ihrer Gäste. Auch Jonas, Andreas' Sohn, war mit seiner Familie gekommen. Menschen, die sie ihr Leben lang begleitet hatten, andere, die hinzugekommen waren, einige, die ihr fremd geworden waren, dachte sie. Aber alle gehörten zu ihr.

Sie klopfte mit dem Löffel an ihr Glas. Schnell trat Ruhe ein. Die Köpfe wandten sich ihr in gespannter Erwartung zu. Marie erhob sich und richtete sich zu ihrer vollen Größe auf, den silbernen Knauf ihres Handstocks fest umfassend. Lächelnd blickte sie in die Runde.

»Wie schön, euch alle hier um mich versammelt zu sehen, meine Lieben. Seid willkommen und feiert mit mir meinen Geburtstag. Es ist, wie ihr wisst, der neunzigste, und ich bin froh und dankbar, ihn mit euch zusammen hier und jetzt erleben zu dürfen. Genießt das Essen, genießt den schönen Sommerabend, ich danke euch für euer Kommen.«

Alle klatschten und unter fröhlichem Geplauder wandten sie sich den Speisen zu. Natürlich hatte man einiges vorbereitet zur Feier des Tages, und so wurde das Festessen mehrere Male von den einstudierten, mehr oder weniger professionellen Darbietungen unterbrochen. Gerührt hörte Marie dem Gedichtvortrag der sechsjährigen Zwillinge Uwe und Jens, Reginas Enkel, zu, applaudierte anerkennend den musikalischen Vorführungen des Spielmannszuges, dem die Kinder Angelas, ihrer zweiten Tochter, angehörten, und verfolgte interessiert den Diavortrag über die geschichtlichen Ereignisse der letzten neunzig Jahre, den ihr Enkel Thorsten per Power Point am Computer präsentierte. Sie haben sich alle so viel Mühe gegeben, dachte sie. Meine Familie! Vorsichtig ließ sie den Gedanken an Hanna zu, ihrer Tochter, die mit zweiundvierzig Jahren an Leukämie gestorben war. Die Narbe, die dieser allzu frühe Tod in ihr hinterlassen hatte, schmerzte immer noch. Nur der Blick auf Hannas nun erwachsene Söhne, junge, erfolgreiche Männer, gab ihr einen gewissen Trost.

Heute hatte jeder junge Mensch es selbst in der Hand, sein Leben zu gestalten. Das war in ihrer Jugend anders gewesen, dachte Marie nicht ohne Bitterkeit. Damals hatte man einem vorgezeichneten Weg zu folgen und musste hinnehmen, was das Schicksal für einen bereithielt. Und manche bekamen gar keine Chance, wie ihre kleine Schwester Leni.

Als die Bedienung unauffällig an sie herantrat und einen offiziellen Besuch ankündigte, blickte Marie überrascht auf.

Der Mann, der breit lächelnd mit einem riesigen Blumenstrauß zur Tür hereinkam, kam ihr bekannt vor. Sie hatte sein Gesicht gelegentlich in der Oldenburger Tagespresse gesehen. Jetzt fiel es ihr ein. Es war der stellvertretende Bürgermeister der Stadt. Wie hieß er noch gleich?

»Friedhelm Olschewski, gnädige Frau, mein Name ist Friedhelm Olschewski!« Mit einer höflichen Verbeugung reichte Olschewski Marie die Hand, während er ihr gleichzeitig den Blumenstrauß entgegenstreckte. »Ich überbringe die herzlichsten Glückwünsche der Stadt Oldenburg zum runden Geburtstag. Der Oberbürgermeister selbst ist leider anderweitig verpflichtet, sonst wäre er selbst gekommen, um Ihnen, unserer berühmten Lyrikerin, seine Gratulation zu überbringen.«

Der Reporter, der hinter Olschewski den Saal betreten hatte, hob seine Kamera.

»Sie haben doch nichts dagegen?«, fragte er und fing an zu fotografieren.

Marie nahm den Blumenstrauß und das Geschenkpaket, sie vermutete, dass es ein paar Flaschen Wein enthielt, entgegen und setzte ihr Fotolächeln auf.

›Berühmte Lyrikerin‹! Nur weil sie einige kleine Gedichtbände veröffentlicht hatte. Was nur geschehen war, weil Andreas nicht aufgehört hatte, sie zu drängen, als er ihre schwarzen Hefte mit den Versen entdeckt hatte. Zugegeben, die beiden Bände verkauften sich überraschend gut, und in einigen Zeitungen waren recht ordentliche Rezensionen erschienen. Wie stolz Andreas gewesen war, als sie das erste Mal den renommierten Lyrikpreis erhalten hatte! Marie musste lächeln bei dem Gedanken an sein strahlendes Gesicht, als sie, fast krank vor Verlegenheit und Aufregung, die Ehrung entgegengenommen hatte. Und nun war sie also so prominent, dass sogar der Oberbürgermeister eine Abordnung zu ihrem Geburtstag schickte. Sie musste zugeben, sie fühlte sich geschmeichelt.

***

Es war anstrengend gewesen. Das Lächeln, der Smalltalk, die Gratulationen: Marie fühlte sich erschöpft, als sie gegen halb zehn am Abend ihren Enkel bat, sie nach Hause zu fahren.

Thorsten belud sich mit den Blumensträußen und Geschenkpaketen und geleitete seine Großmutter zu seinem VW, den er in der Nähe des Eingangs zur Gaststätte geparkt hatte. Er verstaute die Geschenke im Kofferraum des

Wagens. Fürsorglich öffnete er die Beifahrertür und half Marie beim Einsteigen und Anschnallen.

»Was für ein wunderbarer Sommerabend«, sagte Marie beim Anblick des langsam aufflammenden Sternenhimmels, der sich gegen die Lichter der Stadt durchzusetzen versuchte. »Fahr bitte durch die Gartenstraße, Thorsten, es ist kein allzu großer Umweg. Ich möchte gern einen Blick auf das Haus werfen, du weißt schon.«

Thorsten nickte. Marie wusste, er kannte das schöne alte Patrizierhaus, in dem Marie mit ihrem zweiten Mann Andreas gelebt hatte, von seinen gelegentlichen Besuchen bei ihr. Sie hatte die Altbauwohnung mit den hohen Wänden, dem knarrenden Holzfußboden und den Stuckornamenten geliebt, besonders den wunderbaren Blick auf den Schlosspark, den die hohen Fenster geboten hatten. Der Auszug von dort ins Seniorenheim nach Andreas' Tod war ihr wie ein Abschied vom Leben erschienen.

»Lass uns ein paar Schritte durch den Schlosspark gehen, mein Junge, ich möchte diesen wunderbaren Tag angemessen ausklingen lassen.«

Als sie am Arm ihres Enkelsohnes langsam durch das seitliche Tor des Parks schritt, atmete Marie tief durch. Jetzt im Frühsommer trugen die riesigen Rhododendronbüsche ihre letzten Blüten, und der weiße und violette Flieder begann seinen betörenden Duft zu verströmen. Die hohen Ulmen, Eichen und Buchen hatten ihr junges Blattwerk angelegt, und die Rasenflächen wirkten wie grüne Teppiche.

Plötzlich zuckte Marie zusammen. Hatte sie einen Schlag auf den Kopf bekommen? Sie spürte einen heftigen Schmerz, sah grelle Lichtpunkte und Blitze vor den Augen. Dann verblasste alles um sie herum und sie versank in einer weichen, watteähnlichen Dunkelheit. Wie von weit her hörte sie Thorstens erschrockene Stimme, der sie immer wieder anrief, dann spürte sie, wie sie hochgehoben und getragen wurde, und dann nichts mehr.

***

»Waren Sie schon mal in Mecklenburg-Vorpommern? An der Müritz oder in Rostock? Es ist so schön dort, das müssten Sie mal erleben. Mein Mann und ich, wir sind immer mit dem Wohnwagen durch die Mecklenburger Seenplatte gefahren, als er noch lebte. Jetzt ist er ja schon lange tot, mein Berthold, aber damals, da sind wir viel unterwegs gewesen.«

Marie drehte den Kopf auf dem Kissen, um zu sehen, woher der nicht enden wollende Redeschwall im reinsten Sächsisch kam. Sie brauchte einen Moment, um sich zu orientieren. Offensichtlich befand sie sich in einem Krankenhaus, und im Nachbarbett lag eine alte Frau mit wirren grauen Haaren, die gerade frühstückte.

»Na endlich, jetzt sind Sie wach. Wie geht es denn? Soll ich den Doktor für Sie rufen?«

»Ja, bitte«, brachte Marie heraus. Ihre Stimme war seltsam schwerfällig. Irgendetwas stimmte nicht mit ihrem Gesicht. Und warum fühlten sich ihre Finger an der linken Hand so merkwürdig taub an? Was war geschehen? Hatte sie einen Unfall gehabt?

Die Tür öffnete sich und ein junger Arzt im weißen Kittel trat ein.

»Guten Morgen, da sind Sie ja wieder, Frau Hoffstede. Wie fühlen Sie sich?«

»Nicht so gut, wenn ich ehrlich bin. Was ist denn passiert?«

Marie massierte ihre Finger, um ihnen wieder Leben einzuhauchen.

»Sie hatten einen kleinen Hirninfarkt, Frau Hoffstede, vermutlich ausgelöst durch ein Blutgerinnsel. Also einen Schlaganfall, wie man allgemein sagt. Allerdings von nur geringer Stärke. Ihr Enkelsohn hat Sie gestern Abend hierhergebracht. Das war gut, denn so konnten wir sofort alle Maßnahmen ergreifen, um die Auswirkungen so gering wie möglich zu halten.«

Marie war benommen. Seltsamerweise verspürte sie gar keine Beunruhigung, auch keine Angst.

»Fühlen sich deshalb meine Finger so merkwürdig taub an? Und ist irgendetwas mit meinem Gesicht? Das Sprechen kommt mir so merkwürdig vor.«

»Ja, das sind charakteristische Merkmale eines Schlaganfalls. Es kann dabei zu zeitweiligen oder auch dauerhaften Lähmungen kommen. In Ihrem Fall sind die Auswirkungen nur geringfügig. Wir konnten das Blutgerinnsel weitgehend auflösen durch blutverdünnende Mittel. Sicherheitshalber werden wir aber noch ein CT machen, um zu sehen, wie weit Ihr Gehirn geschädigt worden ist.«

»Besteht denn eine Aussicht, dass sich diese Auswirkungen des Schlaganfalls wieder bessern, Herr Doktor? Ich habe das Gefühl, als ob Teile meines Gesichtes nicht mehr richtig funktionieren. Und es fällt mir schwer, deutlich zu sprechen.«

Marie hatte sich im Bett halb aufgerichtet. Sie sah, dass sie ein Krankenhaushemd trug.

»Und wie lange muss ich noch hierbleiben?«, fragte sie.

Der Arzt hatte sich einen Stuhl ans Bett gerückt und blickte Marie aufmerksam an.

»Die Beeinträchtigungen, die ich bei Ihnen bis jetzt erkennen kann, sind nur sehr gering«, wiederholte er, »und er kann gut sein, dass sie sich bald wieder verlieren. Die geschädigten Hirnbahnen werden sich wahrscheinlich bald wieder erholen.

Es wäre gut, wenn Sie sich in eine physiotherapeutische Behandlung begeben, wenn Sie entlassen werden. Aber zunächst wollen wir Sie hier noch gründlich untersuchen und weiter beobachten.«

Marie blickte in das junge, glatte Gesicht des Mediziners. Er kann doch kaum schon über dreißig sein, dieser Junge, dachte sie. Aber er scheint zu wissen, was er tut. Ob Thorsten den anderen Bescheid gegeben hat, dass ich hier bin? Ich brauche unbedingt ein Nachthemd und Toilettensachen.

Als hätte der Arzt ihre Gedanken gelesen, sagte er:

»Der junge Mann, der Sie hierhergebracht hat, Ihr Enkel, nicht wahr? Nun, er hat gesagt, dass er seiner Mutter Bescheid geben wolle und dass Ihre Tochter Sie baldmöglichst besuchen kommen wird. Ich habe ihm gesagt, nicht vor neun Uhr, weil Sie nach den Medikamenten, die Sie bekommen haben, erst einmal ausschlafen sollten, aber ich bin sicher, Ihre Tochter wird bald hier sein. Jetzt essen Sie erst einmal Ihr Frühstück und ruhen sich noch ein wenig aus. Später holt die Schwester Sie ab und wir machen ein CT. Danach sehen wir weiter. Alles klar?«

Nachdem der Arzt gegangen war, ließ Marie sich in ihr Kissen sinken. Sie fühlte sich erschöpft. Da war sie ja dem Teufel noch einmal von der Schippe gesprungen, dachte sie mit grimmigem Humor. Hätte Thorsten sie nicht sofort ins Krankenhaus gebracht, er wäre um sie geschehen gewesen. Nun ja, mit neunzig Jahren musste man der Tatsache, dass das Leben nicht endlos währte, schon mal ins Auge sehen. Allerdings: War sie denn schon bereit zu gehen? Nein, noch nicht. Sie wollte noch einige Gedichte schreiben, ihre

Urenkel noch ein Stückchen größer werden sehen, noch einige Jahreszeiten erleben.

Marie war entschlossen, weiterzuleben.

Epilog

2007

Marie schreckt auf. War sie eingenickt? Das schwere Album ist von ihren Knien gerutscht und auf den Boden gefallen. Mühsam bückt sie sich, um es aufzuheben. Eines der Fotos ist herausgerutscht. Marie nimmt es in die Hand und betrachtet es. Ja, richtig, das Bild ist an ihrem letzten Geburtstag aufgenommen worden, im Garten von Reginas Haus. Es ist ein schöner Sommertag gewesen, und alle sind draußen gewesen. Jemand hat die Idee gehabt, Maries Urenkel als Gruppe aufzunehmen. Elf sind es inzwischen. Der älteste, Reginas Enkel, ist schon dreizehn, die Jüngste, Martins Enkeltochter, ist noch ein Baby. Alle haben sich brav aufgestellt und in die Kamera geblickt. Marie fährt sanft mit dem Finger über die kindlichen Gesichter. Ist es das, was letztlich bleiben wird vom Leben? Die Gewissheit, dass von dem eigenen Selbst etwas weiterlebt in den Generationen, die einem nachfolgen?

Marie fröstelt plötzlich. Sie merkt, dass die Herbstluft, die durch das geöffnete Fenster dringt, kühler geworden ist. Die Sonne ist schon im Begriff unterzugehen. Sie tastet mit der Hand nach ihrem Handstock mit dem silbernen Jaguarkopf und steht mit einiger Mühe auf. Es fällt ihr schwer, ihre Glieder zu strecken und die paar Schritte zu ihrem Schreibtisch zu gehen. Die Schmerzen in ihren Gelenken machen jede kleine Bewegung zur Qual. Soll sie noch eine Schmerztablette nehmen? Sie entscheidet sich dagegen. Die Tabletten machen sie immer so schläfrig, aber sie will jetzt wach bleiben. Ein Idee für ein neues Gedicht schwirrt seit Tagen in ihrem Kopf herum; sie muss versuchen, es endlich in Worte zu fassen. Doch zuerst muss sie das Fenster schließen, es wird kühl im Zimmer. Sie wendet sich zum Fenster, als ein plötzlicher Schmerz durch ihren Kopf fährt. Sie muss sich setzen, denn ihre Beine fühlen sich so schwach an. Taumelnd lässt sie sich in den weichen Ohrensessel fallen. Merkwürdige Blitze tanzen vor ihren Augen. Sie kann nicht richtig sehen. Sie holt tief Luft und schließt die Augen. Ausruhen muss sie sich, ganz still sitzen bleiben und sich ausruhen. Schließlich ist sie ja nicht mehr die Jüngste. Ausruhen, vielleicht ein bisschen schlafen.

»Ja, ruh dich aus, Marie, du musst ja schrecklich müde sein nach all den Jahren«, sagt eine Stimme, die Marie lange nicht gehört hat. Sie schlägt die Augen auf. Johannes! Auf dem kleinen Sofa sitzt Johannes und lächelt sie an. Sein blondes Haar leuchtet wie reifer Weizen in der Sonne, und seine blauen Augen glänzen. Wie schön es ist, ihn zu sehen! Und neben ihm sitzt Andreas in seinem geliebten beigen Pulli, der so gut zu seinen sanften Farben passt. Die beiden Männer, die Marie geliebt hat und die ihr Leben bestimmt haben! Sie kann es sich nicht erklären und will es auch gar nicht, denn ihr Erscheinen macht sie glücklich.

Marie spürt, dass sich der Raum immer mehr mit Menschen füllt. Da sind Karl und Hermine, die in einer Ecke stehen und sich miteinander unterhalten. Jetzt wenden sie sich zu ihr um und lächeln ihr zu. Und da sind Veronika und der rothaarige Ewald, der ihr fröhlich zuzwinkert. Hanna ist auch da, ihre Hanna, in ihrer typischen extravaganten Kleidung.

Auf einmal fühlt Marie, wie sich eine winzige Hand in die ihre schiebt. Sie blickt auf den Boden neben ihren großen Sessel und sieht die kleine Leni, die barfuß in ihrem schmutzigen Alltagskleidchen auf dem Teppichboden sitzt und zu ihr hochsieht. Marie blickt sich um. Immer meh-

Menschen kommen und sehen sie freundlich an. Menschen, die sie gut gekannt hat und die gestorben sind. Ein wenig beunruhigt fragt sich Marie, was das zu bedeuten hat. Nehmen ihre Erinnerungen vor ihren Augen Gestalt an? Wie kann das möglich sein? Aber eigentlich ist es egal, findet sie, sie will nicht weiter darüber nachdenken. Es ist einfach nur wunderbar, diese Menschen wiederzusehen. Sie lächelt, dann schließt sie müde die Augen.

Der Herbstwind bauschte die Musselingardinen auf, als Schwester Anita, nachdem auf ihr mehrmaliges Klopfen niemand antwortete, die Tür öffnete und ins Zimmer trat. Sie war gekommen, um Marie Sophia Hoffstede zum Abendessen zu holen. Die alte Frau saß zusammengesunken in dem großen, alten Ohrensessel. Ihr Handstock mit dem Jaguarkopf war neben dem Sessel auf den Boden gefallen. Sie war tot.